Tout ça à cause

d'un écureuil !

Du même auteur :

Les désillusions d'Émilie Farond

Les Devicourt

Doryan :
Doryan et les dieux - tome 1
Doryan aux Enfers - tome 2
Le choix de Doryan - tome 3

Contact :

https://www.facebook.com/monique.

Monique Anne Clausse

Tout ça à cause

d'un écureuil !

Couverture : Cindy.C_GraphArt'S

Images : Unsplash et 123rf

À

**Mathilde, Laurent, Axelle, Hugo et Sarah
pour le merveilleux périple que nous avons
accompli dans l'ouest américain**

**Anne-Carole, Fabien, Mathias et Charlie,
Céline, Franck, Elisa, Noé et Louis, pour
leur présence et leur bienveillance**

Loup Gris, pour ses suggestions éclairées

Les principaux personnages :

Agarthina : la lumineuse conseillère
Aponi : la fille du Chef Chochokpi et de Taima
Aponivi : un jeune de la tribu
Ayawamat : un jeune de la tribu
Cheveyo : un camarade de Jason
Chochokpi : le Chef de la tribu
Choovio : un ami de Kotori
Chavatangakwunna dit Chavatanga : le fils de Kotori
et de Yepa
Chuchip : un ami de Kotori
Chu'a : un jeune de la tribu
Cochise : le chien
Ferguson Ann : la mère de Wesley et la grand-mère
paternelle de Jason
Ferguson Jason : le héros de l'histoire
Ferguson Julian : le père de Wesley et le grand-père
paternel de Jason
Ferguson Wesley : le père de Jason
Huyana : une rivale d'Aponi
Khweeuu : le loup
Kwahu : le fils de l'Indien et frère de Sora
Kotori : le fils du Chef Chochokpi et de Taima
Laqan : l'écureuil
Machakw : un Indien, ennemi des Blancs
Mimiteh : la fille d'Ursyn le Chaman et la mère de
Jason

Mireman Andrew : un ami de Jason
Naqvu : l'Esprit protecteur de Jason
Nokomis : la fille de Jason et d'Aponi
Qaletaqa : le propriétaire du Gold Digger
Sora : la fille de l'Indien, sœur de Kwahu
Taima : la femme du Chef Chochokpi
Ursyn, le Chaman : le père de Mimiteh et le grand-père maternel de Jason
Whole Clarent : le séduisant prédicateur
Yepa : l'amie d'Aponi et la femme de Kotori

Les lieux

1 - Tout ça à cause d'un écureuil !

Non, se dit Wesley, je doublerai ce camion plus tard, il se traîne mais il est vraiment trop long, ce serait dangereux.

Après tout, rien ne pressait. Venant de Phoenix, il se dirigeait, en side-car, vers Casa Grande, environ à une heure de route au sud.

Car, ce jour-là, un vendredi de juin, il avait décidé avec sa femme Mimiteh, une superbe Amérindienne de la tribu des Hopis, de visiter les installations de leur ami, Clarent Whole, qui dirigeait un petit groupe d'adeptes des nouvelles théories.

Sur le side-car, Wesley sentait le corps de Mimiteh contre son dos et une main légère qui lui enserrait la taille. Ah, ainsi, il la conduirait bien jusqu'au bout du monde !

Mimiteh aussi se sentait comblée. Elle était appuyée contre Wesley et, la tête tournée vers la droite, elle ne se lassait pas de contempler leur petit Jason, qui occupait le panier du side-car et s'était assoupi, sans doute apaisé par les mouvements de l'habitacle qui l'enserrait comme un berceau.

Devant eux, Mike, le conducteur du long camion, luttait pour ne pas s'endormir au volant. Inexplicablement, il avait très peu dormi la nuit précédente et son humeur s'en ressentait.

Dans le même temps, Joe, le conducteur d'un camion qui s'approchait en sens inverse et allait bientôt les croiser, se sentait soulagé, presque euphorique à l'idée d'avoir mené à bien sa livraison. Mentalement, il se répétait une phrase entendue sur les lieux : « Tout est toujours bien, il suffit de savoir Qui On Est Vraiment », et, en s'interrogeant sans succès sur sa profondeur, il se promit de s'arrêter à Winslow, au bar-restaurant du Gold Digger, le Chercheur d'or. Alors, avant d'atteindre Phoenix, il lui suffisait d'obliquer vers Show Low pour remonter sur Winslow et il pourrait s'entretenir avec le patron – un vieil Indien qui semblait savoir beaucoup de choses – avant de reprendre ensuite sa route vers le Nord en passant par Flagstaff.

Ce fut le moment choisi par Laqan, l'écureuil, pour émerger de son nid moelleux installé, à cinq mètres du sol, dans les branches en fourche d'un arbre. Il était magnifique, son pelage gris argenté et sa queue en panache luisaient au soleil.

Sans savoir pourquoi, Laqan délaissa sa quête de noisettes, glands ou encore cônes de pin, pour se diriger vers un virage de la route voisine où d'énormes véhicules, sans intérêt pour lui, dessinaient la frontière de son territoire.

Soudain, mû par une force irrésistible, comme si un esprit agissait à sa place, il commença à traverser pour s'arrêter, interdit, en plein milieu de la deuxième voie. La vue d'une martre en chasse dans les parages n'aurait pas eu un effet différent.

Et la scène vira au drame.

Mike, se rendant compte qu'il s'endormait, freina violemment avant de réussir à s'arrêter dans ce virage à droite, tandis que Joe, en face, s'approchait inexorablement.

L'écureuil fixait à présent le camion de Joe qui roulait droit sur lui et allait bientôt l'écraser mais il ne bougea pas malgré l'émergence d'un autre bruit dans son dos, un bruit de tôles fracassées.

Voyant un écureuil sur la route, Joe freina lui aussi très vigoureusement.

Car Laqan ne bougeait toujours pas, il regardait le camion de Joe qui, abasourdi, vit jaillir de l'avant du camion de Mike le panier du side-car contenant le petit Jason.

Entretemps, Mike, alerté par le bruit de tôle, avait déjà sauté de sa cabine pour se précipiter à l'arrière de son camion, muni, par un réflexe de professionnel, d'un triangle de signalisation de danger.

Le silence régnait à présent, un silence de mort, ce qui correspondait bien à la scène qui s'offrit à sa vue, une moto encastrée à l'arrière de son camion malgré la barre de sécurité et un couple gisant par terre, inconscient, peut-être même sans vie.
Mike repartit précipitamment vers l'avant pour appeler les secours depuis sa cabine.

— J'ai deux motards qui ont percuté mon camion, lança-t-il également à Joe qui sortait de son véhicule.

Il omit de préciser qu'il était peut-être en partie responsable en raison de son freinage intempestif.

— Ils donnent l'impression d'être morts, poursuivit-il, l'air bien embarrassé.

Laqan, d'un bond argenté, avait disparu.

Joe, après avoir également signalé son arrêt, alla rapidement vérifier et il fut du même avis : les deux victimes, un homme et une femme, semblaient hélas bien morts.

— Les secours ne devraient pas trop tarder, reprit Mike, mais je suppose qu'ils ne pourront rien faire.

Les pleurs d'un enfant les ramenèrent vers le panier du side-car, arrêté en plein milieu de la deuxième voie.

— Et voilà leur gamin ! conclut Joe en se penchant vers le jeune enfant qui se frottait les yeux en hurlant. Normalement, j'aurais dû l'écraser et, sans l'écureuil, il y passait !

— Sans l'écureuil ?

— Oui, il y avait un écureuil planté sur ma voie et j'ai freiné dès que je l'ai aperçu. C'est alors, une fois arrêté, que j'ai vu débouler, d'entre tes roues, le gamin dans son panier !

— Eh bien, siffla Mike, c'est un vrai miraculé ! Pour un peu, on avait trois morts sur les bras !

Malgré les pleurs de l'enfant, ils restèrent silencieux quelques instants, confondus par l'enchaînement des événements.

Joe se secoua, pour dire en se tournant dans tous les sens :

— Mais au fond où est passé ce sauveur ? Je parle de l'écureuil !

En effet, l'écureuil avait disparu, comme s'il avait accompli sa mission.

2 - Mais qu'allaient-ils faire à Casa Grande ?

Wesley et Mimiteh, deux étudiants en anthropologie, avaient fait la connaissance de Clarent au début de leurs études à l'université de Phoenix. Par curiosité, ils s'étaient approchés un jour d'un attroupement d'étudiants écoutant, à la sortie du campus, les déclarations enthousiastes d'un homme jeune, à l'allure charismatique, qui parlait d'un avenir humain débarrassé grâce à la technologie des maladies et des stigmates de la vieillesse.

Ils avaient été conquis.

Wesley et Mimiteh avaient choisi d'être anthropologues dans l'idée de faire mieux connaître la sagesse ancestrale des Hopis, mais ils avaient décidé, tout en poursuivant leurs études, de se rendre à ces rassemblements quand leur emploi du temps le leur permettrait. Dans leur enthousiasme ils ne réalisaient pas qu'ils trahissaient la cause des Indiens. Ils oubliaient simplement que les Hopis vivaient en harmonie avec la nature et que la technologie, l'artificiel ne faisaient sans doute pas bon ménage avec la sagesse.

Et ils avaient été de plus en plus assidus, lors même que leur petit Jason était né.

C'est ainsi que Clarent devint leur ami.

Finalement, vers la fin de leurs études, avant leur immersion dans la tribu, ils choisirent de passer quelque temps chez Clarent pour parfaire une formation basée sur ses valeurs.

Ils déménageraient de Phoenix à Casa Grande, la semaine suivante, après avoir effectué, ce vendredi fatal, une visite au petit groupe en réponse à l'invitation de leur ami.

— Venez voir mes installations, leur avait-il recommandé. Vous pourrez juger par vous-mêmes que tout y est fait pour nous aider à effectuer le bon choix, celui d'une technologie destinée à nous libérer des contraintes physiques et matérielles pour nous emporter vers des sommets insoupçonnés d'intelligence et de puissance. C'est le début de l'âge d'or de l'humanité que nous amorçons là !

— Et puis, on verra aussi comment on peut s'organiser avec Jason qui n'a que trois ans, affirma plus tard Mimiteh à Wesley.

— Ne t'inquiète pas, lui avait répondu Wesley, on a bien réussi jusqu'à présent à l'élever en poursuivant nos études. Alors ! Cela se fera tout naturellement, crois-moi.

Comme toujours, ils étaient d'accord.

3 - Après l'écureuil, un loup

Treize ans plus tard, Jason se tenait assis devant la maison d'Ursyn le Chaman dans la réserve Hopi, une maison en pierre, qui était construite à la sortie du village, sur la route qui menait vers Flagstaff.

En contemplant l'horizon, nu et parsemé de roches et d'une végétation famélique, il mesurait l'isolement de cette contrée, inhospitalière, proche de ce qu'on appelait la région des Quatre Coins, avec l'Utah, le Colorado, le Nouveau Mexique et l'Arizona, l'Arizona justement qui offrait trois grands plateaux pour abriter les tribus Hopis.

Jason était un étranger, un jeune Blanc, aux cheveux blonds et aux yeux bleus, le seul Blanc qui vivait depuis peu dans le village indien. Son arrivée avait suscité quelques remous mais Ursyn, en sa qualité d'autorité spirituelle, semblait avoir aplani les difficultés.

— Il ne sera pas dit que nous puissions faillir à notre tradition d'accueil, avait-il expliqué. Il est là, pour l'instant, et je le prends sous ma responsabilité.

Et il lui avait rapidement fait faire le tour du village en le présentant d'abord à Chochokpi, de son nom Hopi *Trône pour les Nuages*, le chef de la tribu, un Indien mince, aux cheveux châtains mi-longs qui flottaient librement sur ses épaules. Ses traits énergiques, burinés par le soleil et soulignés par une frange qui descendait jusqu'à ses sourcils, étaient adoucis par une expression bienveillante. Il était vêtu simplement d'un pantalon clair et d'une chemise blanche.

— Les jours de cérémonie, notre Chef est beaucoup plus impressionnant, plaisanta Ursyn, avec sa coiffe ornée de plumes d'aigle. Mais, avec ou sans, la tribu a un bon chef. Et voilà sa femme, Taima, qui porte le nom de *Fracas du Tonnerre*.

— Comme mon nom ne le dit pas, je suis la crème des femmes !

— Bien sûr, tout le monde voit bien que tu as le cœur sur la main, répondit Ursyn.

— Il a l'air sympa, affirma-t-elle en se tournant vers Jason pour le détailler des pieds à la tête.

Taima, presque aussi grande que son mari, représentait physiquement son contraire car elle affichait certaines rondeurs, les cheveux noirs serrés dans un chignon bas et son visage avait tendance à promener une expression sévère et un air impérieux sur ce qui l'entourait.

— Et, nous, nous sommes Aponi, *le Papillon,* et Kotori, *l'Esprit de Hibou,* leurs enfants, annoncèrent deux jeunes, une fille et un garçon d'un âge à peu près identique à celui de Jason.

Celui-ci contempla le frère et la sœur qui lui souriaient amicalement. Ils portaient tous deux les cheveux longs, noués en queue sur la nuque et, par leurs traits, très fins, ils ressemblaient à leur mère.

Au fond, ces jeunes sont comme moi, se dit Jason, ils sont vêtus d'un jean et d'une chemise ou d'une blouse, même si les boucles d'oreilles et les colliers de perles de la fille sont plutôt de style indien, d'après ce que je connais. D'ailleurs, j'aime bien la lueur pétillante que je vois briller au fond de ses yeux.

— A présent, on vous laisse, reprit Ursyn, on va rencontrer les autres familles, du moins celles qui sont présentes. Car tout le monde a hâte de voir notre ami, ne serait-ce que par curiosité.

Et ainsi le Chaman lui fit faire la connaissance d'autres parents et d'autres jeunes, Chuchip, *le Cerf,* Choovio, *l'Antilope*, Kwahu *l'Aigle*, par exemple.

— Avec Kotori, le fils du Chef, ils forment un petit groupe, sympathique, qui s'entend bien. Tu pourras certainement en faire partie, si tu le souhaites. Ce sera à toi de voir. Ah, et puis voilà Yepa, *la Princesse de l'Hiver*, ajouta-t-il en voyant venir une jeune fille dans leur direction.

Il s'arrêta en la croisant :

— Yepa, je te présente Jason, un nouveau membre de notre communauté. Je peux lui dire que tu es la meilleure amie d'Aponi ?

— Oui, nous nous entendons très bien, Aponi et moi, confirma-t-elle aimablement. Et toi, tu es là pour longtemps ? demanda-t-elle, s'adressant directement à Jason.

— J'aimerais bien rester un peu, si on m'accepte, répondit Jason.

— Alors, pour moi, c'est d'accord, et elle s'éclipsa en riant.

Ursyn lui présenta encore d'autres familles dont il oublia très vite les noms et les visages.

Ainsi, quelques jours plus tard, assis devant la maison d'Ursyn, Jason se remémorait avec plaisir l'accueil que lui avaient réservé les jeunes de la tribu car personne ne lui avait battu froid ni ne s'était montré arrogant.

Il paraissait toujours absorbé quand Ursyn apparut sans bruit devant lui en portant une petite bête dans ses bras.

Jason ouvrit des yeux émerveillés tandis que le Chaman lui dit :

— C'est un très jeune loup orphelin que je viens de trouver à côté du cadavre de sa mère, sur le plateau. Il était voué à une mort certaine et je t'en fais cadeau. Il sera ton ami et tu en auras la responsabilité. Je te propose de l'appeler tout simplement Khweeuu, *le Loup*.

Il le posa à terre, à quelques mètres de Jason.

— Appelle-le doucement, il devrait venir vers toi.

Il s'agissait d'un petit loup, à la fourrure entièrement blanche, aux yeux craintifs mais intelligents, avec de petites oreilles joliment ourlées et dressées. Il paraissait malhabile sur ses pattes et Jason fut immédiatement attendri, incrédule aussi devant la magnificence du cadeau.

— Il est pour toi, confirma Ursyn le Chaman en souriant, ce sera ton premier apprentissage de la vie des Hopis. Il te faudra l'apprivoiser, le nourrir, lui donner de l'amour et aussi lui faire confiance. Car, tu te doutes bien, tu vas l'éduquer, mais il en fera autant pour toi.

Jason resta sans voix face à l'ampleur de la charge.

— Appelle-le, reprit Ursyn, et ne t'inquiète pas. Tout ceci se fera naturellement.

Jason l'appela alors en mettant des accents chaleureux dans sa voix et Khweeuu fit les quelques pas nécessaires pour venir se blottir contre ses jambes.

— Je sens qu'on va devenir de grands amis, lui dit Jason, et, si je comprends bien, on va réellement veiller l'un sur l'autre ? Quelle aventure ! ajouta-t-il en levant les yeux sur Ursyn.

Celui-ci, qui appartenait au clan de l'Ours, un clan très influent dans les temps immémoriaux, contemplait la scène d'un air confiant. Il savait bien que le moindre animal, qui apparaissait de manière impromptue dans la vie de quelqu'un, était mandaté par le Grand Esprit. Le petit loup ferait son œuvre.

Jason fut conquis, il était entré dans un monde inconnu et attirant, après des années de sommeil.

4 - Chez les grands-parents paternels

Ces années endormies, au fond, avaient commencé à l'arrivée de Jason dans la région lorsqu'il avait été recueilli par ses grands-parents paternels, Ann et Julian Ferguson.

C'était lorsqu'il n'avait encore que trois ans, après la mort tragique de ses parents, Mimiteh et Wesley Ferguson.

En effet, Ann et Julian vivaient à Flagstaff, au Sud-Est de la réserve des Hopis qui se situait entre Ganado et Tuba City.

Ils habitaient dans une maison spacieuse, entourée d'un grand parc.

Ils avaient installé Jason dans l'ancienne chambre de leur fils Wesley et Julian avait recherché au grenier sa caisse de vieux jouets, surtout des soldats en plomb, plus précisément des cow-boys – qui gagnaient toujours – et des – méchants – Indiens, que Jason manipulait et manœuvrait pendant des heures.

Il avait aussi trouvé l'un des doudous de son père, un lapin aux grandes oreilles et au corps presque plat.

— Tu vois, c'est celui que ton père préférait, je l'ai cousu et recousu pour le sauver et je l'ai gardé avec le reste, lui avait confié sa grand-mère.

Plus grand, il avait pris un plaisir fou dans le parc à escalader les arbres, à se confectionner un arc rudimentaire et des flèches, il avait observé les oiseaux, écouté leur ramage et, comble du bonheur, il avait pu profiter de l'abri fourni par une ancienne cabane de jardin que son grand-père avait nettoyée pour lui.

Matériellement, il disposait du nécessaire et même du superflu.

Il manquait juste un peu d'affection, comme si ses grands-parents se retenaient d'en donner ou qu'ils avaient épuisé leur provision d'amour.

Puis, il avait été tourmenté par des rêves qui revenaient régulièrement le hanter.

Il se voyait petit, dans les bras d'un couple qui riait avec lui, qui le berçait et lui chantait des chansons douces. Puis, immanquablement, la vision s'éloignait.

En vain, il essayait de retenir l'image et l'effort le réveillait, au bord des larmes, le cœur noyé de nostalgie.

Il finit par s'en ouvrir à sa grand-mère.

Celle-ci alla chercher la boîte aux photos pour en extraire quelques-unes, après avoir bien fouillé, celles qui montraient un enfant, un adolescent et ensuite presque un adulte.

— C'est le même garçon, à des âges différents. C'est celui que tu vois ?

— Oui, je le reconnais, s'écria Jason tout ému, c'est là, quand il est grand.

— Eh bien, c'est ton père, Wesley, et il avait pratiquement vingt ans sur la photo.

— Ah, c'est Papa ! Enfin, je vois à quoi il ressemblait.

— Mais c'est lui sur la petite photo de la cheminée, je te l'avais montrée, tu n'as pas dû faire attention, il est vrai que tu étais encore petit, soupira Ann.

— Parle-moi de lui, s'il te plait, raconte-moi ce qu'il disait, ce qu'il faisait.

La grand-mère, s'autorisant enfin à aborder ce sujet si douloureux, prit une profonde inspiration et se lança :

— Ton père était un enfant gentil, un peu secret comme toi, il travaillait bien à l'école, il faisait du sport, il était entouré d'amis et la maison bruissait du mouvement de ces jeunes ; on organisait des goûters et plus tard avec d'autres parents on faisait des sorties. C'était la vie d'un adolescent normal qui nous comblait et qui était récompensé par une vie facile, sans soucis.

La grand-mère se tut, emportée par ses souvenirs.

— Et puis ? demanda Jason.

— Ton père a grandi et il a passé ses dernières vacances scolaires avec nous car il allait entamer des études supérieures à Phoenix. Il voulait être anthropologue pour étudier une autre culture, des gens différents de nous et il avait choisi les Indiens Hopis qui ne sont pas loin d'ici. Un choix bizarre ! A mon avis, il aurait pu prendre une culture plus intéressante que celle des Indiens, mais je crois qu'il avait choisi la proximité. Il avait aussi rencontré une camarade d'étude, justement une Indienne Hopi, qui lui plaisait bien. Il nous en avait parlé et ton grand-père lui avait conseillé d'attendre un peu, de faire ses études d'abord, pour se décider ensuite. Et puis Wesley est parti étudier à Phoenix, on le voyait beaucoup moins mais on savait qu'il continuait à bien travailler.

— Il ne venait pas souvent mais il donnait certainement des nouvelles, non ?

— On voyait ton père quand il revenait au volant de sa vieille voiture. Phoenix n'est pas loin d'ici et cette voiture lui suffisait. Après, il est venu nous présenter sa future femme, ta maman, qui était enceinte.

— C'était celle qui lui plaisait déjà ?

— Oui, on ne savait pas trop ce qu'elle était vraiment mais elle paraissait quand même très gentille. Pourtant, avec ton grand-père, on aurait préféré qu'il n'y ait pas déjà un bébé en route. Or, on avait tort puisque tes parents ont eu le plus beau bébé du monde, vif, éveillé et en même temps assez calme. Curieux aussi et tu nous as tout de suite conquis quand tu nous as regardés la première fois. Par la suite, on vous voyait, toi et ton papa, une journée par-ci, par-là, surtout quand c'étaient les vacances. Et, un jour, on nous a prévenus qu'un terrible accident s'était produit, un accident qui avait coûté la vie à tes parents.

Jason parut méditer :

— Tu sais comment s'est passé l'accident ?

— Je n'ai pas tous les détails, tu t'en doutes. Mais selon ce que je sais, vous vous déplaciez dans un side-car, ce jour-là, tes parents sur la moto et toi certainement bien emmitouflé et attaché dans ton habitacle. Vous rouliez derrière un camion, un de ces camions énormes et abominables qui sillonnent les routes du nord au sud des Etats et, apparemment, le camion a freiné car il y avait des traces de pneus.

Vaincue par l'émotion, malgré le passage des années, Ann se tut quelques instants.

— Tes parents, qui le suivaient, n'ont pas freiné. N'avaient-ils rien remarqué ? On ne le sait pas. En tout cas, ils se sont encastrés dans l'arrière tandis que l'habitacle, détaché de la moto par le choc, a parcouru toute la longueur du camion en passant sous le châssis. Tu imagines la scène ?

Jason écarquilla ses yeux tandis que sa grand-mère poursuivit :

— Et, ainsi, tu as émergé sur la route en sortant entre les roues du camion arrêté. Mais ce n'était pas terminé car, dans ton élan, tu as poursuivi ta course et tu as fini par t'immobiliser sur la deuxième voie. Tu allais alors être écrasé sous les roues d'un camion qui venait en sens inverse sans la présence inattendue, nous a-t-on assuré, d'un écureuil planté sur la chaussée qui a amené l'autre chauffeur à freiner ! C'est une histoire inouïe et on peut dire que tu es un vrai miraculé, sauvé envers et contre tout et sans la plus petite égratignure ! Bien sûr, on t'a recueilli et, depuis, tu vis avec nous.

Jason, sous le choc de la révélation, demeura muet. Puis, il reprit, l'histoire n'étant pas complète :

— Et, Maman, tu n'as rien dit sur elle ! Elle était comment, gentille aussi ?

— Elle était très gentille et elle t'aimait beaucoup. Tous les trois, vous formiez une belle famille.

— Tu n'as pas de photo d'elle, comme celle pour Papa ?

— Je suis désolée, dit-elle d'un ton un peu gêné, mais non, je n'ai pas de photo. On n'a jamais dû penser à en faire, se justifia-t-elle, mais qui pouvait imaginer que le temps allait être si court ?

5 - Ursyn, le guérisseur

Ursyn le Chaman contemplait le malade qu'on lui avait apporté, un membre de la tribu qui se tordait de douleur à ses pieds, en proie à des convulsions.

Il s'assit devant lui et s'absorba en lui-même pour être capable de recevoir l'aide des Esprits – qui ne pouvait être déclenchée que par une totale disponibilité – afin de dissoudre, pour ainsi dire, la cruelle maladie qui agitait le corps devant lui.

Il médita en attendant l'arrivée imminente des préposés aux tambours : ils allaient l'aider dans son intervention psychique.

Il accueillit ensuite dans son cœur les battements réguliers des trois tambours qui remplirent rapidement l'espace visible et invisible.

Il se mit alors à psalmodier la série d'incantations destinées à attirer la force des Esprits protecteurs et à favoriser leur intervention à travers lui.

Son corps bougeait au rythme de la musique, il sentit que la transe n'était pas loin.

Et il perdit le contact avec le monde qui l'entourait.

Ainsi, il était prêt à se laisser envahir par la puissance des Entités supérieures.

Quand les énergies se furent correctement alignées et tandis que les tambours continuaient à battre de manière lancinante, il se concentra sur le malade prostré à présent devant lui.

Il visualisa lentement son corps en passant en revue ses organes les uns après les autres et il détecta l'organe défaillant, le foie, qui, rouge de colère, criait sa douleur.

Il sentit, de manière presque palpable, combien l'énergie des Esprits l'inondait, telle une onde généreuse. Il s'empressa de la porter mentalement vers le point de souffrance, tandis que les roulements de tambour se poursuivaient sans répit.

Il respirait de manière saccadée quand il sentit que le flux d'énergie diminuait dans son intensité. Dans le même temps, il vit que la couleur cramoisie du foie perdait de sa virulence et se faisait doucement remplacer par une teinte vert émeraude apaisante et enveloppante.

Il eut encore le temps de se rendre compte que le malade se trouvait sur la voie de la guérison et de remercier les Esprits avant de sombrer dans un profond sommeil.

6 - Il y a ceux qui se ferment …

Ce jour-là, comme tous les matins, Ann et Julian terminaient leur petit déjeuner en lisant le journal. Ils se le partageaient, Ann s'attribuait les nouvelles locales tandis que Julian se plongeait dans les articles politiques et économiques.

— Jason dort encore ? demanda Julian.

— Oh oui, il doit certainement récupérer de son entraînement de natation.

Et ils se plongèrent dans leurs lectures respectives quand Ann s'écria :

— Figure-toi, les jeunes coureurs Hopis ont encore gagné une médaille lors de la compétition régionale inter-jeunes. Ils sont quand même toujours abonnés aux victoires. Et dire qu'on croit qu'ils ne savent rien faire !

— Tu sais bien que cela ne veut rien dire, ce n'est qu'une affaire de muscles et d'un peu d'entraînement, il n'y a pas besoin de réfléchir !

— Tu crois ? Il n'y a pas une stratégie à mettre en œuvre, comme par exemple penser à s'économiser au début ?

— Non, il suffit de courir ! Et même s'il y en avait une, cela n'irait pas chercher bien loin en matière de réflexion. Enfin ! Ah ! dire qu'il a fallu que Wesley tombe sur ..

— Papa est tombé sur quoi ? demanda Jason en arrivant dans la pièce.

Il avait ses cheveux blonds en bataille et il s'étira pour se réveiller. Immédiatement, sa grand-mère se mit à rire gaiment :

— Oh, on dirait que tu as encore grandi ! Je vois, il va falloir qu'on te rachète des vêtements.

— Oui, mais, en attendant, j'ai très faim.

En disant cela, Jason fit un grand sourire à sa grand-mère et celle-ci ne put s'empêcher de le comparer à son père. Elle soupira.

— Ton père, dans son souhait d'être anthropologue, expliqua Julian pour répondre à la question de son petit-fils, est tombé sur l'étude des Hopis alors qu'il y avait beaucoup d'autres sujets possibles !

— Et ce n'était pas un bon sujet ?

— Disons que je ne pense pas que ce soit un sujet intéressant, on en a vite fait le tour puisqu'on sait qu'ils sont paresseux, sales et pauvres ! Heureusement qu'ils sont parqués dans des réserves et qu'on n'est pas obligés de les côtoyer !

— Ah, si tu crois, acquiesça Jason, qui n'avait pas d'idée sur la question.

Mais ce n'était pas la première fois qu'il entendait ses grands-parents émettre des critiques sur les Indiens. Puisque c'étaient ses grands-parents qui le disaient, il se dit qu'il devait quand même y avoir une part de vrai.

Evidemment il savait bien que sa mère était une Hopi mais l'affection qu'il nourrissait pour ses grands-parents empêcha cette pensée fugitive de véritablement s'imposer.

7 - ...et ceux qui s'étaient ouverts

Mimiteh et Wesley Ferguson, les parents de Jason, s'étaient connus à l'école à Flagstaff.

Dès leur première rencontre dans la dernière année de middle school, ils prirent conscience de la connivence qui les attirait l'un vers l'autre.

Plus tard, en fin de high school, Mimiteh pouvait écouter Wesley discourir pendant des heures sur son désir d'étudier les mœurs d'autres ethnies pour les comprendre et s'en inspirer pour faire avancer la société de son pays.

C'était dit, il serait anthropologue.

D'ailleurs, il n'avait pas à explorer de lointaines contrées pour trouver son champ d'étude. Non, les sociétés d'Indiens, sur des territoires très proches, pouvaient fournir le terrain d'observation et il avait même le choix entre les Hopis, les Apaches, les Pueblos ou encore les Navajos.

Il opta, évidemment, pour les Hopis.

Leurs camarades les raillaient gentiment, certains même avec envie.

— Ah ! voilà les siamois ! disaient-ils, ils sont inséparables !

Puis, tout naturellement, ils allèrent ensemble à l'université à Phoenix.

Car Mimiteh s'était lancée dans le même type d'étude que Wesley. Son père, Ursyn, l'avait d'ailleurs encouragée en lui disant :

— Et, puis, ainsi, tu auras le point de vue de nos voisins Blancs qui ont aussi leur idée sur nous.

Auparavant, Wesley avait parlé de Mimiteh à ses parents, Ann et Julian mais son père – comme Ann le révèlerait plus tard à Jason – lui avait fermement conseillé de penser d'abord à ses études et de ne pas sacrifier sa liberté :

— Réfléchis, tu es jeune, ne t'encombre pas d'une fille. Aujourd'hui, tu fais ce que tu veux et après ce ne sera plus le cas et tu le regretteras !

Et, pendant ces dernières vacances avant la rentrée universitaire à Phoenix, ses parents avaient vainement favorisé les rencontres avec ceux de leurs amis qui avaient une ou plusieurs filles.

En retrouvant Mimiteh à Phoenix, Wesley s'étonna de ne pas avoir eu de nouvelles pendant tout l'été.

— Mais je t'ai écrit, trois lettres, lui répondit-elle, en me retenant de ne pas t'inonder avec un courrier par jour ! Tes parents n'auraient certainement pas apprécié !

— C'est curieux, assura Wesley, je n'ai pourtant rien reçu. La Poste a peut-être omis de faire la distribution ? Je poserai la question à mes parents.

Ce fut une période heureuse pour Mimiteh et Wesley, d'autant plus que leur idée d'aider le peuple des Hopis prit rapidement forme sous l'influence de Clarent Whole.

La naissance de Jason acheva de les transporter.

A tout point de vue, ils étaient comblés.

Hélas, ce bonheur trouva rapidement la fin dramatique que l'on connaît.

8 - Une excursion déterminante

Jason allait maintenant sur ses seize ans.

— Aujourd'hui, je vous emmène chez les Indiens Hopis, avait déclaré l'enseignant responsable de la classe de Jason. Nous allons visiter leur réserve, enfin ce qu'ils voudront bien nous montrer car on ne s'y promène pas comme on veut !

Jason et ses camarades avaient joyeusement pris place dans l'autocar scolaire, impatients de sortir de leur routine d'écoliers. D'ailleurs, ils entraient dans la période propice aux excursions qui précédait les vacances d'été.

— Vous allez voir, le dépaysement va être total par rapport à ce que vous connaissez, avait-il poursuivi. Mais soyez respectueux, surtout si vous ne comprenez pas.

Le voyage en autocar dura presque deux heures de Flagstaff à la réserve. Sur la fin du parcours, dans un paysage totalement désertique, ils virent qu'ils s'approchaient d'une série de petites montagnes dont les sommets paraissaient plats.

— Ce sont les mesas, les plateaux rocheux, qui abritent les villages Hopis, indiqua l'enseignant. On va se diriger vers le premier plateau pour visiter.

En attendant, la nature, particulièrement inhospitalière, dévoilait un sol rocailleux, dépouillé, marbré de couleurs minérales, ocre, rouge ou orange. Une végétation clairsemée – quelques arbres, des buissons, des cactus – parsemait les lieux et conférait à l'ensemble une impression d'isolement de bout du monde, qui suggérait immédiatement que les étrangers n'étaient pas forcément les bienvenus.

— Ce n'est pas bien gai, ici, murmura Jason, impressionné, à son voisin. Je parie que les conditions de vie sont extrêmes !

En sortant de l'autocar, il fut effectivement assailli par une vague de chaleur accablante qui lui donna soif instantanément. Le groupe se dirigea alors vers l'entrée de la réserve, qui semblait délimitée par un haut grillage rouillé, où ils furent accueillis par une Hopi qui allait leur servir de guide.

— Nous allons visiter le village, leur précisa-t-elle. Ne vous éloignez pas tout seuls et ne prenez pas de photo. Sinon, si vous ne respectez pas les consignes, je serai obligée d'abréger et de vous ramener au portail.

Campée les bras sur les hanches, vêtue d'une blouse et d'une longue jupe multicolore qui ne dissimulait pas son embonpoint, elle arborait un air revêche qui signifiait qu'elle ne ferait pas preuve d'indulgence.

Ainsi accompagnés, Jason et ses amis purent se tenir sur l'espace public sans s'approcher des habitants et des maisons, toutes en pierre, qui se présentaient de manière groupée et plutôt en demi-cercle. La plupart comportait un rez-de-chaussée et un étage, accessible par une échelle extérieure, et était flanqué d'une terrasse.

— Le coup de l'échelle, ce n'est pas pratique, quand il fait nuit en plein hiver, souffla un camarade.

— Surtout si les barreaux sont gelés par la neige ou le verglas ! répondit un autre.

— Ne vous en faites pas, répondit la guide, qui avait l'oreille fine, un Hopi est capable de retrouver son chemin, même verglacé, les yeux bandés.

Les jeunes poursuivirent leur observation.

Dans un coin, à l'ombre d'un arbre au feuillage clairsemé, des enfants, assis sur le sol poussiéreux, se lançaient de petits cailloux blancs. Tout à leur jeu, ils ne se laissèrent pas distraire par les arrivants.

Une Indienne passa sa tête par l'ouverture de la façade pour jeter un coup d'œil aux enfants. Rassurée, elle disparut, non sans avoir regardé vers la guide et sa troupe.

— Vous voyez, reprit celle-ci, les maisons sont souvent accolées. Dans le temps, elles constituaient un rempart face aux ennemis et, d'ailleurs, autant les ouvertures qui donnent sur l'intérieur du cercle sont de bonnes dimensions, autant elles se limitent à une fente verticale sur l'extérieur.

— Ah, il y avait des ennemis ?

— Oui, car la réserve des Hopis est entourée par le territoire des Navajos, qui volaient leur bétail et leurs récoltes. Alors, les conflits étaient fréquents et ils ont duré très longtemps puisqu'un accord est seulement en voie d'être signé.

— Est-ce qu'il fait chaud dans les maisons en hiver et frais en été ?

— Bien sûr, des peaux en cuir très épais sont tendues et un système d'aération permet de faire du feu. En été, ce sont des tentures légères qui font écran. Mais aujourd'hui, une majorité de maisons est équipée de fenêtres en verre et de portes avec des gonds.

Les questions se succédaient, les jeunes paraissaient très intéressés, spécialement Jason.

Personne ne connaissait ses origines, son histoire se résumant à sa vie chez ses grands-parents, en raison de la disparition de ses parents. De plus, il ne possédait pas le type indien : avec ses yeux bleus, ses cheveux blonds et son teint clair, il ressemblait à son père.

La guide les mena ensuite vers l'extérieur du village où ils purent apercevoir des protubérances qui affleuraient à la surface du sol.

— Oh, on dirait qu'on aperçoit comme des sortes d'estrades ? demanda encore l'un des jeunes. C'est fait pour des cérémonies ?

— Oui, on peut dire ça, c'est un lieu de rassemblement pour le village, répondit la guide.

Elle ne souhaitait pas leur parler des kivas, ces sortes de chambres souterraines qui servaient pour leur vie collective, spirituelle et matérielle ; et elle les entraîna d'un autre côté.

— Il fait très chaud mais rassurez-vous, on vous servira une boisson sous peu. En attendant, j'aimerais encore vous montrer combien la situation des villages sur ces plateaux est exceptionnelle, comme ils dominent d'un côté une nature moins hostile et plus accueillante.

— Alors, c'est là où il fallait s'installer, conclut étourdiment l'un des jeunes.

Sans répondre, la guide mena le groupe au bord du plateau.

— Vous voyez, reprit-elle, à nos pieds, il y a des arbres plus vigoureux ici qui poussent droit et des buissons qui fournissent un refuge à une foule d'animaux sauvages. Bien sûr, il n'y pleut pas davantage mais on a constaté que le sol y était plus riche, sans doute nourri par la terre arable arrachée par le vent des plateaux.

Elle laissa aux jeunes le temps de se rendre compte de la différence avant d'ajouter :

— La vie, effectivement, paraît plus facile que sur les hauteurs. Mais l'emplacement des maisons sur les plateaux a été choisi depuis des temps immémoriaux car, malgré le risque d'être vu, il permet de voir, voir un ennemi qui s'approche, contempler l'horizon qui se charge de nuages de pluie ou encore évaluer l'approche d'une meute de loups en quête de nourriture. Alors, pour rien au monde, nous ne voudrions nous séparer du ciel pour descendre au ras du sol, protégés illusoirement par une végétation plus dense.

Sur un ton plus léger, elle ajouta :

— Venez on rentre, c'est l'heure des rafraîchissements et des animations.

Devant l'entrée, à l'extérieur de la réserve, ils purent alors se désaltérer.

Puis, certains eurent l'occasion de s'exercer à tirer des flèches avec de grands arcs indiens couverts de motifs multicolores. A leur grand dépit, ils atteignirent rarement la cible, un disque en bois peint, placé à une vingtaine de pas. D'autres s'étaient tournés vers une activité plus calme et ils peignaient, non des Kachinas, ces statuettes sacrées du peuple hopi, mais de grossières poupées en bois, en les recouvrant de couleurs naturelles. Ils s'appliquaient, leur guide leur ayant promis de pouvoir les emporter s'ils le désiraient.

Et, pour clore leur visite, ils assistèrent alors à une séance d'invocation des Esprits, mimée par une demi-douzaine d'Indiens qui se mirent à danser et à chanter en tapant des mains. Emportés par leur mise en scène, les Indiens poussaient des cris sauvages en bondissant en l'air et en se contorsionnant. Les jeunes visiteurs furent impressionnés et ils ne surent pas s'ils devaient rire ou redouter la manifestation des Esprits.

Puis, les Indiens se mirent à tituber pour simuler l'ivresse éprouvée par la rencontre avec les Entités et ils finirent par s'affaler, le nez dans la poussière. Les adolescents marquèrent alors un temps de silence qui refléta bien leur craintive indécision avant de se ressaisir et d'opter pour la banalisation de l'événement.

— C'est bidon, tout ça, s'exclama l'un d'eux. S'ils croient nous faire peur, c'est loupé !

Ils avaient assisté à un simulacre de prière, les danseurs ne pouvaient être pris au sérieux, ils s'étaient ridiculisés et leurs traditions et rites ne pouvaient prêter qu'à la moquerie.

— D'ailleurs, les Esprits n'existent pas et, donc, on ne peut pas les appeler !

— En tous cas, ces Indiens étaient trop stupides pour qu'on puisse les prendre au sérieux !

Ce fut le mot de fin de l'histoire.

Cependant, contrairement à la majorité de ses camarades, Jason fut peiné par le spectacle. Il sentait confusément que cette culture était autre chose qu'une coquille vide. Les rites devaient bien se laisser lire, si on prenait la peine de s'y intéresser, pour donner accès à une vérité plus secrète.

Et il se dit que son père Wesley l'avait senti puisqu'il avait entamé des études d'anthropologie pour mieux comprendre les Hopis et ce qui avait attiré l'attention de son père ne pouvait qu'être digne d'intérêt.

Dès lors, il avait su ce qu'il voulait faire de sa vie. Il allait bien sûr peiner ses grands-parents mais ceux-ci connaissaient-ils réellement les Indiens ?

9 - Les vains avertissements

Ce funeste vendredi de juin où sa fille Mimiteh avait perdu la vie, Ursyn le Chaman avait été noyé par le chagrin.

Depuis deux jours, après les obligations dues au décès, il se tenait seul dans sa kiva, assis sur le sol, les yeux fermés, perdu dans sa peine. Il pleurait intérieurement, il était même inconsolable car il avait perdu sa fille, une fille magnifique que les Esprits lui avaient donnée et voilà qu'Ils avaient permis qu'elle s'en aille.

Bien sûr, il ne se révoltait pas contre eux, ce qui arrivait était toujours juste, même si cela pouvait paraître incompréhensible ou terriblement cruel et, dans ce cas précis, il avait été frappé directement dans sa chair.

Car c'est dans sa chair qu'il était atteint au point d'en avoir la nausée, sa fille était partie et il se sentait physiquement très malade. Une fille à qui il avait servi de père et de mère lorsque, malgré ses prières et ses décoctions, sa femme avait été vaincue par l'effort de l'accouchement. Il n'avait alors pas connu de répit, le bébé ne pouvait attendre qu'il guérisse de sa peine.

Et là, quoiqu'il s'en défendît, il revivait les souvenirs joyeux qui figuraient pourtant déjà dans les livres du passé et des scènes de l'enfance et de l'adolescence choyées de sa fille Mimiteh s'imposaient régulièrement à son esprit.

Il se souvenait de cette jolie petite fille, lorsqu'elle accomplissait ses premiers pas, hésitants, puis plus affirmés, pour se jeter dans ses bras tendus. Il voyait ses yeux lumineux, confiants et son sourire qui le faisait fondre.

Il était tellement facile de l'aimer car elle ne faisait jamais de caprices, elle écoutait toujours attentivement ses propos et elle suivait ses conseils avec un sérieux enfantin.

Par la suite, en grandissant, il put constater qu'elle restait docile et affectueuse tout en nouant des amitiés solides avec d'autres enfants.

C'est ainsi qu'il emmenait souvent une petite troupe se promener en contrebas du plateau, à la découverte de la nature. C'étaient de joyeuses excursions et les enfants avaient bien du mal à parler tout bas en se lançant sur les traces des renards ou des cerfs. Des yeux ils tentaient de percer les secrets du feuillage des arbres pour y découvrir les nids des oiseaux ou des écureuils et ils s'intéressaient aussi aux plantes médicinales qu'il fallait cueillir avec soin.

Plus tard, même avec les obligations de l'école ou de la course à pied – Mimiteh, comme pratiquement tous les jeunes, s'adonnait à ce sport quotidien – il restait à Ursyn et sa fille du temps pour se parler des menus soucis ou des aspirations concernant l'avenir.

Et, évidemment, sur le plan spirituel, le Chaman et sa fille – qui prendrait sans doute sa suite – étaient en accord.

Alors, comment les choses avaient-elles autant pu déraper ?

Après les années à Flagstaff, sa fille avait débuté ses études universitaires à Phoenix. Elle était très proche d'un camarade de classe qui paraissait digne de confiance et qui avait entamé un parcours d'anthropologue.

Il s'agissait d'un jeune Blanc mais Ursyn n'avait rien trouvé à redire, du moment qu'il était sérieux, d'esprit ouvert et susceptible d'assurer le bonheur de sa fille. Il avait également approuvé l'idée de Mimiteh de travailler pour son peuple, il l'avait même confortée dans cette voie, d'autant que d'anciennes prédictions indiquaient que la sagesse des Hopis était destinée à se répandre.

Régulièrement, il recevait de leurs nouvelles ou il les accueillait, pour une fin de semaine, dans sa petite maison. Bientôt, il put même tenir dans ses bras son petit-fils, Jason, un bébé vif et éveillé qui referma immédiatement sa menotte sur l'un de ses doigts.

— Il m'adopte ! avait-il dit, en souriant pour masquer son émotion.

Il s'en souvenait, il s'était fait la réflexion que ce petit Jason avait sa mère bien vivante à ses côtés pour s'occuper de lui alors que la mère de sa fille était morte en couches. Ursyn avait accepté l'événement comme il se présentait, c'était un nouveau bonheur qui allait sans doute pouvoir effacer le premier deuil dont il n'était pas complètement guéri.

Le chemin semblait tracé, lumineux et plein de promesses.

Et, pourtant...

Au fil du temps Ursyn commença à faire des rêves qui lui montraient des avenirs possibles pour sa fille :

soit elle s'engageait dans une voie dominée par la matérialité et la technologie, soit elle revenait finalement dans la tribu pour accepter le don de Chaman dont elle avait hérité, il en était sûr maintenant.

Pendant un certain temps, ses rêves restèrent ouverts, aucune direction ne paraissait prendre le pas.

Puis, petit à petit, les visions se précisèrent, il voyait la route qui se déroulait vers l'horizon qu'il redoutait.

Il rendit visite à sa fille pour lui rappeler le plus affectueusement possible la vocation qu'elle s'était choisie. Il lui rappela l'importance de son choix et lui conseilla de s'engager sur l'itinéraire certes plein d'exigences mais qui permettait de mettre du sens dans l'existence : être au service et conserver les liens ancestraux.

Il eut l'impression que l'horizon s'éclairait à nouveau et que sa fille optait, avec Wesley, pour la solution de la raison et du cœur.

Mais, progressivement dans les rêves suivants, il eut des visions de terreur, Mimiteh semblait se perdre dans un labyrinthe de plus en plus obscur et un retour paraissait improbable.

Et, un jour, il n'eut plus de doute, sa fille s'était perdue. Dès lors, il avait attendu l'ultime dénouement qui allait lui déchirer le cœur.

A présent, il subissait la double peine, celle du premier deuil, toujours présent malgré les années et celle, plus atroce encore, de la mort de son enfant et des espoirs qu'elle représentait. Il crut en mourir.

10 - Les visites secrètes

Lors de cette excursion de fin d'année, Jason avait bel et bien été marqué par sa visite à la tribu des Hopis. Il se mit alors à se documenter en se rendant à la bibliothèque de Flagstaff.

Son grand-père l'encourageait :

— Tu as raison de vouloir consulter des livres pour compléter tes cours, approuva Julian. On n'en sait jamais de trop et ta grand-mère et moi, nous sommes fiers de toi.

Gêné, Jason tentait de minimiser :

— C'est normal de vouloir en savoir un peu plus car les enseignants n'ont jamais le temps de rentrer dans les détails.

Il se gardait de lui révéler la nature de ses recherches. Il savait qu'il allait devoir lui faire de la peine mais, par affection, il en reculait le moment, un moment qui devait pourtant se produire rapidement car bientôt les livres ne lui suffirent plus.

Ainsi, malgré la distance, il se rendit plusieurs fois à la réserve pendant son temps libre en faisant de l'auto-stop.

Il passait par Winslow et, à sa sortie, ses yeux se portaient invariablement sur le Gold Digger qui accueillait beaucoup de camions aux heures des repas.

Mais, surtout, il contemplait, toujours avec étonnement, le paysage qui défilait et qui présentait l'une des régions les moins peuplées des Etats-Unis.

Seul, de temps à autre, un portail de ranch laissait supposer la présence d'une habitation cachée par des arbres.

Arrivé à la réserve, qu'il avait déjà visitée avec l'école, il se camouflait plus ou moins derrière un cactus pour ne pas attirer l'attention et, muni d'une paire de jumelles, il observait la vie à travers le haut grillage rouillé. Il notait les allées et venues des habitants, il essayait de deviner les raisons d'un attroupement, il scrutait l'expression des visages et il s'imaginait même, comme dans les films, assis le soir dans la tribu autour d'un feu de joie.

Progressivement, le besoin de pénétrer dans la réserve le tarauda. Alors, un jour, il disparut du matin au soir.

A son retour, sa grand-mère protesta :

— Tu sais, Jason, c'est bien de passer ton temps à apprendre mais tu peux te reposer un peu, crois-moi, cela te ferait du bien. Et, puis, avec ton grand-père, on te verrait un peu plus et cela nous ferait plaisir.

Gêné, Jason finit par avouer qu'il se rendait depuis quelque temps jusqu'à la réserve des Hopis :

— Je n'y rentre pas, j'observe de l'extérieur. Tu comprends, ils me fascinent, apparemment ils sont tellement différents de nous ! Et, pourtant, je ressens comme une parenté, ce qui est sans doute normal puisque ma mère est issue de cette tribu.

Son grand-père, qui avait gardé le silence jusque-là, intervint :

— Tu n'en doutes pas, Jason, on veut le meilleur pour toi mais le meilleur n'est pas chez les Indiens. On en a souvent parlé et je croyais que tu étais d'accord. Même si tu as une part d'héritage du côté maternel, il n'en demeure pas moins qu'ils sont sales et paresseux, ce qui n'est pas ton cas ! Alors, tu n'as rien en commun, c'est certain.

Et, pour être tout à fait clair, il ajouta :

— Tu me feras plaisir en t'abstenant à présent d'y aller, ce n'est pas un endroit pour toi, non vraiment !

Jason vit que son grand-père maîtrisait avec peine son agacement mais il insista :

— Mais, Grand-Père, avec maman, j'ai une part de sang indien et je ne peux pas faire comme si ce n'était pas le cas ! Tu sais bien, ce sont aussi mes racines ! Alors, je brûle d'envie de rencontrer les gens de la tribu.

Son grand-père blêmit.

En essayant de garder son calme, il lui assura que les Hopis, comme tous les Indiens, étaient restés primitifs et barbares, comme ils l'étaient dans le temps, à l'époque des guerres entre les Blancs et les Indiens.

— D'ailleurs la tradition familiale rapporte que l'un de nos ancêtres s'est fait proprement scalper. Alors, tu vois, il n'y a rien de bon à espérer en les fréquentant, tu perdrais ton temps, crois-en mon expérience, il s'agit d'un peuple totalement inintéressant !

Voyant la moue de Jason, qui indiquait clairement que celui-ci ne partageait pas sa position, Julian reprit, fâché pour de bon :

— Eh bien, s'il le faut, je t'interdis d'y aller ! Tu es content à présent ?

Jason attendit alors la fin effective de l'année scolaire pour annoncer, prenant son courage à deux mains, qu'il n'avait pas oublié la tribu des Hopis et qu'il souhaitait y vivre pendant une période indéterminée.

— Je ferai ce que Papa n'a pas eu le temps de faire, je serai anthropologue, affirma-t-il, en commençant d'abord par une expérience sur le terrain.

Julian comprit que son petit-fils avait pris sa décision. En réponse, il réagit avec colère :

— Dans ce cas, comme tu n'as que seize ans et que je désapprouve totalement ton choix, je vais t'émanciper pour que tu puisses assumer tout seul les conséquences de ce mauvais choix. Mais je n'ai aucun doute : quand tu les auras vus de près, tu comprendras que j'avais raison et tu reviendras ici. Et, avec joie, on te reprendra, je pense que tu le sais bien !

Quelques jours plus tard, un soir, après une dernière discussion avec son petit-fils, au cours de laquelle Julian s'était particulièrement énervé, ce dernier se dirigea vers son bureau, ouvrit avec brusquerie un tiroir pour en ressortir un document qu'il brandit devant Jason :

— Tiens ! Voilà ton émancipation ! Tu peux en faire ce que tu veux !

Et il la posa théâtralement sur la table du salon, tandis qu'Ann pleurait doucement en se disant que, curieusement, l'histoire se répétait, son petit-fils suivant l'exemple de leur fils qui s'était égaré chez les Hopis.

Retiré dans sa chambre, Jason s'assit tristement sur son lit. Il aspirait de tout son cœur à partir mais il avait nourri l'espoir – insensé, au fond – de voir son grand-père le comprendre et voilà qu'ils étaient brouillés, leurs positions étaient inconciliables.

Dès lors, il décida de partir le plus vite possible. Il fit son baluchon en optant pour le strict minimum et rédigea un mot pour sa grand-mère en regrettant la peine qu'il allait lui infliger.

Et, le cœur lourd, il partit discrètement à l'aube.

Au matin, en lisant le message de son petit-fils posé sur la table de la cuisine, Ann courut dans sa chambre et elle éclata en sanglots en la découvrant vide, les affaires rangées et le lit tiré.

— Jason nous a quittés, cria-t-elle en tendant le papier à Julian.

Et elle se remit à pleurer de plus belle pour exprimer ensuite avec véhémence son désaccord.

— Tu vois, on a perdu Wesley et maintenant on a perdu Jason, par notre faute, Jason qui nous avait permis de continuer à vivre et qu'on a chassé, sans doute pour le récompenser ?

Mal à l'aise, Julian avoua :

— Je suis très affecté, comme toi, crois-moi. Mais, en même temps, je suis horriblement déçu. Je croyais que Jason avait compris notre point de vue sur les Indiens, un point de vue qui paraît logique compte tenu du passé. Et j'ai naïvement cru qu'il allait pouvoir oublier que sa mère était une Hopi !

Ann secoua la tête pour dire :

— Tu n'as vu que ton opinion et moi aussi d'ailleurs. On a oublié que sa mère, c'est la moitié de ses gènes, de son héritage. Bien sûr, jusqu'à présent, j'étais d'accord avec toi mais là, c'est allé trop loin !

— Et j'aurais dû faire quoi, selon toi ?

— Eh bien, il ne fallait surtout pas en arriver à le chasser ! Il était décidé, je suis d'accord, mais il ne fallait pas le chasser.

— Mais ne t'en fais pas, il reviendra sûrement ce soir.

Et Ann fut très malheureuse pendant longtemps. Elle perdit le sommeil et son allant, se sentant fatiguée même après le plus petit effort. D'ailleurs, elle paraissait souvent perdue dans ses pensées, assise dans son fauteuil, les yeux embués fixés sur un horizon lointain au point de ne pas forcément entendre quand son mari lui adressait la parole. Elle se mit aussi à négliger son aspect physique, ce qui la fit rapidement paraître vieille.

Elle avait bien tenté de se secouer au départ et elle avait même fait le projet d'aller rendre visite à Jason dans sa tribu :

— Tu vois, avait-elle proposé à Julian, on pourrait aller l'embrasser, simplement, sans vouloir le ramener. Ce serait merveilleux, non ?

Mais celui-ci avait catégoriquement refusé de se déranger :

— Non, c'est lui qui doit faire l'effort de se déplacer, sinon c'est comme si on cautionnait sa décision.

— Quelle importance, avait vivement rétorqué Ann, ce qui compte, c'est de voir notre petit-fils !

Pourtant Julian n'avait pas cédé.

11 – Direction, la tribu des Hopis

Ainsi, le lendemain de la dispute Jason s'était rendu directement chez les Hopis. Il fit du stop et eut de la chance, le premier camion qui passait s'arrêta et il trouva que c'était de bon augure.

A l'entrée de la réserve, avec l'aplomb de la jeunesse qui ne doute de rien, il annonça son intention de partager la vie de la tribu. Il s'abstint de faire valoir son origine, d'ailleurs il ignorait s'il existait encore une famille maternelle et, dans l'affirmative, cela pouvait éventuellement le desservir au cas où sa mère n'aurait pas été appréciée. Non, il souhaitait se faire accepter sur sa bonne mine.

Le gardien l'écouta avec scepticisme :

— Tu dis que tu veux partager la vie de la tribu ? Quelle drôle d'idée ! Tu es un Blanc et, nous, on n'est pas une colonie de vacances. Allez, ouste, va-t'en !

— Mon souhait est sérieux, je vous assure, ce n'est pas une lubie de jeune qui veut s'amuser, protesta Jason tandis que l'Indien lui tournait déjà le dos pour s'en aller.

— Ecoute, reviens demain, on verra si tu es toujours là.

Jason comprit qu'il était inutile d'insister. Pourtant, il ne comptait pas renoncer.

Il regarda autour de lui, les fils de fer rouillés étaient toujours là et ils décourageaient toute tentative d'intrusion.

Mais, il découvrit, tout près, à l'extérieur, une petite cabane et il vit que la porte n'était pas fixée.

Je la poserai ce soir contre l'ouverture, se dit-il, et il entra et s'installa par terre.

Il avait emporté quelques vêtements et un livre qu'il ouvrit tout en grignotant une pomme cueillie dans la corbeille aux fruits, lors de son départ.

Puis, le jour déclina doucement et il se sentit inquiet, il n'avait jamais passé une nuit à l'extérieur, seul et affamé.

Il se hâta de fermer la cabane le mieux possible et bientôt ce fut la nuit, adoucie par une lune, qu'il apercevait dans l'entrebâillement de la porte.

Alerté par les bruits et les cris des animaux, il s'efforça de garder les yeux ouverts pour écouter et soupeser le danger. Il lutta pour ne pas dormir mais la fatigue eut raison de sa détermination et il finit par s'assoupir, non sans se réveiller plusieurs fois.

L'aube naissante, qui avait renvoyé les animaux dans leur cachette, le réveilla. Il se sentit soulagé et fier d'avoir surmonté sa peur.

Mais il ne se trouvait pas au bout de ses peines. Car la faim le tenaillait et le gardien de la veille était invisible.

Il s'assit devant l'entrée de la réserve pour attendre et somnola un peu.

— Ah, tu es toujours là ? Tu as de la chance car normalement les animaux sauvages n'ont pas peur d'attaquer et de dévorer un bras ou une jambe ! Tu comprends, c'est presque une friandise pour eux, surtout à ton âge !

Le gardien riait de ce qu'il considérait être une bonne blague

— Bon, je vois que tu ne goûtes pas mon humour. Alors, c'est quoi, ton projet ? Tu veux vivre avec nous, c'est bien ça ? Je vais en parler au Chef mais sache-le, je n'ai encore jamais entendu une demande aussi, aussi… grotesque. Eh bien, attends-moi, je ne serai pas long.

Chochokpi, le Chef, contempla le jeune de loin tout en interrogeant le gardien :

— Tu dis qu'il veut vivre avec nous ?

— C'est ce qu'il prétend. En tout cas, il était là hier soir et il est toujours là ce matin ! Il a donc dû passer la nuit dehors, ce qui montrerait sa détermination.

— Il a dit pourquoi il voulait vivre avec nous ?

— Non, et je n'ai rien demandé.

Chochokpi parut ennuyé. Il hésita, pourtant, à le renvoyer purement et simplement.

— Ecoute, fais-le patienter. Je vais en discuter avec Ursyn. Ne lui laisse pas trop d'espoir quand même, on n'a pas vocation à accueillir n'importe qui !

Prévenu, et s'étant rendu sur place, le chaman nota la pâleur du visage du visiteur et il songea qu'une nuit à la belle étoile pour un jeune sans expérience pouvait être éprouvante.

Ainsi, il invita Jason à le suivre tout en se demandant s'il ne s'agissait pas de son petit-fils. Car les Esprits, en songe, l'avaient averti de son arrivée imminente.

Et avec ses yeux bleus et ses cheveux blonds, il correspondait assez bien à l'image du jeune enfant qu'il avait connu. Mais il s'interdit d'espérer pour ne pas être déçu.

Il lui servit une boisson réconfortante et écouta ses explications.

— Normalement, je vis avec mes grands-parents à Flagstaff, raconta Jason. Ce sont eux qui m'ont recueilli à la mort de mes parents, ils ont eu un accident et j'avais trois ans à l'époque.

— Mais comment as-tu fait pour atterrir ici ? lui demanda Ursyn. En tant qu'Indiens, on n'a rien à voir avec ton milieu.

— Oui, mais un jour où j'ai posé des questions, ma grand-mère m'a parlé de mes parents et m'a appris que ma mère était indienne. Hélas ! elle n'a pas pu me montrer de photo. Et, il y a quelques mois, avec ma classe, on a visité le village. Après, j'ai lu des livres et j'ai fini par venir en secret pour observer la tribu. Et, me voici, dès la fin de l'année scolaire.

— Tes grands-parents approuvent ?

— Oh, non, ils n'aiment pas les Indiens, je les entendais toujours émettre des critiques sur eux. Je crois qu'ils n'ont pas admis le mariage de mon père. D'ailleurs, comme ils n'étaient pas d'accord avec ma décision de vivre ici, ils m'ont émancipé puisque je n'ai que seize ans.

— Tu sais, il y a d'autres villages hopis, alors celui-ci n'est peut-être pas le bon ! poursuivit Ursyn, qui refusait d'y croire. Au fait, comment s'appelait ta maman ?

— Elle s'appelait Mimiteh, un très beau prénom, je trouve.

Sous le coup de l'émotion, Ursyn pâlit et éclata en sanglots, incapable de maîtriser son émotion. Puis, d'une voix presqu'inaudible, il lâcha :

— Eh bien, alors, je peux te dire que tu es au bon endroit car Mimiteh était ma fille !

— Et vous êtes mon grand-père ? demanda Jason bouleversé.

Jason ne put s'empêcher d'essuyer quelques larmes tout en se demandant comment il devait se comporter avec cet inconnu, si brusquement devenu son grand-père.

En même temps, il se sentait perplexe en voyant son grand-père exprimer ses sentiments sans retenue. Son grand-père paternel était-il insensible, lui qui ne s'était jamais laissé aller à extérioriser de grandes émotions ?

— Accepter sa faiblesse est une grande force, reprit Ursyn, comme s'il avait lu dans son esprit. L'émotion, c'est la vie. Je reconnais tout simplement que ta déclaration a été pour moi un terrible coup de massue. Je pleure mais ma joie est intense. C'est comme si le Ciel m'avait rendu ma fille.

Quand le Chaman avait été informé de l'accident, des années plus tôt, Jason et Wesley avaient déjà été emmenés par les Ferguson et il n'avait pu que retrouver sa fille à la morgue. En dépit de son chagrin, il avait adressé quelques prières aux Esprits et il s'était ensuite occupé du transport du corps au village.

Il avait procédé aux rites des funérailles et, après seulement, il s'était écroulé dans sa kiva, en proie au plus vif des chagrins.

Il était ainsi resté dévasté pendant des jours, Chochokpi et les Anciens avaient d'ailleurs craint pour sa raison.

Puis, la lumière avait fini par l'emporter sur la nuit et il était revenu parmi les vivants.

Rapidement, il avait cherché à avoir des nouvelles de son petit-fils mais les Ferguson n'avaient pas répondu à son courrier.

Dès lors, le cœur lourd, il l'avait placé sous la protection des Esprits.

Et les années s'étaient écoulées.

Mais, aujourd'hui, il recevait un merveilleux cadeau.

Il se secoua pour dire à son petit-fils :

— Alors, c'est dit, tu restes provisoirement ici.

Devant l'air inquiet de Jason, il précisa :

— Je vais demander son avis à Agarthina, ma conseillère, et j'en parlerai aussi au Chef de la tribu et au conseil des Anciens. Tout le monde connaissait Mimiteh et l'aimait. Je ne vois donc pas qui pourrait protester. Et ainsi, sans attendre, je vais te présenter aux habitants du village pour aller au-devant des questions.

— Ah, tous ces gens à qui vous voulez demander leur avis ? En plus, vous avez une conseillère ? Cela paraît bien compliqué !

Par une mimique très éloquente, Jason exprimait son désappointement.

— Quelques nuages n'annoncent pas forcément un orage, lui répondit son grand-père. Ici tout le monde se connaît et on mène une vie assez simple. J'espère que tu t'y feras. En tout cas, je suis là pour t'aider si tu éprouves des difficultés.

— Merci, Grand-Père, répondit Jason en lui adressant un grand sourire.

12 - Nouveau foyer, nouvelle vie

Peu après, Ursyn put annoncer à son petit-fils que sa présence était acceptée.

— Tout est arrangé, lui avait-il révélé et Jason, assez inquiet quand même, fut rassuré.

En effet, certains Anciens avaient bien exprimé quelques protestations – un Blanc qui souhaitait partager leur vie ! – mais après tout c'était une occasion pour le village de s'ouvrir davantage à l'extérieur et le jeune avait déjà un pied dans la tribu par sa mère que tout le monde avait bien connue et qui avait fini si tragiquement.

D'ailleurs, Jason avait laissé une bonne impression lors de la tournée de présentation faite par Ursyn, dès son arrivée.

Ainsi, les quelques voix dissidentes s'étaient rangées à l'avis général. Et, puis, le Chaman, dépositaire de l'autorité spirituelle, le prenait sous sa protection, ce qui était d'autant plus logique qu'il s'agissait également de son petit-fils.

Enfin, en ce qui concernait sa conseillère Agarthina, celle-ci avait même fait à Ursyn des révélations, lors de leur entrevue secrète : la présence de ce jeune correspondait au Plan et il devait y jouer un rôle prééminent.

Et Jason s'était glissé avec facilité dans sa nouvelle vie.

Il s'était vite rendu compte que les Hopis constituaient sa vraie famille de cœur et il y était heureux malgré les rudes conditions de vie.

Car, dans la maison d'Ursyn, qui était devenue sa maison, il dormait sur un matelas de crin posé à même le sol dans une pièce attenant à la chambre de son grand-père.

Et, pour les repas, il se nourrissait des plats souvent frugaux à base de maïs qui constituait l'essentiel de l'alimentation de la tribu.

Ah ! sa vie de petit Blanc protégé par un cocon de commodités se trouvait loin, perdue, mais il n'en concevait aucune nostalgie, au contraire.

Le lendemain de l'accord de la tribu, alors qu'il caressait pensivement Khweeuu, son mignon loup blanc, et lui lançait un bout de bois de temps à autre, il se rappela sa vocation d'anthropologue. Il n'avait rien oublié.

Il se dit qu'il pouvait se mettre dès à présent à consigner par écrit tout ce qu'il voyait et tout ce qu'il vivait. Il pouvait le faire même avant d'entamer l'étude de la tribu, d'ailleurs il assimilerait d'autant mieux qu'il aurait déjà vécu dans son champ d'expérimentation.

Avec enthousiasme, il s'en ouvrit à Ursyn :

— Est-ce que je t'ai déjà annoncé, Grand-Père, que je voulais être anthropologue ?

Il savait bien que non.

Comme il l'avait fait avec Ann Ferguson, il avait interrogé Ursyn pour connaître ses liens avec ses parents, Mimiteh et Wesley. Et, avec joie, il avait appris qu'Ursyn avait été très proche du jeune couple et de leur enfant. Mais le Chaman avait trouvé inutile de lui révéler le choix tragique qui avait entraîné la perte de ses parents.

Alors, à l'annonce du souhait de Jason, Ursyn sursauta, en proie à une remontée de mauvais souvenirs :

— Tu veux être anthropologue, comme ton père ? Comme ta mère aussi, d'ailleurs ! Elle avait entamé les mêmes études que lui ! Et ils n'ont pas eu le temps de les terminer. Je ne sais pas si c'est vraiment une bonne idée, ajouta-t-il.

— Oui, Maman aussi ! Alors tu vois, Grand-Père, c'est une vraie vocation, je fais ce que mes parents n'ont pas eu le temps de mener à bien mais je le ferai avec le détachement nécessaire et ce sera facile puisque j'ai des yeux neufs, sans a priori.

— Je vois que tu as pensé à tout ! Je ne vais pas m'y opposer, tu as l'âge de choisir. Mais sache, cependant, que les choses souvent ne se déroulent pas comme on veut.

— Alors, c'est dit, je serai anthropologue, conclut Jason, sans écouter la mise en garde. Et, puis, je vais m'y mettre immédiatement en notant par écrit notre vie et mes remarques.

— Attends, tu commenceras seulement à notre retour, tempéra le Chaman. On va d'abord passer trois jours dans la nature, hors du village, pour cueillir des plantes et voir si les étoiles ont quelque chose à nous dire. Et il s'agira avant tout d'éprouver et de ressentir. Plus tard seulement, tu pourras écrire tes réflexions. Le problème des Blancs, c'est qu'ils pensent avec la tête, pas avec le cœur. C'est pour cela qu'ils ont le front ridé, ajouta-t-il avec humour.

13 - Une immersion dans la douleur

Ainsi, après avoir emporté quelques provisions, ils se mirent en route avec Khweeuu sur leurs talons.

Ils s'avancèrent sur le haut plateau tapissé d'une maigre végétation, essentiellement des cactus noirs ou verts qui ressemblaient à des pantins inanimés. Ursyn fendit une branche et recueillit dans une timbale la sève qui s'en échappa.

— Tiens, bois, cela étanche la soif pour très longtemps.

Ils reprirent ensuite leur marche pour se faufiler dans les sentiers qui permettaient de quitter le plateau et de s'enfoncer, à sa base, dans une végétation plus fournie.

C'est ainsi que Jason faillit buter contre un bâton, un bâton qui, devant le danger, se réveilla pour agiter sa sonnette.

Il s'agissait d'un crotale et Jason demeura saisi. D'une voix étranglée, il appela Ursyn qui le précédait de quelques pas tandis que Khweeuu, résolument téméraire, grondait doucement.

Ursyn se concentra et étendit son bras comme pour le chasser tout en prononçant une formule apparemment magique. Et ce fut suffisant.

Le serpent se montra indécis avant de quitter la place.

Jason, sous le coup de l'émotion, dut s'asseoir.

Sa frayeur passée, il se montra émerveillé et il demanda au Chaman le secret de son pouvoir.

— Un jour, tu pourras en faire autant, si tu le veux.

— Alors, tu m'apprendras ?

— Oui, mais il te faudra beaucoup travailler pour y parvenir.

— Je suis prêt à le faire.

Et il se mit à réfléchir.

Il avait quitté le monde de ses grands-parents paternels, celui du pouvoir matériel, et il se trouvait plongé au cœur d'un univers insoupçonné où il était possible de se faire obéir par des créatures sauvages. Il eut l'impression d'être entré dans une autre dimension.

Sa réflexion le laissa rêveur.

Ce fut au fond une nouvelle leçon, une leçon qui le confortait dans son présent choix de vie.

— Je vois que tu cogites, s'exclama Ursyn qui devinait ses pensées. Méfie-toi des pouvoirs, ce sont les ennemis de l'homme, et surtout du Chaman, d'autant plus dangereux qu'ils sont séduisants. Le chemin que tu dois suivre, c'est le chemin qui a un cœur. Et n'oublie pas de regarder la nature autour de toi, elle représente une autre forme de beauté que celle du plateau, ajouta-t-il pour ne pas finir sur une note trop sérieuse.

— Pourtant tu as des pouvoirs, rétorqua Jason. Et cela avait du cœur de m'éviter d'être mordu !

— Bien dit ! En fait, les pouvoirs ne sont bénéfiques qu'à celui qui ne les désire plus.

Puis Ursyn changea de sujet :

— Sous peu, on va s'arrêter pour grignoter et boire avant d'entamer notre dernier parcours pour aujourd'hui.

Ils avançaient entre les troncs des feuillus, sur une piste à peine visible mais Ursyn ne marquait aucune hésitation.

Bientôt, ils entendirent des cris d'animaux, des coyotes à l'affut, prêts à fondre sur n'importe quelle proie, des hiboux qui montaient la garde ou des loups au sommet des crêtes rocailleuses.

Khweeuu s'arrêta, intéressé, pour écouter les appels des siens mais il avait trouvé sa famille et il repartit.

Ils marchaient d'un bon pas et le petit loup ne traînait pas.

Ursyn, qui s'obligeait à tout expliquer à Jason alors que dans la culture Hopi on obéissait respectueusement, sans poser de questions – le Chaman savait bien que les principes d'éducation d'un jeune Blanc différaient – le prévint :

— On s'arrête près du groupe d'arbres qu'on voit au loin, on fera du feu et on y passera la nuit.

Jason ne se sentit pas rassuré :

— Et si on se fait attaquer par les animaux qu'on entend ?

— Rassure-toi, il ne nous arrivera rien, les animaux ne tuent pas pour le plaisir et on va se mettre sous la protection des Esprits.

Arrivés sur place, Ursyn alluma un feu pour les réchauffer car la température devenait plus fraîche. Ils mangèrent, burent l'eau d'une source à proximité et ils déplièrent leur couverture.

La nuit étant tombée, ils s'allongèrent et contemplèrent la voûte céleste.

Ursyn nomma les étoiles et faisait un petit commentaire, quand il entendit le souffle régulier de Jason qui s'était endormi, Khweeuu lové contre lui.

Jason fut réveillé aux aurores par un rayon de soleil qui avait percé la frondaison.

Il se secoua, il était de mauvaise humeur car il avait très mal dormi, en proie à la peur en entendant les bruits ambiants.

Il avait eu l'impression d'être observé par des yeux de braise et, d'ailleurs, Khweeuu s'était mis à gémir doucement.

Puis il avait encore plusieurs fois été réveillé par ce qui ressemblait à un combat entre bêtes sauvages, ponctué même de cris de douleurs, de froissements, de martèlements de pattes sur le sol.

Il se souleva sur ses coudes et crut voir, dans son inquiétude, un puma qui disparaissait dans un fourré.

Il ne se sentit pas rassuré et il jeta un coup d'œil vers Ursyn. Sa place était vide !

Aussitôt il se trouva délaissé et une vraie panique s'empara de lui.

Mais, depuis un proche bosquet, Ursyn, qu'il n'avait pas vu, l'interpella :

— Ah, je vois que tu es réveillé ! Il me semble avoir aperçu là-bas des petites baies bleues qui seront notre petit-déjeuner mais je suis resté à proximité pour t'éviter d'avoir peur en ne me voyant pas à ton réveil.

— Pendant quelques instants j'ai cru être vraiment perdu. Je ne te voyais pas et j'ai eu très peur à l'idée que, tout seul, je ne saurais sûrement pas retrouver mon chemin.

— Tu te croyais perdu ? C'est plutôt le village qui était perdu ! C'est toi le centre de ton monde, pas le village. Viens, allons cueillir ces petites baies. Elles seraient sans doute déçues de ne pas pouvoir s'offrir à une autre forme de vie.

Et il attendit que Jason les ait mangées pour ajouter doucement :

— Tu croyais que je t'avais abandonné ? Quelle idée, comme si je pouvais laisser quelqu'un sans l'aider ! Et, pour mon petit-fils, je peux encore moins le faire !

A ces mots, Jason finit par se raisonner et par reprendre confiance, il s'en voulut même de s'être laissé aller exagérément à son affolement.

Il avait pourtant l'impression que tout pouvait arriver dans la nature.

Il va falloir le guérir de ses peurs, se dit Ursyn en même temps.

A haute voix, il poursuivit :

— Je te propose de laisser nos affaires ici, pour continuer aujourd'hui notre recherche de plantes et, ce soir, on revient dormir ici.

Alors, la journée se passa tranquillement, Jason se sentant protégé par son grand-père, et ils réussirent à trouver ce que le Chaman recherchait, toutes sortes de plantes pour toutes sortes de maux.

La nuit fut un peu plus reposante pour Jason, il eut moins peur ou alors la fatigue lui permit de mieux dormir.

Et, le lendemain, ils rentrèrent avec leur butin.

Dans le village, Ursyn entraîna Jason vers la place centrale où des tréteaux étaient disposés.

— On va faire sécher notre récolte, pour les plantes tonifiantes, ce sera sous les rayons du soleil et, pour les plantes calmantes, la lune s'en chargera.

Ils s'occupèrent alors à étendre les précieux végétaux pour leur permettre de sécher en recouvrant celles qui ne correspondaient pas à l'astre présent.

— On les retournera demain et les jours suivants. Et, au bout du compte, je ferai les préparations qu'on laissera encore reposer. Cela prend du temps, c'est certain, mais on ne peut pas bâcler ! Heureusement qu'il m'en reste assez pour pouvoir faire la jonction.

Ursyn s'immobilisa alors pour appeler la bénédiction des Esprits sur les futurs remèdes qui devaient permettre de soigner les blessures, les douleurs, les organes internes ou encore les désordres du mental.

— Viens, maintenant, je vais te montrer ma kiva, déclara Ursyn en se dirigeant vers l'extérieur du village.

Jason revit effectivement les deux protubérances qui affleuraient à la surface du sol.

Ursyn précisa :

— Il y a d'abord la kiva commune, une grande salle souterraine et circulaire, qui sert comme lieu de cérémonies rituelles, mais pas uniquement, car c'est un lieu de vie dans lequel on travaille, on se livre aux activités artisanales ou on stocke des marchandises. Et il y a ma kiva propre qui me permet de communiquer le mieux avec les Esprits. Pour l'instant, tu n'as pas le droit d'y descendre mais tu pourras le faire quand tu auras franchi l'étape d'initiation de tous les jeunes garçons.

Entretemps, ils s'étaient approchés de sa kiva et Jason observa les lieux.

— Et l'accès, c'est cette échelle au bord qui permet de descendre ?

— Oui, c'est le seul accès d'ailleurs et cela signifie qu'on change de temps et d'espace en y entrant. C'est ce qu'on doit garder présent dans la tête, même si on s'occupe à des tâches matérielles. C'est un lieu très spécial, tu verras.

Jason parut un peu sceptique.

— Et on peut même faire du feu, poursuivit Ursyn, dans un trou qui se trouve au ras du sol car l'air frais descend par un conduit situé dans un mur et la fumée s'échappe par l'ouverture centrale du toit. On peut carrément y vivre, c'est d'ailleurs ce qui arrive à certains maris quand leur femme les met à la porte de la maison pour divorcer.

— Ah oui, ici, ils sont tranquilles. Et quand c'est l'inverse ?

— L'inverse n'arrive jamais car les maisons appartiennent aux femmes.

Ursyn sourit en voyant l'expression ahurie de Jason.

— Je sais, c'est autrement chez toi. Mais ils peuvent subsister avec le produit de leurs ventes, quand ils s'occupent d'orfèvrerie, de tissage ou de sculpture dans la kiva, D'ailleurs, certains le font même secrètement, à l'insu de leur femme. Bien sûr, les kivas accueillent aussi celles-ci ainsi que les amis lors des cérémonies.

— Et les Esprits sont réellement là quand tu les appelles ? Ils existent vraiment ? Car la démonstration de danse que j'ai eue lors de la visite de classe dissuadait de croire.

— Tu veux parler des parodies de présentation qui sont organisées à l'extérieur, devant l'entrée ? C'est souvent fait par des Hopis qui ne croient pas aux Esprits, il y en a ! Bien sûr, aucun rapport avec ce que nous sommes vraiment.

— Il me semblait bien l'avoir compris, conclut Jason, et cela m'a également décidé à venir vérifier.

14 – La nouvelle vie, en pratique

Il faisait à peine jour.
— Viens, aujourd'hui, on s'intéresse aux cultures.

Les Hopis de ce pueblo se divisaient en deux groupes, ceux, autour d'Ursyn, qui se conformaient aux traditions ancestrales et voulaient préserver l'authenticité de leur vie et ceux qui avaient adopté le mode de vie des Blancs. Les premiers se méfiaient de la technologie et de ses gadgets alors que les seconds étaient fiers de regarder la télévision et d'utiliser les téléphones portables.

Pour plus de commodités et éviter de se gêner réciproquement, ils avaient procédé à des échanges de maison et ils s'étaient ainsi regroupés selon leur mode d'existence.

Mais ils vivaient tous en bonne entente et les seconds, sachant qu'ils étaient bien accueillis, ne s'empêchaient pas de faire des incursions dans les domaines des premiers.

D'ailleurs, ils participaient presque tous, sans état d'âme, aux multiples fêtes dédiées aux Esprits.

De même, ils avaient tous développé, sur leur plateau aride et dans des conditions de dénuement extrême, une agriculture adaptée, soutenue par une irrigation à partir des chemins d'écoulement alimentés des rares eaux de pluie et de quelques sources.

Et Ursyn entraîna Jason dans les champs qui occupaient des bandes de terrain délimitées sur le plateau.

— Tu vois, là ce sont les différentes variétés de maïs, toutes adaptées à un sol pauvre qu'on a du mal à fertiliser mais qu'on irrigue grâce à quelques sources, comme tu peux le constater.

Ursyn lui montra le fin réseau des lignes d'eau qui sillonnait les cultures.

— Mais cela ne suffit pas, on est quand même dans le désert, il ne faut pas l'oublier ! Alors, on a une technique particulière de plantation qui fait la spécificité du maïs Hopi, on plante les graines jusqu'à trente centimètres de profondeur, en fonction de l'humidité du sol ! Et, puis, on enfouit dix graines par trou pour que chacun puisse en avoir, les vers, les souris, les lapins, les corbeaux et nous enfin. Et pour reboucher le trou et égaliser on n'utilise pas un outil en métal, qui blesserait la terre : on balaie avec des branchages. Et, quand on a éclairci les semis, on protège les jeunes plants avec un cylindre de boîte de conserve posé délicatement sur le sol. Après, on surveille tous les jours sans oublier, bien sûr, de demander à l'Esprit du maïs de protéger les plants et de les rendre vigoureux.

Jason admira, lui qui n'avait connu que la ville. Il se dit en effet qu'il fallait être un peu sorcier pour réussir le tour de force de faire des récoltes dans ces conditions.

Curieux, il demanda encore :

— Et après, on fait quoi ?

— Tu as raison, après il y a encore beaucoup de travail ! On fabrique les différentes farines pour l'alimentation ou on garde les grains pour les ragoûts à la viande.

— Ah, c'est ce que j'ai mangé hier, c'était vraiment fameux !

— Regarde, plus loin, on cultive aussi quelques légumes et des fruits, de quoi varier l'ordinaire !

— Je vais aider, proposa Jason.

— Aider est le mot qui convient, répondit Ursyn, car un Chaman ne possède pas de terre. Tu verras, avoir les doigts dans notre Mère la Terre permet de nous remettre en contact avec l'essentiel, ce que les Blancs ont perdu.

— Je sens déjà l'appel de la Terre, répondit gaiment Jason en plaisantant. Et Khweeuu aussi, il suffit de le voir renifler le sol !

— C'est certain, ajouta Ursyn, il sent les choses, comme tous les animaux ! Tu verras, tu vas t'affiner, toi aussi.

Le lendemain, Ursyn tira encore son petit-fils du lit à une heure impossible.

— A partir d'aujourd'hui, je te propose d'aller courir tous les matins, lui dit Ursyn. Il fait encore presque nuit mais c'est le moment idéal !

— Ah, tu crois ? répondit Jason, perdu dans son sommeil.

— Rassure-toi, tu ne seras pas seul. Il y a beaucoup de jeunes, garçons et filles, de la réserve qui courent. Et, dans ce cas-là, ils se lèvent aux alentours de 4h du matin et ils le font par tous les temps.

Jason ne savait pas quoi répondre.

Il finit par trouver l'énergie nécessaire pour se lever.

Il but un peu d'eau et sortit de la maison avec Khweeuu sur ses talons.

— Tu vois, c'est Chuchip, qui t'attend pour te permettre de commencer en douceur, expliqua encore Ursyn. Tu pourras ensuite facilement t'intégrer au groupe.

— Si tu veux bien me suivre pour ne pas te perdre, annonça Chuchip. Au début, toutes les pistes se ressemblent, mais très vite tu sauras les distinguer.

Et il démarra, en se retournant vers Jason qui se sentit obligé de le suivre.

Au bout d'une heure, ils réapparurent.

Jason, qui arborait une mine réjouie, se trouvait en compagnie de Chuchip et aussi de Choovio et de Kwahu.

Kotori et Aponi, le fils et la fille de Chochokpi, le chef de la tribu, ne s'étaient pas attardés car leur mère Taima les attendait.

— Tu avais raison, dit Jason en s'adressant à Ursyn, au début c'était un peu dur mais il fallait insister et, maintenant, je suis bien content !

Ce qu'il tut à son grand-père, c'est qu'il avait eu l'occasion d'apercevoir Aponi et son amie Yepa dans le groupe des filles. Il avait observé Aponi à la dérobée avant qu'elle ne rentre chez elle et il l'avait trouvée magnifique avec ses cheveux qui pendaient sur ses épaules et ses proportions parfaites. Mais il avait surtout eu l'impression qu'elle débordait d'énergie et de bonne humeur.

— Viens, c'est l'heure pour toi de prendre des forces, reprit Ursyn.

Et, tandis qu'il mangeait – Ursyn l'accompagnant en buvant une décoction aux herbes – il l'interrogea.

— Oui, ils sont très bons, répondit Ursyn, ils remportent des médailles à des championnats. Ils sont très bons mais c'est la camaraderie et la fraternité qui les poussent, pas tellement le sens de la compétition.

— La camaraderie et la fraternité ? balbutia Jason, comme s'il ne comprenait pas bien.

— Oui, ils courent pour eux-mêmes, mais aussi pour leur famille, leurs amis et ils le font si tôt pour s'occuper ensuite des tâches ménagères, avant d'aller à l'école ou de vaquer à leurs occupations.

— Mais ils sont plus jeunes que moi, alors ?

— Non, pas tous et même ce ne serait pas grave. Et, puis, rien de tel pour connaître la réserve en long en large, en parcourant les sentiers de terre et de poussière. Rien de tel, non plus, pour se dépasser.

Jason fut obligé de l'admettre.

J'ai l'impression que je vais bien aimer, se dit-il.

— Tu verras, continua Ursyn, très vite ce sera le meilleur moment de ta journée qui te permettra d'être réceptif à la suite de ton apprentissage.

Le Chaman n'en dit pas plus, tout en arborant un sourire énigmatique.

Les jours suivants, Jason n'eut plus besoin de son grand-père pour se réveiller, malgré l'heure matinale. De même, le petit loup attendait le moment et sautait sur ses pattes dès qu'il sentait bouger son maître.

Tous les deux se trouvaient heureux de se lancer dans la nuit.

Ils étaient accompagnés par l'un ou l'autre de leurs camarades qui les guidait gentiment dans une pénombre qui ne tardait pas à s'éclairer.

Habitué à faire du sport chez ses grands-parents paternels, Jason ne se faisait pas vraiment attendre et il suivait la troupe sans trop de difficultés.

— Tiens, tu peux prendre cela la prochaine fois, lui souffla l'un d'eux en lui glissant furtivement un cachet dans la main.

— C'est pour quoi ? répondit Jason

— Pour que tu puisses courir plus vite, pour impressionner le groupe des filles, elles préfèrent les vainqueurs, c'est normal, après tout.

— Et toi, tu en prends ?

— Plus maintenant, je ne m'entraîne plus assez, alors cela paraîtrait suspect que je gagne.

— Tu n'en as pas proposé aux autres ?

— Non, il faut être très prudent, les autres se connaissent tous très bien et causent beaucoup alors que toi, tu es nouveau dans la tribu.

Jason était partagé, il ne comprenait pas bien le but de la manœuvre.

— Si tu le souhaites, je pourrais t'en filer régulièrement.

Sans attendre de réponse, la silhouette du coureur accéléra pour se remettre au milieu du groupe.

Il s'agit de tricher, ni plus ni moins, se dit Jason, mal à l'aise.

Bien sûr, il aurait sans doute une occasion en or d'attirer l'attention d'Aponi, ce qu'il souhaitait ardemment, mais devait-il employer des moyens malhonnêtes pour y parvenir ?

Il était tenté.

Il songea à sa condition physique, elle était bonne mais ses camarades, plus agiles et plus alertes après des années de pratique, étaient meilleurs que lui et il n'allait pas pouvoir les rattraper en huit jours ou plus, s'il était même possible qu'il devienne aussi fort qu'eux !

Mais, s'il se laissait séduire, il ne s'agirait que d'un coup de pouce léger, puisqu'il avait déjà un bon niveau, et temporaire, juste le temps de gagner une ou deux courses.

En somme, s'il cédait, il ne commettrait qu'une toute petite faute !

Pourtant, tout en poursuivant ses foulées, il réalisa qu'il répugnait à le faire.

Car, s'il était capable d'accomplir une vilaine petite chose, qui sait ? Sous la pression d'une nécessité, ne consentirait-il pas alors à commettre une laideur plus grande ?

Il comprit alors qu'il voulait rester honnête, en donnant le meilleur de lui-même, quitte à ne pas devenir le meilleur des coureurs.

Il pourrait alors regarder Aponi dans les yeux, sans avoir à rougir intérieurement.

15 - Entre filles ...

— Tu te souviens de cette intrigante qui tourne autour des garçons quand elle revient à la tribu pendant les vacances scolaires ? demanda Aponi à son amie Yepa.

— Tu veux parler de cette Huyana, *la Pluie qui Tombe* ?

— Oui. Avec les filles, elle est ennuyeuse comme la pluie qui tombe, elle porte bien son nom, et elle s'anime et se prend pour un arc-en-ciel au soleil quand elle voit un garçon !

Aponi et Yepa étaient assises sous un maigre arbrisseau, censé les protéger du soleil. Elles bavardaient tout en tenant la tête inclinée sur leur ouvrage, Aponi sur ses compositions florales et Yepa sur un tissu qu'elle voulait orner de motifs peints.

— Oui, j'avais bien remarqué, répondit Yepa. La dernière fois, lors des vacances de printemps, elle avait des mèches plus claires dans ses cheveux noirs et elle portait une jupe assez courte et des chaussures à talon. Quand même pas des talons aiguilles mais, dans la réserve, il faut avouer que c'est vraiment ridicule !

— Tout le portrait d'une fille délurée qui se trémousse en marchant, ponctua Aponi.

— Et, figure-toi, reprit Yepa, cette dernière fois, elle se pavanait dans la rue, elle s'était même arrêtée de temps à autre, devant certaines maisons, comme si elle voulait se faire admirer. Alors, bien sûr, elle a été, vite fait, entourée par une nuée de garçons et il y avait même ton mignon frère, Kotori. Elle pérorait tandis que la bande de niais la contemplait comme s'il s'agissait d'une apparition !

— Kotori y était lui aussi ?

Aponi était devenue toute songeuse. Huyana n'allait-elle pas jeter à présent son dévolu sur Jason ? Tout en se posant la question, Aponi se rendit compte qu'elle s'intéressait à lui et elle s'en étonna.

— Oui, précisa Yepa, mais elle n'a pas réussi à séduire Kotori bien longtemps puisqu'il est venu me voir et s'est moqué d'elle. Il a même essayé d'imiter sa démarche, en l'accentuant pour la rendre chancelante.

Pendant quelques instants, elles méditèrent en silence avant qu'Aponi ne s'exclame en s'agitant :

— Et voilà une nouvelle période de vacances qui est là !

— Et la redoutable Huyana va encore avoir des occasions de nuire !

Avec un soupir, Yepa compléta son propos :

— Il faudrait qu'on trouve quelque chose pour l'empêcher définitivement d'embobiner Kotori.

— Ah, je suis d'accord, renchérit Aponi qui pensait à Jason, mais quoi ?

— Mine de rien, on devrait commencer par la surveiller pour voir si elle rencontre l'un des garçons. Si oui, il faudra trouver l'occasion de lui faire peur en lui criant dessus et peut-être même plus.

— En la tapant un peu ? reprit Aponi.

— Pourquoi pas, si on est prudentes, Notre surveillance commencera dès son arrivée. Alors, on se retrouvera tous les jours cette fois-ci et on changera d'endroit selon les nécessités.

Les deux filles furent un peu frustrées de ne pouvoir mettre leur plan à exécution dès le début des vacances car Huyana se fit attendre.

Puis, ses premiers jours dans la tribu se passèrent innocemment. Mais pouvait-on vraiment y croire ?

Elle se tenait souvent tranquille sur la place du village avec un petit groupe d'admiratrices et, apparemment, elle s'essayait à l'art du dessin. Elle s'était munie de grandes feuilles et, pensant sans doute posséder un don artistique, elle réalisait des esquisses de ses voisines.

De temps à autre, des garçons s'approchaient mais ils rebroussaient chemin sous les moqueries d'Huyana.

Ne comprenant pas ce changement d'attitude par rapport aux vacances précédentes, certains insistaient mais, ne recevant pas de réponse, ils finissaient aussi par réaliser qu'ils n'étaient pas les bienvenus.

Puis, apparemment fatigué de trôner au milieu du village, le groupe d'Huyana se mit à déambuler à l'extérieur, vers les kivas ou dans des directions opposées, vers les champs ou encore les bords du plateau.

Ainsi Huyana put rapidement repérer les moments où Jason s'adonnait à l'entretien des cultures.

Car c'est ce jeune Blanc qui avait retenu son attention – elle avait immédiatement eu vent de son arrivée – il était beau et visiblement au-dessus du lot. Elle s'était fait raconter son histoire et elle avait conclu que celle-ci pouvait se répéter : la mère indienne de Jason avait épousé un Blanc et elle, Huyana, allait faire de même.

Il lui fallait à présent susciter l'occasion de le rencontrer, seule. Pour son groupe de filles, elle prétexterait qu'elle avait besoin de quelques moments de solitude pour chercher l'inspiration artistique.

Elle s'y employa les jours suivants et sa persévérance fut récompensée.

Car elle réussit à croiser sa route, tout en gardant les yeux fixés sur le chemin caillouteux qu'elle suivait avec précaution à cause de ses talons.

A un moment, elle sembla buter contre un obstacle invisible et elle sut même esquisser un petit saut en l'air pour tenter de se rattraper à un secours imaginaire.

Mais, emportée par sa mise en scène, elle tomba sur les mains et les genoux et se blessa presque sérieusement.

Voyant une jeune fille inconnue pratiquement à ses pieds, Jason comprit qu'il devait la secourir et il se précipita vers elle :

— Ne bouge pas, je vais t'aider à te relever, lui dit-il.

Il lui tendit la main et remarqua bien vite ses blessures qui se teintaient de rouge.

Un peu secouée par l'aventure qui avait dépassé ses intentions, Huyana se sentit irritée. La poisse, pensa-t-elle. Comme si c'était le bon moment pour être diminuée. Alors, faisons en sorte que ce soit à mon avantage.

— Je m'appelle Huyana, expliqua-t-elle, et, comme ma promenade est visiblement terminée, je vais devoir rentrer au village. J'espère ne pas trop souffrir sur cette distance, ajouta-t-elle d'une petite voix qui aurait tiré des larmes à un puma. Enfin, on verra bien.

Et elle fit quelques pas qui lui arrachèrent des mimiques de souffrance.

Jason hésitait, il était timide, mais pouvait-il la laisser repartir en restant les bras ballants ? Il se décida et opta pour l'entraide, son grand-père Ursyn l'aurait fait !

— Je te raccompagne, appuie-toi sur mon bras, toute seule, tu ne vas pas y arriver !

— Merci, souffla l'intéressée en paraissant incapable d'ajouter autre chose.

Ils mirent du temps à parvenir au logement d'Huyana.

Sur le seuil de l'habitation, tout en remerciant Jason, elle sembla trouver la force de l'inviter à entrer.

Mais, voyant son hésitation, pour ne pas être humiliée par un refus, elle s'empressa de lui proposer de venir bientôt prendre de ses nouvelles :

— Oui, viens après-demain, par exemple, je suppose que tu es déjà un peu guérisseur puisque tu es le petit-fils d'Ursyn et je serais rassurée de te montrer mes débuts de cicatrisation.

Après-demain, c'est parfait, se dit-elle, c'est juste avant que les parents ne rentrent de leur voyage.

Elle s'écroula alors sur son lit mais elle pavoisait intérieurement car elle avait réussi à atteindre son premier objectif, se faire remarquer par le jeune Blanc.

16 - Induites en erreur !

Les intrigues d'Huyana tenaient Aponi et Yepa en alerte et elles avaient évidemment aperçu la séductrice en train de franchir l'enceinte des murs.

En la suivant de loin, elles avaient été témoin de la chute et Aponi avait émis un commentaire acide :

— Ah, c'est bien imité, maintenant je te garantis qu'elle va avoir mal !

Et, cachées entre deux maisons, elles purent assister au lent retour de la blessée soutenue par Jason.

Aponi se retenait de trépigner de colère :

— Mais, regarde, comme elle s'agrippe à Jason, cette sangsue, et le pauvre qui ne peut pas s'en défaire et qui est obligé de l'épauler !

— Oui, le pauvre, je suis sûre que cela ne lui plaît même pas, crut bon d'ajouter Yepa, qui avait deviné l'intérêt d'Aponi pour le jeune Blanc. Il va s'en débarrasser très vite, j'en suis sûre.

Elles les virent arriver à la porte de l'habitation des parents d'Huyana et, en croisant les doigts dans son dos, Yepa ajouta :

— Je te parie que Jason ne va pas entrer chez elle, il a fait son devoir et il va repartir immédiatement.

— Tu crois ? questionna Aponi.

— Je te l'avais dit, répondit Yepa au bout de quelques secondes. Il ne peut pas se sentir attiré par une fille aussi prétentieuse que vulgaire. Cela se sent bien quand on le voit, la médiocrité ne l'intéresse pas.

Pourtant, l'opinion de Jason n'était pas aussi tranchée.

Il s'était concentré sur leur lente progression mais il s'était bien rendu compte aussi que la fille s'appuyait exagérément sur son bras, même si son genou saignait et lui causait certainement une douleur à chaque pas.

Ou alors, dans sa naïveté, il se demandait si les filles, mystérieusement, n'étaient pas plus délicates ? Il ne savait que penser.

En même temps, elle est plutôt jolie, se dit-il, avec ses cheveux de couleurs différentes, son visage aimable et sa taille fine. Et, pourtant, l'expression de ses yeux demeurait inamicale malgré son sourire. Alors, je ne vois qu'une chose à faire pour tirer les choses au clair, c'est lui rendre visite !

Aponi et Yepa se tranquillisèrent très vite, Jason menait une vie transparente en ayant repris sa routine quotidienne.

— Il est donc inutile qu'on s'attaque à elle, déclara Yepa.

— Oui, c'est mieux, ajouta Aponi, car finalement on aurait quand même été bien ennuyées de devoir la maltraiter ! Et puis elle aurait certainement joué à la victime …

Et Jason se rendit chez Huyana sans se cacher mais Aponi et Yepa, qui avaient cessé leur surveillance, ne soupçonnèrent rien.

— Ah ! te voilà, s'écria Huyana en ouvrant la porte, je t'attendais, je suis bien contente de te voir.

Car, tu es quelqu'un de spécial et ton avis compte pour moi.

— Ah oui ? répondit bêtement Jason. Il ne voyait pas en quoi et ne pensa pas à obtenir des précisions.

— Veux-tu boire quelque chose, de l'eau ou de l'alcool ? proposa Huyana. Après je te montre mes blessures pour que tu puisses me donner ton avis.

Comme Jason refusait le rafraîchissement, elle trouva commode de s'asseoir sur le lit pour lui montrer ses genoux.

Elle était vêtue d'une jupe bien courte qui crut bon de remonter encore dans son mouvement.

— Tu vois, cela guérit et je n'ai plus mal. J'ai mis la pommade que ton grand-père avait donnée à ma mère il y a quelque temps et, une fois de plus, elle a agi rapidement. Vraiment, il est très fort !

— Il est très fort ? reprit Jason, perplexe.

— Je parle de ton grand-père, voyons, pas du dernier des Mohicans !

Et elle se mit à rire bruyamment. Puis, d'un mouvement très naturel, comme si elle voulait partager avec lui le comique de la situation, elle lui prit la main pour l'attirer vers elle.

Jason éprouva alors une sorte d'électrochoc qui lui permit de se réveiller, il avait été déconcentré par le manège d'Huyana mais à présent il la voyait telle qu'elle était, une fille séduisante extérieurement mais rusée et déloyale, le contraire de ce qu'il souhaitait au fond de son cœur.

Il fut même frappé par la froideur de son regard qui était aux antipodes des yeux lumineux d'Aponi.

Il partit donc rapidement, en balbutiant une excuse incompréhensible, d'autant plus rapidement qu'il se demandait s'il ne finirait pas par céder.

17 - La guérison du cœur

— Après avoir veillé à ta forme physique, puisque tu cours maintenant tous les matins, on va aujourd'hui s'attaquer aux sentiments, à ton cœur si tu préfères, lui annonça Ursyn quelques jours plus tard.

— Mon cœur ? demanda Jason, un peu interdit. Mais mon cœur va bien, comme tu as pu le constater jusqu'à présent !

— Justement, j'ai pu constater qu'il n'allait pas si bien que cela. Tu ne vois pas sur quoi je m'appuie pour l'affirmer ?

Jason réfléchit, mais non, il ne savait pas.

— Tu te souviens de ton mouvement de panique quand tu as cru que je t'avais abandonné en pleine nature ? Pourtant, tu n'es pas resté seul bien longtemps et puis tu me connais, tu sais bien que je ne t'aurais jamais laissé.

Jason se remit la scène en mémoire et il fut obligé d'admettre que son grand-père avait raison.

— Alors, là, tu vois, reprit celui-ci, cet incident me conforte dans l'idée que, tout au fond de toi, tu éprouves un sentiment d'abandon. Normalement tu n'en as pas conscience et il faut un événement particulièrement fort pour que cette émotion se manifeste et se traduise par une peur irraisonnée.

— Si tu le dis, répondit Jason, mais c'est vrai que j'ai eu très peur.

— Et tu ne vois vraiment pas d'où cette peur pourrait venir ?

— Euh ! non, autant que je me souvienne, je n'ai pas eu l'occasion d'avoir vraiment peur.

— Admettons ! Et un abandon avant cette peur, tu ne vois pas non plus ?

Jason allait répondre que personne ne l'avait jamais laissé, du moins à sa connaissance, quand une pensée incroyable se fit jour dans sa tête :

— Tu veux dire que mes parents m'ont abandonné en mourant ?

— Exactement, et tu as enfoui ce sentiment au plus profond de toi-même pour pouvoir continuer à vivre. Et c'est la panique à bord, comme tu dirais, quand cette impression d'abandon se manifeste à nouveau.

Jason resta sans voix, son grand-père avait l'air sûr de lui.

— Alors, comme je te l'ai dit, on va soigner ton cœur et on va te libérer de ce blocage lié à la fin tragique de tes parents.

— Ah, je suis curieux de voir ça ! répondit Jason.

— Eh bien, pour te guérir, on va mettre le drame en scène, on va le rejouer si tu veux, comme si c'était une pièce de théâtre.

Jason ne savait que dire mais il avait confiance, son grand-père savait toujours ce qu'il faisait.

— Et, dans cet acte symbolique, tu seras le bébé et tu auras des parents. Ils sont prévenus, ils vont arriver sous peu puisque cela se passe cet après-midi. Tu vois, aucun moyen de te défiler ! Mais ne t'inquiète pas, je vais t'expliquer le scénario que tu devras suivre.

Plus tard, le moment venu en ce début d'après-midi, Ursyn, accompagné d'un Indien qui battait du tambour, se mit à chanter une mélopée d'une tristesse lancinante qui reprenait inlassablement les passages les plus dramatiques.

Jason se tenait dans un panier qui représentait la coque du side-car, ses « parents », Kotori et Aponi, les enfants du Chef, étant assis, l'un derrière l'autre, à côté de lui.

Son père, affublé d'un casque, les yeux abrités derrière de grosses lunettes, mimait la conduite de la moto tandis que sa mère, simulant son amour, n'arrêtait pas de lui sourire.

Jason contemplait la scène avec un certain recul mais, ne sachant quelle contenance adopter, il finit par rendre son sourire à Aponi.

Un grand bruit lui déchira tout à coup les tympans et l'effraya. Mais, poursuivant les étapes de son rôle, il se força à pleurer et chercha des yeux le secours de sa mère. Ses parents gisaient immobiles, l'un contre l'autre, et ils avaient les yeux fermés.

Ils dormaient ?

En pleurant assez fort – il n'eut pas à se forcer, le drame l'avait rattrapé – et en appelant, il allait pouvoir les réveiller.

Mais ses efforts furent vains. Et même, ils furent emportés sous ses yeux pour être posés à l'écart et recouverts d'une ample pièce de tissu.

Alors, il était seul, définitivement seul ? Ses parents avaient pu l'abandonner ? Même sa mère avait pu l'abandonner ?

Il était terrifié et il comprit qu'il était dorénavant inutile d'attendre une aide pour conjurer ses peurs.

Immédiatement, ses pleurs se firent discrets et seuls ses yeux, bien ouverts, montrèrent l'étendue de sa souffrance.

Il n'avait que trois ans et il comprenait que son monde s'était écroulé.

Tout à coup, il vit que le drap de ses parents bougeait et que ceux-ci se soulevaient pour s'approcher de lui et le prendre dans leurs bras.

Puis il réalisa : il avait trois ans et il avait seize ans et ses parents étaient toujours là et n'avaient jamais cessé de l'aimer.

A présent, des larmes, empreintes de nostalgie mais confiantes car il se savait aimé, coulaient doucement sur son visage et lavaient toutes ses terreurs inconscientes.

Ursyn, qui n'était pas intervenu, se sentit également ému. Une fois de plus, la magie avait fait son effet.

18 - Une rencontre éblouissante

Après la guérison de Jason, le moment était venu de commencer à préparer la célébration du départ des Esprits. Les semis avaient grandi et les récoltes allaient être bonnes, les Entités avaient répondu aux prières.

— Tu as compris, dit Ursyn à Jason, la vie à la réserve tourne souvent autour des fêtes qui marquent les différentes phases du cycle agricole. Et, maintenant, au moment d'engranger les fruits de nos efforts, il est à nouveau temps de remercier les Esprits.

Ils se trouvaient sur la place centrale qui recevait déjà, sur des tréteaux, les premières Kachinas, les figurines sacrées en bois, sculptées et peintes.

— Regarde, toutes les sortes d'Esprits – et il y en a beaucoup – sont symbolisées par ces statuettes, richement décorées et habillées de couleurs vives et, au cours des cérémonies rituelles, ce seront des danseurs masqués et costumés qui constitueront les représentations vivantes de ces Esprits.

Jason examina de près les poupées :

— Elles font quand même peur, non ? avança-t-il.

— Certaines, oui, admit Ursyn, car il y en a de toutes sortes, bienfaisantes ou malfaisantes selon l'Entité qu'elles représentent et les parents offrent volontiers les plus bénéfiques aux enfants pour les éduquer. Les Kachinas célèbrent le culte des ancêtres, de la nature et de la vie, au fond, qui remplit l'univers.

Jason essaya d'en imaginer l'impact, il renonça.

— Il te suffit de savoir, reprit Ursyn, que les Esprits sont en tout et que tout agit ensemble et nous avec. Donc, tu comprends que tout ce que tu fais ne peut avoir que des répercussions !

Voyant l'air presque effaré de Jason, il tenta de le rassurer :

— Ne t'en fais pas, on vit avec les Esprits mais ce n'est pas gênant, on les prie et on sait qu'ils nous aident. En tout cas, tu n'as rien à craindre, je suis à tes côtés.

En lui posant la main sur l'épaule, il lui fit comprendre qu'il le protégerait toujours.

— Bon, je vais voir dans la kiva où en sont les préparatifs de la fête.

De son côté Jason quitta également la place centrale.

Il marchait sans but, en lançant un morceau de bois à Khweeuu et il s'amusait de le voir si vif et si heureux.

Puis, tout en jouant et sans s'en rendre compte, il dépassa les kivas, déjà situées à l'extérieur, et il parcourut encore une bonne distance. Finalement, il ne savait même plus où il se trouvait car il avait quitté les sentiers des entraînements du matin. Il était perdu au milieu des cactus et des arbustes rabougris.

— Viens, mon petit Khweeuu, on va rentrer. Grand-Père doit nous attendre.

Il n'était pas inquiet et il s'engagea dans ce qu'il pensa être la bonne direction quand, tout à coup, il se trouva dans un endroit dégagé et plat qui s'élevait d'un côté jusqu'à un monticule assez raide, dont la base était entourée de fourrés touffus.

Il allait passer son chemin quand il vit son petit loup fouiner dans les buissons et disparaître à sa vue.

— Khweeuu ! reviens, on repart, lui lança-t-il.

Le petit loup restait sourd à ses appels, ce qui ne se produisait jamais.

Jason fit quelques pas en direction de l'endroit et, après avoir encore patienté, il comprit qu'il ne lui restait que la solution de suivre son louveteau.

Il se fit petit pour entrer dans les buissons, il rampa même et il découvrit l'entrée d'une grotte.

En s'approchant, il aperçut un signe, gravé sur l'une des parois latérales.

Ce doit être une sorte d'instruction, se dit-il et il porta son regard au loin. Il aperçut alors, au fond de la grotte, en hauteur, une lumière éclatante qui semblait l'inviter à entrer.

Le phénomène lui parut anormal mais il n'hésita pas. Depuis la mise en scène du drame de ses trois ans, il se sentait plus intrépide.

Un début de sentier grimpait, rapidement remplacé par des marches assez hautes. Il s'y engagea. S'il devait y avoir une bête sauvage, il savait qu'il pouvait compter sur les grognements d'avertissement de Khweeuu.

De temps à autre, il levait la tête pour évaluer la distance qui le séparait de la clarté.

Mais elle ne semblait pas se rapprocher. Il ne se découragea pas, il avait entamé la montée, il se devait de la terminer.

Il porta son regard sur son louveteau qui sautait d'une marche à l'autre et le devançait, avant d'attendre son maître et de repartir, comme s'il voulait l'encourager.

Enfin, alors qu'il n'y croyait presque plus, Jason vit que la lueur était proche.

Puis, les parois étincelèrent et il contempla une créature, une divinité peut-être, éblouissante de beauté. Son maintien altier irradiait une pureté revêtue d'une douceur extrême. Mais, d'emblée, il comprit qu'elle était d'une essence supérieure et il se dit qu'il commettrait un sacrilège en continuant à avancer.

La dame se tourna alors dans sa direction et commença à lui parler d'une voix mélodieuse tout en l'invitant d'un geste à venir auprès d'elle.

Khweeuu jappa de joie mais Jason ne sut pas se décider, malgré son attirance. L'expérience était vraiment trop surréaliste : rapidement il tourna les talons et, entraînant le petit loup à sa suite, il dévala les marches et s'écorcha aux buissons qui masquaient l'entrée.

Sur le chemin du retour, ayant un peu repris ses esprits, il se sentait interdit. Ce qu'il avait vu était impossible et pourtant il l'avait vu !

19 – Ursyn aussi

Sur la place centrale, il retrouva Ursyn, déjà revenu, qui se penchait à nouveau sur les différents modèles de Kachinas.

— Les préparatifs sont en bonne voie, lui annonça celui-ci lorsqu'il s'approcha.

Et il lui confirma qu'il y avait encore beaucoup de travail.

— Dommage que je ne puisse pas descendre dans les kivas pour aider, s'écria Jason. Je vois qu'elles servent vraiment beaucoup.

— Tu as raison. Là, elles sont utilisées à répéter les danses, à inventer les chants, élaborer les costumes, les masques et même à peindre les corps des officiants. Mais tu verras, tu auras plus tard le droit d'y aller. En attendant, je vais fatalement être obligé de m'absenter de temps à autre. Alors, pour que tu ne t'ennuies pas, je vais t'apprendre à sculpter des poupées.

Il regarda Jason attentivement et il ajouta :

— Toi, tu as quelque chose à me dire !

— Tu crois ? répondit Jason.

— Oui, tu penses peut-être que je n'ai pas remarqué tes égratignures et ta voix mal assurée ?

Et il l'encouragea en lui souriant.

— Eh bien, comme je n'avais rien à faire, tu vois, je me suis ennuyé et je suis parti marcher dans la campagne, au hasard, finalement assez loin. En revenant, j'ai suivi mon petit loup qui avait disparu dans des buissons et j'ai découvert une grotte cachée à l'arrière. J'y suis entré et j'ai pris l'escalier qui menait à une lumière magnifique. J'ai d'ailleurs bien cru que je n'arriverais pas à aller jusqu'au bout de cet escalier

— Oui, la première fois, c'est comme ça. C'est pour mesurer la force de ta volonté et voir si tu es capable de te dépasser. Et alors est-ce que tu l'as vue, Agarthina ?

— Agarthina ? Ah, oui, elle était superbe, avec des cheveux longs, tout blonds. Elle avait un visage d'ange. La lumière semblait venir de derrière elle mais c'était peut-être elle qui était lumineuse. En tout cas, c'était une apparition de rêve !

— Tu as eu beaucoup de chance car, comme je te l'ai déjà dit, elle ne se montre à personne, sauf à moi. Alors je te conseille solennellement de n'en parler à quiconque. D'ailleurs, la grotte constitue un endroit sacré et il ne viendrait à personne l'idée d'y aller.

Jason resta un instant sans voix, quel insigne honneur lui avait été fait !

Puis, il se décida à avouer :

— Je l'ai vue et j'ai eu l'impression qu'elle m'appelait mais je me suis sauvé parce que j'ai eu peur.

Ce fut au tour d'Ursyn de se montrer songeur.

Il se demanda si elle voulait parler directement à son petit-fils ? Il savait bien, puisqu'elle le lui avait communiqué, que Jason avait un rôle important à tenir dans le livre des vies mais, comme Chaman instructeur, devait-il changer son approche à l'égard de son petit-fils ?

Alors, il ajouta :

— Je crois qu'il faut que je la consulte et, tout à l'heure, je me rendrai à la kiva pour lui demander une entrevue.

— Parce que tu ne peux pas aller la voir directement dans sa grotte ?

— Non, tu penses bien qu'elle n'y apparaît pas tout le temps ! Il faut que je l'avertisse de mon souhait et, en principe, je la vois quelques jours plus tard.

— Et, à la kiva, tu communiques avec elle par la pensée ?

— Oui, je me mets en transe et nous échangeons d'un esprit à l'autre !

Quelques jours plus tard, au retour de son entrevue, Ursyn avait l'air serein :

— Avec Agarthina, nous nous sommes dit que tu connaissais tes origines et que c'était bien. Ton père voulait être anthropologue en étudiant les mœurs de la tribu des Hopis. Et ta mère était ma fille, une Hopi. De ce fait, tu es donc à moitié Hopi ! D'ailleurs, n'aurais-tu pas un double prénom ?

— Si, si, je m'appelle Jason Hania. Je n'en parlais jamais car cela me paraissait un peu ridicule.

— Détrompe-toi, c'est un prénom très estimable qui veut dire *le Guerrier d'Esprit* en hopi !

— Si tu me le dis. Je pensais que c'était une bizarrerie de la part de mes parents !

— Alors, compte tenu de ton héritage, ton père et ta mère n'ayant pu réaliser leur vocation, tu crois devoir les remplacer et devenir toi-même anthropologue pour le bien de la tribu. Ton souhait est noble mais Agarthina m'a confirmé que la mission que tu dois accomplir n'est peut-être pas celle que tu crois. Aujourd'hui, je ne peux pas t'en révéler davantage.

Jason parut désorienté, il reconnaissait qu'Agarthina était radieuse mais il était préoccupé : qu'avait-elle en tête ?

— Ne t'inquiète de rien, reprit son grand-père, je suis là pour t'épauler !

Cette nuit-là, Jason fit un rêve.

Il devait se rendre en haut d'une montagne mais l'ascension s'avérait difficile car une neige, fraîchement tombée, rendait la progression malaisée. Pourtant, contre toute attente, le secours vint d'un vieil ours brun qui lui ouvrit la marche en imprimant de larges traces dans le tapis blanc.

Ursyn lui fournit la clé :

— On dirait qu'Agarthina a voulu te réconforter en te montrant que tu serais soutenu dans ton action et que l'effort à fournir serait allégé. En tout cas je suis plutôt fier d'apparaître en ours dans ton rêve !

20 - Le piège

La course aux premières lueurs du jour faisait maintenant partie de la routine quotidienne de Jason qui comptait parmi le noyau des fidèles, présent en toutes circonstances.

Et, comme Ursyn le lui avait prédit, c'était le meilleur moment de sa journée.

Un matin – et cela se produisait de temps en temps – Cheveyo, *l'Esprit Guerrier*, qui appartenait à ceux qui avait opté pour le mode de vie des Blancs, se joignit à leur groupe.

— Ralentis, annonça-t-il à un moment donné à Jason, j'ai quelque chose à te dire.

Et, après une centaine de mètres, tout en continuant à courir, il l'informa qu'Aponi, la fille du chef, souhaitait le voir en secret.

— Surtout n'en parle pas à son frère Kotori, personne ne doit le savoir et c'est demain à 13 h après le repas quand les gens font la sieste.

Jason savait qu'il devait se montrer prudent, Kotori justement l'avait averti que quelques jeunes le détestaient, parce qu'il était Blanc, et pensaient qu'il devait retourner chez les Blancs.

Mais il connaissait Cheveyo, ils arpentaient le secteur ensemble et il supposait qu'on pouvait lui faire confiance.

Ainsi, le lendemain, quand il arriva au lieu de rendez-vous supposé, il tomba dans le traquenard.

Chu'a *le Serpent*, Aponivi, *Là où le Vent souffle*, et Ayawamat, *Celui qui suit les Ordres*, se mirent à le frapper avec des bâtons.

Jason tenta de se protéger mais les coups pleuvaient, assénés avec force.

Il fut sauvé par Honaw, *l'Ours*, un ami de Cheveyo, qui avait surpris les trois compères en train de quitter silencieusement le village. Ayant décidé à bon escient de les suivre, il arriva au moment opportun pour les mettre en fuite.

Mais Jason avait eu le temps d'être bien blessé et il était incapable de marcher. Honaw le ramena alors auprès d'Ursyn en le portant sur ses larges épaules.

— C'est Chu'a, Aponivi et Ayawamat qui ont fait le coup, dit-il. Heureusement que je suis arrivé à temps car, tels qu'ils étaient partis, ils allaient le blesser très gravement.

— Merci, tu l'as sauvé, tu es vraiment un bon jeune et je sais que je peux compter sur toi pour garder le silence. Je ne souhaite pas des dissensions inutiles dans la tribu.

En voyant son maître si mal en point – car Jason dans son souci de discrétion, ne l'avait pas emmené – Khweeuu se mit à gémir.

— J'aurais dû porter un gri-gri comme toi autour du cou pour me protéger, marmonna Jason à son grand-père.

— Ce n'est pas un gri-gri, c'est une dent d'ours, lui répondit celui-ci. Comme tu l'as vu, elle ne me quitte jamais. Je l'ai reçu du précédent Chaman et je pense que je la remettrai à mon successeur.

Quelques jours plus tard, remis de ses ecchymoses et de ses douleurs, Jason raconta son aventure à Kotori.

— Mais tu n'es pas au courant ? s'exclama celui-ci. Cheveyo est amoureux de ma sœur et il a voulu éliminer un rival car, tu l'as sans doute remarqué, ma sœur t'aime bien. Et alors il n'a pas hésité, il a manigancé le piège avec Chu'a qui cherche, depuis toujours à te nuire pour te faire repartir. Tu aurais dû m'en parler !

— Justement, il m'avait dit qu'il ne fallait en parler à personne et surtout pas à toi !

— Evidemment ! A la prochaine péripétie, tu me demandes car je les connais tous très bien ! Au fait, tu veux te venger ?

— Non. Bien sûr, mon premier mouvement a été de me dire qu'il fallait que je leur rende la pareille. Et, puis, en discutant avec Ursyn, j'ai compris que j'allais alors me mettre à leur niveau de médiocrité, et ce n'est pas ce que je souhaite.

— Tu sais qu'ils vont se moquer de toi en disant que tu es une mauviette qui n'a pas le courage de se défendre.

— Ils ne pourront le faire que dans un tout petit cercle pour éviter de se faire punir et leurs camarades ne sont pas intéressants.

— Oui, tu as raison, le mieux est sans doute de les ignorer. Et, d'ailleurs, autant n'en parler à personne !

Kotori est vraiment un frère, se dit Jason en lui donnant une affectueuse bourrade.

21 - Aponi, une fille à marier

Taima appela sa fille qui, tel un papillon, s'imaginait voltiger dans le ciel :

— Aponi, approche. Tourne-toi, que je te voie bien.

Elle s'exécuta immédiatement. Comme son frère Kotori, elle s'empressait toujours d'obéir car les colères de sa mère pouvaient être fulgurantes, même si elle était d'une nature bienveillante.

— Tourne-toi encore.

D'un œil acéré, Taima eut l'air de calculer les mensurations de sa fille. Puis, satisfaite de son examen, elle conclut que sa fille commençait à avoir l'âge.

— L'âge de quoi ? questionna Aponi.

— L'âge de penser à te trouver un gentil fiancé. Dans le petit groupe de ton frère, est-ce que tu vois quelqu'un qui te plairait ?

Aponi rougit et ne répondit pas. Voyant son trouble, Taima insista :

— Tu sais, tu peux me le dire et je ne dirai rien à ton père pour l'instant. Bon, rien ne presse, ajouta-t-elle en voyant que sa fille se taisait. Mais réfléchis et puis on en reparle.

Taima, qui aimait mener les affaires rondement, se sentit un peu contrariée.

— En tout cas, reprit-elle, à la prochaine fête, qui sera le départ des Esprits en octobre, je te coifferai comme une fille à marier, avec les cheveux en gros macarons de chaque côté.

Aponi faillit refuser. En son for intérieur, elle estimait qu'il s'agissait d'une tradition qui n'avantageait guère les filles : même les plus jolies se retrouvaient parées d'une grosse tête.

Cependant, pour ne pas indisposer sa mère davantage, elle objecta simplement que rien ne pressait.

— Non, rien ne presse, concéda Taima. Tu sais bien, cela ne signifie pas que tu veuilles te marier rapidement. Non, c'est simplement pour te montrer, montrer que tu existes.

Aponi soupira. Elle avait bien une idée mais elle ne souhaitait pas se ridiculiser en la dévoilant.

Elle se remit alors à penser avec délices à son prince charmant secret – l'aimait-il ? – en suivant des yeux le mouvement léger de deux petits nuages, très haut dans le ciel, qui semblaient jouer à se poursuivre.

Taima l'observa un moment.

Elle est encore en train de rêvasser, se dit-elle.

— Est-ce que tu as pensé à avancer dans tes créations ? lui rappela-t-elle. Tes compositions florales pour les touristes ?

Elle se retint de lui signifier que la vie ne se résumait pas à contempler les nuages.

22 - Le don

Toujours en septembre de cette année-là, la vie, pour Jason, avait repris son cours, jalonnée par les habitudes, la course à pied aux aurores, le travail aux champs ou les essais de sculpture pour les poupées.

C'est pendant le calme de ces moments-là qu'il posait des questions :

— Sais-tu exactement qui est Agarthina ? Et, d'ailleurs, d'où vient-elle ?

— Elle n'est pas d'ici, c'est sûr, mais je ne sais pas exactement d'où elle vient. Par contre, si elle était Chamane, elle serait vraiment la meilleure car ses paroles sont toujours très vraies et très justes.

A ces mots, le visage d'Ursyn s'illumina. Il n'ajouta pas que, s'il le fallait, il la suivrait, les yeux fermés, où elle le voudrait.

Il se décida, Agarthina l'ayant laissé libre de choisir le bon moment :

— Tu sais, elle m'a dit que tu avais le don. Remarque, cela ne m'étonne guère puisque ma fille, ta mère, l'avait, même si ce n'est pas forcément héréditaire.

— Et c'est quoi, le don ?

— Ce sont les aptitudes, les qualités, si tu veux, qu'il faut avoir pour devenir Chaman.

— Mais pour quoi faire, puisque tu l'es ?

— C'est pour me remplacer un jour, d'ailleurs je me fais vieux !

— Alors, comme toi, je pourrais voir Agarthina très souvent ?

— Tu pourras la voir quand tu auras un conseil important à lui demander.

— Et, en échange, il faut faire quelque chose, il y a des obligations, je suppose ?

— Oui, c'est prendre soin de la terre et de ses habitants, mais c'est facile à faire à partir du moment où on a fait régner la paix et l'harmonie en soi. Maîtriser notre chaos intérieur, c'est cela qui est le plus difficile.

— Le chaos intérieur, encore une notion inconnue pour moi !

Pour l'instant, Jason ne savait pas s'il devait se réjouir ou en redouter la perspective. Il se sentit sur la défensive.

— Ce sont toutes ces pensées parasites, expliqua Ursyn, qui nous occupent continuellement l'esprit et qui nous détournent de l'essentiel qui est de nous retrouver, retrouver en nous notre essence divine ! L'initiation doit aider à y parvenir.

Ne comprenant pas, Jason insista :

— Ah ! l'initiation doit aider ? Ce qui veut dire ?

— L'initiation va aider à effectuer le voyage hors du monde ordinaire dans lequel nous sommes immergés. Elle constitue ainsi le moment de vérité, celui où on voit si on est apte à laisser le monde superficiel.

— Alors, concrètement, on le fait comment, ce voyage ?

— Eh bien, en respirant une fumée ou en buvant une potion spéciale par exemple, on se met dans un état second qui ouvre sur le voyage intérieur.

Jason frissonna.

— Je ne suis pas sûr de vouloir voyager ! Cela paraît risqué, non ?

— Cela pourrait l'être mais je serai avec toi pour te guider.

Jason avait entendu parler de ces expériences, qui parlaient de crises de terreur, de folies, et qui devaient à tout prix être évitées.

— Réfléchis, lui avait encore dit Ursyn, tu n'es pas obligé de te décider aujourd'hui.

Le lendemain, Jason avait pris sa décision.

Il refusait l'initiation car il pensait ne pas être digne de cette mission, il n'avait pas confiance en lui et il avait peur. Et surtout la vie de Chaman ne lui semblait pas enviable.

Dès lors, il lui parut évident qu'il ne pouvait pas rester dans la réserve et laisser espérer à son grand-père qu'il prendrait sa suite.

Tristement, il en fit part à Ursyn.

— Tu comprends, c'est trop pour moi, c'est une vie d'abnégation et je ne me sens pas capable.

— Je respecte ta décision, lui répondit son grand-père, c'est ce que tu penses aujourd'hui. Mais je me dois de t'expliquer qu'il ne s'agit pas d'abnégation. Un voyageur qui a trouvé sur le chemin une jolie pierre et qui la met dans son sac la jettera au loin dès qu'il aura ramassé une pierre précieuse. De même la vie du chaman est bien plus vaste et heureuse qu'une vie ordinaire. C'est parce que tu ne l'as pas encore goûtée que tu la crois inférieure et triste.

Après un moment de silence, il se décida à lui faire part de ses propres moments de doute :

— Tu vois, c'est comme pour moi, l'ancien Chaman me voyait comme son successeur alors que moi, je ne vivais que pour la chasse et, au fond, le plaisir de tuer. J'aimais passer mon temps à traquer les animaux et les moments où je les sentais à ma merci étaient les meilleurs. Et j'étais à mille lieux de souhaiter une vie d'austérité.

— C'est ça, reprit Jason en interrompant son grand-père, tu l'as dit, une vie horrible de sacrifice !

— Oui, c'est ce que je croyais. Et, un jour, je me suis fait surprendre par une femelle puma, qui attendait visiblement des petits, et elle était très agressive. Je n'ai pas eu le temps de tirer ma flèche et je me suis mis à courir pour me mettre à l'abri dans une anfractuosité de rochers, tout à côté. Je suis tombé et je me suis cassé la cheville.

— Ah ! proféra Jason, médusé, et le puma t'a alors attaqué ?

— Figure-toi, la femelle puma a fait un bond énorme au-dessus de moi et inexplicablement elle est partie. Tu réalises ? Sans revenir pour me tuer ! Depuis ce jour, je boîte légèrement mais cela ne m'a pas empêché de me marier.

Et Ursyn fit un grand sourire à son petit-fils avant de reprendre :

— Pendant ma convalescence, tu penses, j'ai eu le temps de réfléchir. J'ai compris que la bête avait épargné un humain qui ne lui voulait que du mal. Et, alors qu'elle n'aurait tué que par besoin, je le faisais par plaisir et là j'ai vu toute l'horreur de mon comportement car, par la même occasion, j'aurais tué ses petits. Tu vois, à travers cet animal le Ciel m'a donné une leçon de vie, à moi, un humain, censé être plus évolué. Bien sûr, je n'ai plus jamais tenu un arc et une flèche dans mes mains. Et je t'affirme qu'il y a un plus grand plaisir à communier avec la nature qu'à la détruire comme je le faisais. Respirer une fleur et sentir le cadeau qu'elle te donne avec sa beauté et son parfum procure bien plus de joie que de la cueillir machinalement.

— C'est ainsi que tu es devenu un Chaman ?

— Oui, mais j'ai encore dû beaucoup réfléchir avant. Je le suis devenu quand j'ai enfin saisi qu'un lien sacré nous unissait tous, les hommes, les animaux, les plantes, les minéraux, tout, et c'est l'amour pour la Création dans son ensemble qui sous-tend ce lien. Et j'ai aussi fini par comprendre qu'avec cette petite claudication les Esprits me montraient que j'étais destiné à avoir un pied dans deux mondes différents. Alors, tu vois j'étais comme toi, je ne voulais pas de cette vocation mais elle s'est imposée à moi dans l'épreuve et elle est grandiose, je peux te l'assurer ! Ainsi, un jour, qui sait si tu ne vas pas changer d'avis. Laissons faire le temps !

Jason avait bien écouté. Il voulait y croire mais n'y arrivait pas. Et il se sentit d'autant plus honteux de répondre si peu à l'attente de son grand-père.

En même temps, il le savait, il piétinait son aspiration à prendre la suite de ses parents.

L'échec était double et, après une nuit passée à réfléchir, les larmes aux yeux, il partit à l'aube avec son baluchon et son loup.

C'était la deuxième fois qu'il fuyait sa famille.

23 – Le Gold Digger

Pendant toute la matinée, Jason resta à proximité de la réserve, en proie à la douleur de quitter sa deuxième famille, puis après un semblant de repas vers midi, il marcha droit devant lui, s'étant souvenu du Gold Digger, ce bar-restaurant, situé à la sortie du village de Winslow.

Sans savoir ce qui l'attendait, il accepta la proposition d'y être conduit, émise par un chauffeur de camion qui s'était arrêté à sa hauteur.

Le Gold Digger, se présentait sous la forme d'un bâtiment de plain-pied, tout en longueur, bordé d'une avancée opaque qui protégeait une terrasse en bois et fournissait un abri contre les intempéries ou les rayons ardents du soleil. Deux grandes fenêtres flanquaient la porte d'entrée en bois qui donnait directement accès à un bar d'un côté et au coin repas de l'autre.

Une pancarte, qui surmontait l'ensemble et portait le nom en grosses lettres, invitait la clientèle à s'arrêter.

Une guirlande jaune courait joyeusement le long de l'avancée et des petits meubles et des caisses s'alignaient contre la façade du bâtiment. L'ensemble paraissait attrayant et faisait bonne impression.

Un vieil Indien, le propriétaire, sans doute, fumait une pipe, assis dans un vieux fauteuil à bascule en bois, les pieds posés sur la balustrade, et semblait attendre.

— On dirait que j'ai de la visite ! s'exclama l'Indien.

Il était vêtu d'une chemise à carreaux et d'un pantalon en toile usée qui se prolongeait par de vieux mocassins gris. Un bandeau de tissu rouge lui enserrait le haut de la tête et ses cheveux mi-longs retombaient par-dessus en dégageant ainsi un visage fin, aux yeux intelligents et au nez aquilin. De grands anneaux perçaient ses oreilles et, ainsi mis, l'ensemble lui conférait une certaine allure.

Du bord de la route, Jason, avec Khweeuu sur ses talons, contempla la scène.

Bizarrement il lui avait semblé, quelques instants auparavant, voir son grand-père en conversation avec l'Indien, ce devait être une illusion due au chaos émotionnel où il se trouvait.

— Approche, petit, lui dit l'Indien. Je parie que tu es presque perdu et que tu cherches un toit, je me trompe ?

Gêné, Jason acquiesça et l'Indien ne se montra pas curieux.

— Eh bien, tu vas partager mon repas, c'est un ragoût et il me reste un os pour le loup.

Après le repas qu'ils prirent dans un silence uniquement troublé par les bruits de mâchoire de Khweeuu qui s'acharnait sur sa friandise, l'Indien s'écria :

— Mon nom est Qaletaqa, *le Gardien des Gens*, allez savoir pourquoi ! Et toi, on t'appelle comment ?

— Je m'appelle Jason et j'ai un deuxième prénom, Hania, qui veut dire …

— Le *Guerrier d'Esprit*, compléta l'Indien. Tu vois, je connais, c'est un prénom hopi et je fais partie de cette tribu. Je suppose que tu viens directement de la réserve et que tu sais que tu lui tournes le dos ?

Le jeune opina de la tête, il n'avait pas envie de parler et Qaletaqa n'insista pas.

— Je te propose de dormir ici ce soir et, demain, on parle. Tiens, voilà ton lit, ajouta-t-il en l'emmenant à l'intérieur pour lui indiquer un coin avec un vieux matelas dans une chambre. Je suis à côté et, en face, il y a la cuisine et une réserve.

— Merci, Monsieur, répondit Jason.

L'Indien éclata de rire :

— Tu serais bien le seul à m'appeler Monsieur. Non, appelle-moi Qaletaqa, comme tout le monde.

Jason n'était pas vraiment rassuré, devait-il s'inquiéter de dormir chez un Indien qu'il connaissait depuis quelques heures seulement ?

Le lendemain, Jason paressa au lit ; la routine de la course à pied aux aurores était brisée mais il se leva lorsqu'il entendit Qaletaqa faire du bruit.

Il n'avait dormi que d'une oreille – on ne savait jamais – cependant son petit loup, blotti contre lui, lui avait procuré un certain sentiment de sécurité.

Il se dirigea vers le bruit, la porte-fenêtre ouverte qui donnait sur l'arrière du bâtiment et sur une cour qui permettait de ranger une voiture et de stocker des caisses de bières, de vins et d'alcool vides.

— Tu pourras m'aider à les ramener au point d'évacuation situé à l'entrée de Winslow, déclara Qaletaqa.

Jason allait rester et l'aide allait de soi.

Il acquiesça et demanda s'il pouvait apporter de l'aide pour d'autres tâches.

— Viens, on mange et on en discute.

Et, tout en avalant une boisson chaude sucrée, accompagnée de quelques galettes recouvertes d'une sorte de fromage, Jason reçut quasiment un emploi du temps.

— D'une manière générale, tu t'occupes du bar, tu fais les cafés – je te montrerai – tu sers les alcools, tu laves la vaisselle, tu l'essuies, tu nettoies les deux salles, tu sers les repas de midi et du soir que tu as aidés à préparer – c'est moi qui cuisine – et deux fois par semaine tu m'accompagnes pour les courses. Dis-moi si j'ai oublié quelque chose.

— J'aurai le temps de faire tout ça ? demanda Jason, étonné.

— Oui, bien sûr, si tu travailles tout le temps !

— Et y a-t-il beaucoup de clients ?

— Cela dépend mais on accueille essentiellement un noyau de clients fidèles qui connaît bien l'endroit et qui s'arrête ici plutôt que 50 miles avant ou après.

En effet, Jason fut occupé toute la matinée et il ne vit pas passer le temps. Il servit les repas et nettoya ensuite les lieux.

En milieu d'après-midi, il s'octroya son premier moment de repos et il s'installa à côté de Qaletaqa, les pieds sur la balustrade.

— Tu as bien travaillé, je te garde, et l'Indien partit d'un grand éclat de rire.

Jason n'osa rien ajouter.

— Si, c'est vrai, tu comprends et tu travailles vite. Bien sûr, je ne te paie pas mais je t'offre le gîte et le couvert et ceci jusqu'au moment où tu retourneras vivre dans la tribu.

— Je ne crois pas que j'y retournerai un jour !

— Mais si, tu verras. Aujourd'hui, tu es en colère mais ta colère s'envolera et tu auras envie de repartir. C'est certain !

Jason ne protesta pas. Il n'allait pas se confier à un quasi-inconnu.

Puis après le dîner Qaletaqa se servit un petit verre d'alcool blanc.

Ils gardèrent alors le silence en écoutant les bruits de la nature tandis que la nuit tombait doucement tout en enveloppant les lieux.

Jason s'écroula ensuite sur son lit et dormit d'une traite jusqu'au lendemain.

24 – Qaletaqa

— Aujourd'hui, ce midi, on fait la cuisine pour douze personnes, annonça Qaletaqa, et je dirais deux couples et huit clients seuls.

— Vraiment ? Tu en es sûr ?

Jason parut sceptique.

— Oui, à mon avis, c'est ça, confirma l'Indien en souriant d'un air espiègle.

C'est une blague, se dit Jason intérieurement mais il compta et recompta les clients, ce ne fut pas bien compliqué.

— Tu verras, lui disait Qaletaqa à chaque fois qu'il faisait irruption dans la cuisine.

Et les prévisions furent exactes.

Le soir, toujours étonné, Jason lui affirma qu'il avait soit deviné, soit reçu des réservations de la part des clients au moment de leur départ.

— Non, je ne devine pas et les gens ne me disent rien. Mais, je t'engage à continuer à surveiller.

C'est ce que fit Jason.

Au bout de quelques jours Jason fut forcé de se rendre à l'évidence :

— J'avoue que je n'ai pas trouvé comment tu fais. Alors, s'il te plait, dis-moi ton secret, tu dois bien en avoir un !

— Non, je t'assure, je n'ai pas vraiment de secret, s'écria Qaletaqa. Je sais, c'est tout. Mais, il faut que je te dise que j'ai travaillé à l'époque avec Ursyn. De là vient ma clairvoyance !

— Eh bien ! Je crois que je comprends, répondit Jason, tout interdit.

Après réflexion, il ajouta :

— J'ai d'ailleurs eu une impression bizarre lors de mon arrivée, vous sembliez parler ensemble tous les deux et rapidement il a disparu. Bien sûr, je pense que c'était une illusion.

— Non, détrompe-toi, il m'a annoncé ton arrivée et il m'a demandé de veiller sur toi.

Jason, perturbé par la révélation, se raccrocha uniquement à un sentiment connu, la reconnaissance envers son grand-père, ce qui lui permit de ne pas raviver sa honte d'avoir fui le monde surréaliste des Chamans.

— Tu sais, ajouta l'Indien, tu es son petit-fils mais il en aurait fait autant pour n'importe qui ! Un Chaman aime tout le monde.

Et voilà Qalétaqa qui en remet une couche, se dit Jason mais il s'abstint de relever.

Du temps s'écoula ensuite, la saison froide était là.

— Lors des courses, la prochaine fois, annonça l'Indien, on t'achète une veste chaude. Tu penses, je ne veux pas que mon meilleur aide soit malade !

Et il se mit à rire.

Puis la neige tomba mais les routes étaient dégagées, les camions devant continuer à circuler, le noyau de clients fidèles ne leur fit donc pas défaut et Qaletaqa continua à prévoir le nombre de repas mais Jason ne faisait plus attention.

Il était concentré sur son travail.

Alors qu'il était arrivé en ne sachant rien faire et en doutant de ses capacités, il avait pris beaucoup d'initiatives de sorte qu'il assurait à présent la majeure partie des tâches et, outre le travail matériel, il tenait la comptabilité, un registre des recettes et des dépenses, il s'occupait de la caisse et des clients et il tenait les stocks à jour si bien que le Gold Digger devint une adresse vraiment intéressante. D'ailleurs, Khweeuu participait à l'attraction.

Qaletaqa était ravi et il affirmait de temps à autre :

— Si je ne savais pas que tu vas bientôt regagner la tribu, je te proposerais bien de t'associer avec moi.

Jason protestait mais il sentait bien que l'idée faisait son chemin.

La nuit, quelquefois, il rêvait de la beauté et de la douceur d'Agarthina. Elle le regardait de ses yeux ardents comme des cristaux de lumière et elle l'appelait. Mais il savait bien qu'Agarthina était inaccessible, elle ne paraissait pas être humaine. Et, alors, il se sentait un peu triste. Il pensait un peu aussi à Aponi et il se sentait triste également. Pourtant, la distance jusqu'à la tribu n'était pas infranchissable mais, dans sa tête, il s'agissait d'un autre monde, lointain et presque effrayant.

Puis, il se mit à faire des cauchemars, il s'agitait et voyait des pumas, des bêtes fauves ou des humains grimaçants fondre sur lui. Ces matins-là, il se levait, exténué.

Qaletaqa le regardait d'un air compatissant sans dire un mot.

Un jour, le petit loup refusa de manger et peu de temps après il parut tomber malade et ne se leva plus.

Alarmé, Jason informa Qaletaqa :

— Khweeuu est en train de mourir, je ne sais pas pourquoi. Il faut faire très vite : je retourne à la réserve pour que le Chaman puisse le sauver. Je suis désolé de te laisser en rade si brusquement.

— Ne t'inquiète pas, répondit l'Indien. Cela tombe très bien au contraire car aujourd'hui, il n'y aura pas de client ! Tu vois, c'est comme si Khweeuu savait et, puisque c'est comme ça, je vous ramène en voiture à la réserve. On ne peut pas laisser ce gentil petit loup mourir parce que les soins se seront fait attendre.

Jason ne s'étonna même pas, apparemment tout semblait arrangé.

Le calendrier s'était arrêté sur la fin du mois de février, soit cinq mois après son arrivée au Gold Digger.

25 – Il faut sauver Khweeuu

Ursyn, le Chaman, posa immédiatement le minimum de questions : avait-il mangé quelque chose et avait-il vomi ? Depuis quand était-il malade ?

— Viens, suis-moi ; exceptionnellement, on va descendre dans ma kiva, les Esprits nous soutiendront.

Le petit loup paraissait moribond, la tête pendant en arrière, les pattes raides, le souffle court. Ursyn lui versa doucement quelques gouttes d'un breuvage sombre dans le gosier et Khweeuu parut s'apaiser.

— Cela doit le soutenir pendant que je vais vraiment le soigner. Mais je vais demander l'aide de l'Esprit guérisseur. Tiens, place-toi à sa tête et pose-la dans le creux de ta main, il faut qu'il puisse te sentir, c'est toi qui vas retenir son souffle dans son corps, c'est grâce à toi qu'il va s'accrocher.

Jason pleurait silencieusement, il se demandait si Khweeuu, par amour, n'avait pas mis sa vie en danger pour ramener plus vite son maître à la réserve. Qui sait, le petit loup avait peut-être estimé que l'expérience de ce dernier avait été concluante et suffisamment longue ! Et dire que Jason avait attendu et reculé alors qu'intérieurement il avait, depuis un certain temps déjà, compris qu'il allait retourner vivre auprès de son grand-père.

Le Chaman entra en lui-même et il se concentra pour réciter avec foi les formules. Il devait s'harmoniser avec l'Esprit pour conduire sa force de guérison vers Khweeuu. Il glissa sa main gauche contre le ventre du petit loup tandis que l'autre main était étendue au-dessus de lui.

Jason, qui contemplait alternativement son grand-père et son petit loup, sentait son cœur battre la chamade. Mais, une infime part de lui-même gardait confiance car il lui parut impensable que l'aide dispensée arrivât trop tard ou qu'elle fût trop faible. Et pour être sûr que son loup soit sauvé, il promit au Ciel de s'engager dans la voie du Chaman en cas de guérison.

Pourtant, l'épreuve lui sembla durer une éternité.

Ursyn, soutenu par la Force de guérison, répétait inlassablement les incantations appropriées. Puis, il se sentit terriblement mal car il avait pris sur lui la souffrance de Khweeuu.

Enfin le petit loup parut sauvé. Jason, en pleurs, le prit dans ses bras et le berça comme s'il s'agissait d'un bébé.

Ursyn semblait épuisé. Il s'étendit dans un coin de la kiva, prostré, et passa le reste de la journée, veillé par son petit-fils qui lui donnait régulièrement un peu d'eau à boire.

Celui-ci, reconnaissant au-delà de toute expression, comprit qu'il ne pouvait plus se dérober. Il serait Chaman.

26 – C'est décidé

— C'est bien, mon garçon, répondit Ursyn à l'annonce de Jason. Tu fais bien d'accepter l'initiation. Tu seras un grand Chaman car tu as déjà reçu de nombreux signes dans ce sens.

— Ah oui, lesquels ?

— Mais si, souviens-toi. Tu as commencé très jeune puisque tu avais trois ans au moment de ton sauvetage miraculeux lors de l'accident qui a coûté la vie à tes parents. D'ailleurs, les Esprits m'ont montré toute la scène jusqu'au moment où le deuxième camion a freiné pour ne pas écraser l'écureuil sur la route ! Ensuite ta mère, ma fille, étant une Hopi, ton père a souhaité devenir anthropologue au sein de la tribu Hopi de sa femme, tu as visité cette même tribu Hopi, sans savoir qu'il s'agissait de la bonne tribu et finalement tu es venu. Ah ! Et puis j'oubliais, tu as le don ! Agarthina l'a confirmé. Donc, on peut dire que tous les événements, conduits par les Esprits, ont convergé vers la situation présente qui est ton accord pour devenir un Chaman. N'est-ce pas merveilleux, cette proximité et cette protection surnaturelles dont on aurait tort de se priver !

— Et il y a aussi les faits récents, la maladie et la guérison de Khweeuu ! Alors, oui, je crois que je ne peux y échapper, je suis d'accord pour l'initiation.

Ursyn précisa :

— En réalité, tu vas en avoir deux. La première est commune à tous les garçons, quand ils approchent de l'âge de raison. Pour toi, par la force des choses, c'est plus tardivement mais ce n'est pas grave, c'est le rite de passage qui va te permettre d'entrer dans les kivas et surtout d'aller plus loin et de commencer ta formation pour devenir Chaman. Tu seras le seul à aller jusqu'à cette seconde étape mais, comme on l'a vu, les indices sont concordants, c'est toi qui as été pressenti.

Jason se sentit intimidé par la responsabilité qu'il allait devoir assumer.

— N'aie pas peur, reprit Ursyn, je te guide et tout se fera progressivement. Ainsi, pour la première initiation, le candidat se fait fouetter au moyen de feuilles de yucca nouées entre elles et, en principe, il reçoit quatre coups. Les feuilles de yucca ont des épines, comme tu le sais certainement, et donc cela peut être douloureux. Malgré tout, ce n'est pas vraiment un supplice !

— Tout va bien tant qu'on n'est qu'à demi-mort, essaya de plaisanter Jason.

Ursyn négligea l'interruption :

— Et, pour être Chaman ensuite, on suivra pas à pas toutes les étapes jusqu'à ta première séance publique, ce sera un voyage dans l'au-delà que je ferai avec toi pour t'aider et te ramener, ce qui veut dire que tu ne risques rien mais c'est quand même très impressionnant, je ne te le cache pas.

Jason préféra ne pas approfondir et il changea de sujet :

— Au fait, il s'est sûrement passé des choses pendant mon absence de la tribu. Raconte-moi si tu veux bien.

— Ah oui ! j'ai une nouvelle qui pourrait t'intéresser. Aponi est en passe de se fiancer à Chuchip, votre ami à Kotori et à toi. Il aurait fait sa demande lors de la fête de départ des Esprits, en octobre, précisément quand tu venais à peine de quitter la tribu. Aponi ne l'a pas éconduit mais il semblerait qu'elle n'ait pas encore accepté.

Jason ressentit un petit pincement au cœur mais il réussit à répondre le plus naturellement possible que, si Chuchip devait faire son bonheur, elle ne devait pas hésiter.

Ursyn approuva :

— C'est bien, tu vois l'intérêt d'Aponi avant toute chose ! Mais, tu sais, les choses changent quelquefois très vite.

27 – La préparation

Ainsi, la première initiation, celle des garçons, eut lieu début mars dans la kiva d'Ursyn.

Jason se plaça au milieu d'un cercle de sable et, sous l'œil vigilant du Chaman et de la présence invisible d'Angwushahay, *Grand-mère Corbeau*, il fut fouetté par les Kachinas Hu, des Indiens qui assistaient Ursyn.

Ce fut bref et douloureux mais Jason supporta dignement l'épreuve.

— A présent, on va attendre que tu guérisses pour entamer, d'ici à une dizaine de jours, la suite, la plus importante.

Et, en prélude à la seconde initiation, la vraie, Ursyn annonça à Jason :

— On va d'abord te construire une hutte sacrée. Tu y passeras des moments de solitude face à toi-même. Tu méditeras. Tu comprends, tu vas vivre une expérience spirituelle et il faut te mettre en condition, c'est indispensable.

— Je serai seul, sans même avoir mon petit loup avec moi ?

Le sacrifice lui parut immense mais Ursyn le rassura en souriant :

— Khweeuu ne bouge pas en principe et il ne te gênera pas, alors il peut rester. Mais, ne te déconcentre pas, ne passe pas ton temps à le caresser. Et puis c'est aussi une période de privation, tu mangeras moins. Tu auras même un moment de jeûne. Par contre, tu boiras, de l'eau et surtout du jus de tabac.

— Pourquoi ? demanda Jason, étonné. C'est comme quand on fume, ça fait tourner la tête ?

— Ce n'est pas tout à fait pareil, mais la base est la même puisqu'on prend des feuilles de tabac, une dizaine environ, qu'on fait bouillir dans une certaine quantité d'eau et on réduit à peu près des trois-quarts. Je peux te dire que c'est écœurant.

Ursyn ne cherchait pas à minimiser.

— Mais cela permet au début d'accéder au monde des Esprits. Par la suite, tu en auras de moins en moins besoin et tu pourras même t'en passer comme moi mais, pour le moment, j'en prends pour t'accompagner.

Jason ne put s'empêcher de se sentir anxieux, il se tenait sur le seuil d'un univers effrayant qui exigeait une plongée dans l'inconnu pour se dévoiler.

— Surtout, recommanda le Chaman, ne laisse pas Khweeuu boire du jus, ce serait trop fort pour lui et puis, il n'est pas nécessaire qu'il se mette en contact avec le monde surnaturel car il y accède quand il le veut !

— Pour lui, ce monde est ouvert ? Quel merveilleux petit loup ! Mais, alors, ne pourrait-il pas m'aider à y aller ?

— Il le pourrait sans doute mais ce n'est pas son travail. Non, il faut que tu découvres toi-même l'animal qui pourra te seconder, ton animal totem, en somme, même si j'ai déjà une petite idée. C'est lui qui pourra t'accompagner dans tes pérégrinations et t'apporter son courage, sa protection et sa sagesse tout au long de ta vie.

— Et toi, tu ne seras pas là ?

— Si, bien sûr, et au besoin je te ramènerai si tu as du mal à retrouver ton chemin. Non, ne t'en fais pas, je te surveillerai et je t'aiderai. Souviens-toi du rêve où un ours t'aidait à gravir une montagne enneigée.

Ursyn se tut, attendant la question suivante.

— Tu ne m'as pas dit le temps que l'initiation devra prendre ?

— Eh bien, tu auras d'abord trois jours de solitude et d'alimentation frugale. Ensuite, tu jeûneras pendant deux jours entiers pendant lesquels tu boiras continuellement de petites quantités de jus, tu te sentiras mal, tu tourneras certainement de l'œil et j'annoncerai aux gens qui viendront vérifier que tu nous as quittés. Pendant ce temps, tu rendras visite aux Esprits et ils te donneront le pouvoir de naviguer d'un monde à l'autre et d'accéder à la fonction de guérisseur. Et, après, tu te remettras doucement pour sortir de la hutte sacrée au bout d'une dizaine de jours.

Jason trembla intérieurement tout en lui livrant son sentiment :

— Ce que tu m'annonces confirme mes premières craintes, c'est carrément terrifiant mais je ne renonce pas puisque j'ai promis de le faire, en échange de la santé de Khweeuu !

— C'est vrai, reconnut le Chaman, c'est un gros effort mais cela en vaut largement la peine car c'est le moyen de pénétrer dans les dimensions subtiles. Puis, pendant les dix mois qui suivront, tout en poursuivant ton apprentissage, tu reprendras une vie normale, simple, mais tu ne consommeras pas de viande, ni d'alcool, ce qui n'est déjà pas ton cas à ce jour. Tu ne t'intéresseras pas non plus aux femmes. Ensuite, à l'issue de cette période, tu auras l'épreuve de ta première séance publique avec les amis, les connaissances – je serai là bien sûr – qui te permettra d'être considéré comme étant maître de ta technique.

Un peu assommé, Jason tenta mentalement de retenir les différentes étapes.

— Mais pour être un très bon Chaman, continua Ursyn, ce n'est pas suffisant car il te faudra quelques années d'expérience en plus.

— Et dire que je croyais que c'était simple ! s'écria Jason sur un ton désabusé.

— En effet mais, après, quelle joie de pouvoir rencontrer les Esprits, d'interpréter les rêves, de guérir les malades, de prévenir la mort dans certains cas ou encore les catastrophes !

Jason resta sans voix.

Et il participa à la construction de la hutte sacrée.

28 – L'initiation d'un Chaman

La hutte sacrée était prête.

— Maintenant, il n'y a sans doute plus de raisons d'attendre, affirma Jason.

— Tu as raison, lui répondit Ursyn. D'ailleurs, la lune nous est favorable. Tu es décidé et je serai là pour t'aider. Alors, disons demain.

Le lendemain matin, Jason, avec Khweeuu sur ses talons, entra dans la hutte sacrée. Ursyn l'accompagna pour lui fournir de l'eau et une petite quantité de bouillie de maïs.

— Je t'en ramènerai autant demain et après-demain, pour tes trois jours de solitude.

Jason faillit s'exclamer que, avec ces quantités ridicules, il ne risquait pas de devenir obèse mais il se retint, il était déjà dans le recueillement.

La hutte était presque plongée dans l'obscurité, seule une petite ouverture sur le haut permettait de suivre l'écoulement du temps mais Jason gardait, la plupart du temps, les yeux fermés sur le monde qui l'entourait. Le petit loup était couché près de lui, sans le toucher. Il méditait et, de temps à autre, il s'assoupissait et il rêvait que des entités compatissantes cherchaient à entrer en contact avec lui. Il se sentait en paix, en harmonie avec lui-même.

Il passa ainsi sa période de solitude.

A l'aube du quatrième jour, Ursyn apporta encore de l'eau et à présent du jus de tabac en lui disant :

— Comme je te l'avais expliqué, tu entames maintenant tes deux jours de jeûne et tu bois régulièrement de petites quantités de jus de tabac.

Jason s'installa à la place qu'il s'était choisie tandis que le Chaman se plaçait dans le coin opposé.

Et, comme prévu, il se sentit progressivement très mal, il fut en proie à des nausées, des vertiges, sa vue se brouilla, il trembla de tous ses membres et il finit par tomber dans une sorte de coma le second jour. Il avait quitté son corps.

Ursyn proclama sa mort symbolique en invitant les habitants du village à venir le constater et il reprit sa place dans la hutte pour lui porter assistance.

C'est ainsi qu'il le vit assailli par des hallucinations terrifiantes, en prise avec des insectes monstrueux, des serpents enroulés qui se déroulaient, des crocodiles qui cherchaient à lui donner des coups de queues pour l'assommer ou encore des bêtes fauves, des pumas, qui fondaient sur lui et l'attaquaient. Jason, torturé par une terrible épouvante, tentait d'esquiver en se tournant dans tous les sens.
Ursyn lui souffla qu'il s'agissait des pensées négatives qui se bousculaient dans sa tête.

— Dépasse-les, élève-toi et tu pourras même les contempler de haut, en volant de-ci de-là à la rencontre des Esprits.

Jason voulut alors monter et il y parvint finalement. Il lui sembla dépasser les cimes des arbres, glisser vers le sommet des montagnes et il se retrouva dans un paysage inconnu. Il volait, léger, sans attaches, en se laissant emporter.

Tout à coup, il se trouva face à un Esprit à l'aspect effrayant mais qui lui octroya le don d'aider et de guérir ses semblables en lui disant par la pensée :

— Pour soulager la misère de ceux qui t'entourent, sois digne de ce cadeau !

L'instant d'après, Jason se retrouva seul et Ursyn lui souffla qu'il était temps de rentrer. Au moment de réintégrer son corps, il put apercevoir un joli petit écureuil roux qui lui fit un clin d'œil et déjà il était de retour.

Il resta longtemps prostré, réchauffé par la chaleur de Khweeuu qui s'était installé contre lui et veillé par Ursyn qui venait régulièrement constater son état.

— Tiens, bois un peu d'eau, lui conseilla ce dernier lorsqu'il le vit bouger consciemment. Demain matin, tu pourras recommencer à manger un peu.

Jason était très amaigri et il mit une bonne semaine à se rétablir. Il quitta alors la hutte sacrée et reprit une vie normale. Mais son grand-père l'avait prévenu, il avait une grande période d'apprentissage devant lui car il devait s'exercer aux différentes pratiques chamaniques.

— Il faut, lui avait-il dit, que tu t'habitues temporairement à boire de plus en plus de jus de tabac car c'est la clé pour détacher ton essence de ton corps, tu l'as compris. Et puis, tu dois apprendre les paroles et les mélodies d'un nombre considérable de chants pour arriver même à improviser en cas d'inspiration.

— Oui, tu me l'avais dit, rétorqua Jason, et j'ai peur de ne pas chanter tellement bien. Mais si je chante faux ou si je me trompe dans les paroles, est-ce que je peux aggraver l'état d'un malade ?

— Voilà une crainte qui t'honore, pourtant ne t'inquiète pas, tu y arriveras. N'importe comment, si tu chantais faux, le soin serait seulement moins efficace. L'intention de servir est tout et l'Esprit que tu auras invité comprendra à demi-mot. Mais tu dois aussi t'exercer, en accompagnement des chants, à manier les feuilles qui servent à créer le rythme. Ce sont des grands rameaux liés en faisceaux et tu en tiens deux dans chaque main. Alors, cela peut te prendre des heures pour produire les bruits nécessaires selon la bonne cadence ! Evidemment, je t'aiderai pendant les dix mois qui te restent avant ta première séance publique.

Malgré ce qui restait à accomplir, Jason se sentit apaisé. Il avait réussi le plus difficile et il en tira une grande satisfaction.

— Au fait, j'allais oublier, reprit-il. Juste avant de rentrer, j'ai vu un petit écureuil qui m'a fait un clin d'œil. C'est mon animal fétiche, celui dont tu m'avais parlé ?

— Oui, c'est lui qui a pour mission de t'aider, par exemple pour rencontrer les Esprits, précisa Ursyn.

— Il était dans la hutte ? Avec moi ?

— Non, il se trouve essentiellement dans le monde des Esprits mais il peut se matérialiser, ce qu'il a fait, sans doute, lors de l'accident de tes parents quand il s'est planté au milieu de la route pour arrêter le camion qui arrivait. A moins qu'il n'ait pris possession momentanément d'un écureuil qui se trouvait là.

29 – Un apprentissage intense

Ursyn avait ainsi annoncé à Jason que son apprentissage allait durer jusqu'en janvier de l'année suivante, ce qui, apparemment, paraissait à peine suffisant.

Mais il ne modifia pas sa routine matinale, il se levait toujours aux aurores pour courir avec le petit groupe de ses amis et débuter ainsi ses journées de manière dynamique, ce qui l'aidait à supporter la pression des journées.

Il participait toujours aussi aux travaux des champs pour apporter concrètement sa contribution à la vie du village.

Et, ensuite, il s'exerçait longuement à chanter et à manier les faisceaux de feuilles.

Ursyn l'accompagnait vocalement et il nota avec satisfaction ses progrès.

— Tu sais, bientôt, tu sauras tout chanter sans mon aide. D'ailleurs, tu as maintenant une belle voix grave, ce qui est le signe d'une bonne connexion avec ton âme. Tu pourras même commencer à laisser libre cours à ton imagination et improviser. Tu verras, il suffit de se lancer !

Entretemps, Jason n'oubliait pas de boire souvent des gorgées de jus de tabac et là aussi il s'habituait, si bien qu'Ursyn lui dit un jour :

— Viens, on va se promener. Non, reste assis, ajouta-t-il en voyant son petit-fils se lever, reste assis et donne-moi ta main.

Et il l'entraîna hors de son corps et Jason eut l'impression de se retrouver de l'autre côté d'un miroir.

Ils rencontrèrent alors un nouvel Esprit, tandis que quelques autres s'approchaient également.

Jason était très intimidé mais il se rendit compte qu'Ursyn les connaissait bien.

Il était même en train de faire les présentations :

— Jason, vous le savez, est mon petit-fils et il se destine à être Chaman. Alors, je lui apprends ce que je sais. Mais cela ne suffira pas pour qu'il soit un grand Chaman ! Non, c'est votre protection et votre soutien qui lui seraient nécessaires.

Les Esprits prirent leur temps pour l'examiner et Jason se sentit petit devant leur air inquisiteur.

Sans doute satisfaits de leur examen, ils finirent par répondre qu'ils étaient prêts à fournir leur aide :

— A condition que les lois soient respectées par ton protégé. Il a déjà accompli ce voyage personnel et secret qui demande à faire la paix avec soi-même. Il lui faut à présent explorer les mondes d'en haut et d'en bas tout en prenant soin des créatures qui souffrent. Est-ce qu'il est prêt à y consacrer sa vie ?

Ursyn se tourna vers Jason et ils attendirent tous sa réponse qui aurait forcément la valeur d'un engagement.

Jason sentit le poids qui allait peser sur ses épaules mais il n'hésita pas.

— Oui, confirma-t-il, j'en fais l'objectif de ma vie.

— Bien, nous voyons qu'il est sincère et nous le soutiendrons dans ses efforts.

L'un des Esprits ajouta :

— Lors de son initiation, il a reçu le don de guérir les malades. Aujourd'hui nous allons lui permettre de prévenir la mort dans certains cas et de pressentir les catastrophes.

Et il se tourna vers ses amis :

— On lui a donné de quoi bien commencer !

— Où as-tu la tête, enfin ce qu'on croit être ta tête, gloussa le premier. Tu oublies de lui donner la connexion avec un Esprit qui interprète les rêves.

— Voilà, voilà, je répare l'oubli.

Ensuite, sur un dernier petit signe, ils disparurent.

Ursyn et Jason suivirent alors le petit écureuil roux qui venait d'apparaître et ils se retrouvèrent dans leur corps, près de Khweeuu qui les avait attendus et qui manifesta sa joie.

— Ce petit écureuil est toujours là, dit Jason à Ursyn.

— Oui, il veille sur toi dans l'invisible tandis que ton loup veille sur toi dans le visible. Tu es bien entouré !

30 - Pendant son apprentissage,

Comme toujours, il y avait eu peu de temps pour préparer la fête du retour des Esprits, en mai, afin d'obtenir de bonnes récoltes.

— Tu m'assisteras pendant la cérémonie, annonça Ursyn à Jason. Tu pourras ainsi déjà te familiariser avec les différentes phases du rituel.

Alors, en effet, tandis que les danseurs se présentaient le visage masqué et qu'ils évoluaient au son des chants et du bruit des feuilles maniées par Ursyn avec justesse comme toujours, Jason l'accompagnait en multipliant les erreurs.

Il se trompait d'autant plus qu'il avait Aponi, accompagnée par son amie Yepa, dans son champ de vision. Depuis la fête du départ des Esprits, en octobre de l'année précédente, celle-ci arborait ses macarons sur les oreilles lors des grandes occasions. Elle se sentait parfaitement ridicule mais, pourtant, elle ne réussissait pas à s'enlaidir.

Elle est belle, vraiment belle, mieux que Yepa qui pourtant est bien aussi ! se dit-il. C'est peut-être son allure qui fait la différence, une espèce de noblesse dans le port de sa tête ? Mais, ne rêvons pas puisque je ne suis pas censé m'intéresser aux filles pendant mon apprentissage ! D'ailleurs, Aponi s'est presque engagée avec Chuchip ! Alors, autant que je ne pense plus à elle, ce sera plus facile.

Il se souvenait pourtant de son émotion lorsqu'elle avait endossé le rôle de sa mère pour lui permettre de guérir de sa plaie secrète d'enfant abandonné.

Aponi aussi jetait de temps en temps des coups d'œil dans sa direction mais sans s'appesantir. Et puis elle reportait son attention sur les personnages masqués qui dansaient en ligne ou virevoltaient et sautaient.

Taima, assise par terre, non loin d'elle, veillait et surveillait de son éternel œil impérieux. Elle regardait alternativement sa fille et Chuchip, qu'elle reconnut malgré son masque, et elle espérait que la situation se débloque, que sa fille prenne une décision avant la fin de la journée. Son espoir fut déçu …

Puis, en octobre de cette même année, la tribu fêta le départ des Esprits. Leurs représentants, revêtus des costumes aux vives couleurs et des masques symboliques imposés par la tradition, dansaient de tout leur cœur en leur honneur.

Taima se retenait de gronder contre Aponi tout en suivant des yeux leurs évolutions.

Elle était obligée d'admettre que la situation n'avait pas avancé depuis le dernier départ des Esprits, un an plus tôt.

Sa fille ne s'était pas ouvertement décidée et elle continuait à entretenir le flou, Chuchip était le prétendant en titre mais il restait cantonné à son rôle de prétendant, faute d'une incitation plus précise de la part d'Aponi.

Après la cérémonie, Kotori en plaisanta avec sa sœur :

— Tu as encore réussi, malgré tes macarons de fille à marier, à ne pas te décider ! Tu sais pourtant que cela fâche notre mère ?

— Oui, elle souhaite depuis un an, au fond, que je proclame mon choix qui portera forcément sur Chuchip !

— Et toi, tu ne vois pas ton avenir avec lui ! Tu crois que je ne le sens pas ?

Aponi protesta :

— Que vas-tu chercher, voyons ! Des secrets qui n'existent sans doute pas ? Simplement, pour l'instant, je suis libre et je n'ai aucune envie de me presser !

— Tu vois, chère sœur, malgré tes efforts, je n'y crois pas. Mais rassure-toi, je resterai muet et je me contenterai d'observer. C'est d'ailleurs ce que je fais le matin à l'entraînement, je les vois tous de dos et je soupèse leurs chances !

— Ah bon ! Et ?

— Figure-toi, j'en vois deux, le quasi officiel et un autre que je ne nomme pas, pour l'instant.

— Dommage ! Tu aurais pu me donner des idées !

Aponi fit semblant d'être déçue et Kotori éclata de rire :

— C'est bien imité ! Quelle jolie comédienne tu fais !

De son côté, Taima, qui avait ravalé sa colère tout au long de la journée, n'y tint plus lorsque vint le moment de dormir.

Elle apostropha doucement son mari, pour ne pas se faire entendre, mais ses yeux, qui parlaient pour elle, jetaient des éclairs :

— Ta fille – c'était essentiellement la sienne dans ces cas-là – a une fois de plus aujourd'hui porté ses macarons. Est-ce que tu as relevé le nombre de fois où elle l'a fait ?

— Euh, non. J'aurais dû ?

— Oui, tu aurais dû, évidemment que tu aurais dû, pour nous éviter cette situation insensée !

— Ecoute, la journée s'est bien déroulée et je ne vois pas ce que tu veux dire. Si on en parlait tranquillement demain ? proposa placidement Chochokpi, prêt à s'endormir.

— Non, demain tu auras une excuse, le travail, les problèmes des gens, etc…, pour te défiler. Alors que là, tu comprends, tu ne peux pas m'échapper !

Chochokpi soupira, il le savait, il fallait se résoudre à percer l'abcès.

— Je t'écoute.

— Alors, je t'annonce solennellement que ta fille porte ses macarons depuis octobre dernier, soit, en comptant, depuis trois fêtes. Ce qui laisse à croire qu'elle est mariable mais que personne n'en veut !

— C'est un peu faux – il ne voulait pas entamer une discussion sur le degré de véracité des paroles de sa femme – ce que tu affirmes, car elle a un amoureux qui est Chuchip, tu le sais comme moi.

Moqueuse, Taima répondit :

— C'est un peu vrai ce que tu dis, mais la situation n'est pas claire. Alors, je souhaiterais que tu parles à ta fille, après tout tu es son père, tu peux le faire !

— Et je lui dis quoi ? questionna Chochokpi, bien réveillé à présent.

— Mais qu'il est temps qu'elle se décide, voyons !

Chochokpi sursauta :

— Mais c'est justement parce que je suis son père que je ne peux pas me mêler de ses affaires de cœur. C'est toi, sa maman chérie, qui dois te charger de cette besogne, comme le font d'ailleurs toutes les mamans chéries.

Un peu ébranlée, Taima demanda :

— Mais tu crois vraiment que je suis sa maman chérie ?

— Evidemment, tu l'es et, pour ton fils, également. Ils se feraient hacher menu pour toi.

Et il se hâta d'ajouter que c'était également son cas.

Voyant l'émotion de Taima – un cœur d'artichaut sous les épines ? – il se dit qu'il allait enfin pouvoir s'endormir.

31 - Un blessé inattendu

Au retour de l'un de ces entraînements matinaux, Jason vit qu'Ursyn l'attendait devant la maison.

— Il y a un malade à soigner de toute urgence, ses amis l'ont déjà transporté dans ma kiva et il nous attend. Enfin, c'est une façon de dire car je crois qu'il délire à présent. Mais auparavant il m'a demandé de le soigner car il a peur que les secours de la ville n'arrivent trop tard et qu'on lui coupe la jambe. Cela s'est déjà produit !

Et, tandis qu'ils se rendaient tous deux à la kiva en se hâtant, Jason demanda de quoi souffrait le malade.

— Il a mis le pied dans un piège pour renard, un piège qu'il avait lui-même posé et camouflé, et les dents rouillées se sont incrustées dans son mollet. Il a crié et ses comparses, qui l'accompagnaient, l'ont délivré. Il a eu mal, bien sûr, la blessure a paraît-il beaucoup saigné et elle s'est infectée. Aujourd'hui, il est vraiment dans un état critique.

— Ah ! Eh bien, je te regarderai faire. J'apprends beaucoup en te regardant.

— Je t'annonce que c'est toi qui officies aujourd'hui.

— Mais je ne saurai jamais, s'écria Jason, tu oublies que ma période de formation est loin d'être terminée. Et, en plus, ce n'est pas un simple rhume !

— Tu sais bien qu'il ne te reste plus que trois mois environ de formation, tu as accompli le plus gros et, d'ailleurs, les Esprits t'ont déjà donné le pouvoir de guérison ! Alors, tu sollicites leur aide, que tu obtiendras puisque tu respectes leur loi. Aie confiance, les Esprits tiennent leurs promesses. Et, puis, je suis là aussi.

Jason chercha un argument sérieux pour refuser, mais son grand-père avait raison, il était certainement prêt.

— Je vais me ridiculiser, tenta-t-il pourtant d'ajouter.

— Les Esprits te soutiennent, alors il faut te lancer.

— Au fait, je connais le malade ?

— Oui, lui répondit Ursyn, c'est Chu'a, *le Serpent*, celui qui t'a frappé. Je reconnais là l'humour des Esprits !

Jason mesura l'ampleur de ce qui lui était demandé – faire du bien à quelqu'un qui lui avait fait du mal et qu'il n'avait même pas dénoncé – et risquer d'échouer s'il n'appelait pas son grand-père à l'aide.

— C'est à ce genre de dépassement qu'on reconnaît aussi un grand Chaman, reprit Ursyn comme s'il répondait à sa pensée.

Son grand-père avait raison, en théorie, mais Jason avait plutôt envie de le soigner d'une façon radicale : en appuyant vigoureusement sur sa plaie pour en faire sortir les mauvaises humeurs !

Il essaya de se raisonner. En vain ! Il sollicita alors en urgence l'aide des Esprits et cette simple demande réussit à l'apaiser.

Arrivés sur place, ils descendirent dans la kiva, Jason portant le petit loup sous son bras.

Les amis, Aponivi et Ayawamat, qui avaient aussi frappé Jason à l'époque, étaient assis contre un mur et, gênés, ils tentaient de se faire oublier.

Sans aucune animosité, Jason constata :

— Vous m'aviez tendu un piège et voilà que Chu'a est justement tombé dans son piège.

Et comme il devenait de plus en plus un Hopi, il ajouta :

— C'est comme s'il avait lancé sans réfléchir une flèche droit au-dessus de lui et qu'elle avait fini par retomber sur lui.

Puis il se tourna du côté de Chu'a et le vit allongé et inconscient au centre de la kiva. Il se pencha, le blessé était brûlant et respirait avec difficulté.

Sans perdre de temps, Ursyn but le jus de tabac qu'il avait préparé à l'avance et il servit son petit-fils. Puis il dénuda la plaie qui était recouverte d'un linge sale, imprégné de sang.

Jason oublia tout et se concentra, il n'avait plus qu'un malade à ses pieds.

Il se mit alors à invoquer les Esprits, avec ferveur il psalmodia les bonnes prières, celles qui pouvaient entraîner l'ouverture des cieux de manière à déverser, à travers sa main tenue en suspens au-dessus de la jambe, la force de guérison.

Il suppliait et implorait sans relâche et les Esprits, voyant sa sincérité, répondirent favorablement.

Jason sentit immédiatement la puissance de leur intervention car la plaie parut lavée de l'infection, une cicatrisation normale allait pouvoir commencer.

Chu'a lui-même, sans avoir repris conscience, se mit aussi à respirer plus librement.

Les Esprits se retirèrent, non sans que Jason les eût abondamment remerciés et, avant de s'endormir d'un coup, il eut encore le temps d'entendre son grand-père lui affirmer qu'il avait magistralement réussi sa séance.

32 - Une nouvelle entrevue

Peu de temps après, vers la fin de l'année, Ursyn arbora une mine particulièrement joyeuse en se levant.

Il informa immédiatement son petit-fils :

— Aujourd'hui, on va rendre visite à Agarthina. Elle veut te parler, elle a suivi ta progression et je crois qu'elle veut t'encourager.

— Ah, quelle bonne nouvelle ! Je pensais devoir attendre d'être un vrai Chaman et j'ai la chance de la voir avant !

— Oui, et c'est pour cet après-midi.

Au bon moment, Ursyn, Jason et Khweeuu se dirigèrent du côté de la grotte secrète. Jason reconnut l'endroit dégagé et plat qui s'élevait d'un côté vers un monticule assez raide recouvert d'une maigre végétation alors que des buissons en camouflaient l'entrée.

Ils s'engagèrent dans le couloir et levèrent immédiatement les yeux au bas de l'escalier pour vérifier : la lumière éblouissante était présente à son sommet, comme suspendue et en attente.

Joyeusement, ils entamèrent la montée des marches.

— Maintenant que je sais ce que je vais trouver et que je n'ai plus peur, les marches me semblent plus faciles à gravir, chuchota Jason à son grand-père.

— Oui, lui répondit machinalement celui-ci, déjà totalement absorbé par le bonheur de la rencontre.

En effet, ils atteignirent assez rapidement le haut des marches et Jason put voir de près la sublime apparition. Elle était aussi belle que dans son souvenir.

Agarthina leur adressa un merveilleux sourire avant de dire :

— Je vous salue tous les deux, Ursyn, mon fidèle Chaman, et Jason, qui présente les meilleures dispositions pour prendre la relève. Car j'ai suivi attentivement ton parcours, jeune homme, et j'ai vu combien tu es respectueux et scrupuleux. Les Esprits ne s'y sont pas trompés en voyant ta bonne évolution et ils t'ont déjà récompensé en t'accordant, presque avant l'heure, différents pouvoirs liés à la fonction de Chaman.

Jason buvait ses paroles sans pouvoir articuler un mot mais Ursyn, comme d'habitude, remercia à sa place.

— Tu sais déjà, Jason, reprit Agarthina, qu'il te sera accordé de me voir selon tes besoins, s'il te faut par exemple un conseil ou une aide. Mais je désire également t'apporter mon soutien pour les moments où tu ne peux me voir. Donc, n'hésite jamais, tu peux m'invoquer à tout moment et je te mettrai toujours des indices sur ta route.

Jason, figé sur place, tremblait de respect et d'admiration.

Agarthina reprit doucement :

— Dans peu de temps, tu vas avoir ta première séance publique mais chasse la peur de ton esprit : tu es prêt et puis, tu le sais bien, tu seras soutenu de tous côtés ! C'est seulement la peur dont tu dois avoir peur. A présent, aurais-tu une question à poser ou une requête à formuler que je puisse satisfaire ?

Et elle sembla l'entourer d'un halo de lumière pour lui permettre de vaincre sa timidité. Mais Jason, perdu dans ses yeux, avait perdu la langue.

Le silence se prolongeant, Agarthina mit alors fin à leur entretien :

— A présent je vous laisse mais, comme je l'ai précisé et comme notre Chaman bien aimé le sait, je reste toujours accessible à un cœur pur et généreux.

Et l'image d'Agarthina disparut.

Jason était sous le choc et Ursyn, à son habitude, se sentit vide, presque abandonné.

Il finit, cependant, par reprendre pied pour inviter son petit-fils à repartir :

— Viens, il y aura d'autres rencontres, c'est certain. Et, en attendant, faisons ce que nous devons faire !

33 – Julian, le visiteur inattendu

— Je voudrais voir mon petit-fils, Jason, annonça Julian Ferguson à l'entrée de la réserve, au mois de janvier suivant.

— Ce petit-fils s'appelle exactement comment ? demanda l'Indien qui filtrait les entrées.

En entendant le prénom, il avait compris mais il voulait montrer à ce Blanc prétentieux que son pouvoir s'arrêtait au seuil du pueblo.

En effet, Julian n'avait pas cherché à se départir de sa morgue vis-à-vis de ceux qu'il méprisait.

— Il s'appelle Jason Ferguson. Dites-lui que son grand-père veut lui parler, c'est urgent.

— Ah, si c'est urgent ! Alors, je termine ce que je fais et je fais appeler le Chaman. Mais je me dépêche.

Au bout d'un quart d'heure, Julian patientait toujours dans le froid en rongeant son frein. Il avait fait une tentative pour accélérer les choses et l'Indien avait aimablement répondu qu'il comprenait et qu'il se hâtait. Finalement, au bout d'une heure seulement, le Chaman, enfin appelé, se présenta.

Julian frémit intérieurement en notant l'accoutrement du Chaman – ces Indiens sont décidément sales et négligés – et il l'informa que sa femme, Ann, pratiquement mourante, souhaitait parler une dernière fois à Jason.

— Je vais l'appeler, répondit Ursyn. Il va vous accompagner. Vous habitez dans la région, je crois bien ? reprit Ursyn.

— Oui, à Flagstaff, vous voyez, nous sommes presque voisins, ajouta Julian pour faire semblant de proférer une amabilité.

Ursyn ne s'y trompa pas et il répondit que Jason allait arriver.

— Tu as bonne mine, ne put s'empêcher de dire Julian en le voyant.

En effet, il était vêtu presque légèrement en dépit du froid mais il éclatait de santé et il avait cette petite flamme intérieure dans le regard qui montrait qu'il se trouvait en accord avec lui-même. Julian dut faire un effort pour ne pas se sentir vexé : vivre ainsi avec ces Indiens, à mille lieues de son milieu, ne semblait pas gêner son petit-fils.

— Ta grand-mère est bien malade et, selon le docteur, elle n'en a plus pour très longtemps. Elle le sait et c'est pourquoi elle ne veut pas partir sans te dire au revoir.

Jason accusa le coup : sa grand-mère l'avait élevé comme une mère et s'était toujours montrée gentille.

— Ah, j'espère qu'elle ne souffre pas ?

— Non, le médecin lui donne ce qu'il faut mais, selon lui, le temps presse.

34 - La confession d'une mourante

Dans la grande maison, le temps semblait s'être figé, aucun bruit ne se faisait entendre et l'air était saturé de relents pharmaceutiques.

De plus, les pièces de vie sur la droite en entrant restaient obscures, les volets n'avaient pas été ouverts.

Effrayé, Jason monta les escaliers pour accéder à la chambre où reposait sa grand-mère et il la découvrit, les yeux clos, perdue dans son lit. Elle paraissait décharnée et faible.

D'ailleurs, ce fut d'un tout petit filet de voix qu'elle accueillit Jason qui s'était assis à côté du lit en prenant sa main.

— Je vous laisse, déclara Julian, ta grand-mère a souhaité te voir seul, je serai à la cuisine, je fais du café si tu en prends tout à l'heure !

Son grand-père qui lui proposait du café ? Il semble déboussolé, se dit Jason.

— Maintenant, c'est l'heure de partir pour moi, dit Ann, je ne suis pas amère, j'ai eu beaucoup d'années. Mais auparavant, il faut absolument que je revienne sur certains événements du passé, des événements qui ont trait à tes parents.

Intrigué, Jason réagit :

— Ah bon ! Il existe un secret de famille ? Comme tu as voulu me parler à moi seul, je suppose que c'est lié à Grand-Père ?

— Ton grand-père n'aimait pas les Indiens, tu l'as entendu le dire à de nombreuses reprises. Il n'aimait pas les Indiens, cela le regarde. Je ne souhaitais pas, moi non plus, que ton père fréquente une Indienne et j'ai essayé de les séparer.

— Ah oui ? Comment as-tu fait ?

— Ton père nous avait informés qu'il connaissait une jeune-fille indienne qui lui plaisait bien. C'était au cours de ses dernières vacances avant qu'il n'aille étudier à Phoenix pour être anthropologue et, ironie du sort, il se proposait d'observer la culture des Hopis, des Indiens ! Alors qu'il savait bien ce qu'on en pensait ! Après coup, d'ailleurs, j'ai appris que c'était le peuple de sa femme !

Ann sembla méditer un instant sur les retournements inattendus de situation.

Puis, elle reprit :

— Pour tenter de les séparer, j'ai alors encouragé ton père à sortir avec les filles de nos amis et je lui proposais le plus de sorties possibles. Je lui ai fait miroiter des possibilités de distractions auxquelles il ne répondait pas d'ailleurs.

— Eh bien, ce n'est pas grave, mon père a agi selon ses souhaits, la preuve il s'est marié avec son Indienne, ma mère !

— Oui, mais ta mère, Mimiteh lui avait écrit, trois lettres que je n'ai jamais remises à ton père. Et pire, j'ai menti quand il nous a demandé si nous n'avions rien reçu. Je sais que cela n'a pas changé le cours de l'histoire mais j'ai toujours ces lettres, je les ai gardées, je n'ai pas réussi à les détruire !

Et Ann se tut, fatiguée par son aveu. Mais elle reprit :

— J'aimerais m'en libérer et te les donner. Tu en feras ce que tu voudras. Ce sera ma façon de réparer un peu et, en même temps, je me mets en paix avec ma conscience.

Ann paraissait épuisée, elle trouva encore la force d'ajouter :

— Regarde dans l'armoire en face de toi, au milieu, derrière la pile de mes pulls, j'ai caché les lettres. Ton grand-père ne connaît pas leur existence car je n'en ai jamais parlé. Finalement, je n'étais pas très fière de moi !

Jason ne savait pas ce qu'il devait répondre. Il trouva les lettres et il put rassurer sa grand-mère.

Mais, apparemment, elle avait quelque chose à ajouter :

— Je t'ai moi-même écrit une lettre quand tu es parti vivre dans la tribu, je te disais que je comprenais finalement ton choix, tu ne pouvais pas balayer tout un pan de ton histoire ! Mais cette lettre n'est jamais partie, ton grand-père s'y est opposé et j'ai manqué peut-être de courage, en tout cas d'énergie car j'étais très fatiguée et déprimée même. J'avais aussi proposé qu'on vienne te rendre visite dans ta tribu mais ton grand-père s'y est opposé également. La lettre est aussi dans l'armoire, sous la pile des chemisiers.

Jason la trouva également et il se sentit encore plus embarrassé :

— Tu sais, à l'instant, expliqua-t-il, je ne sais pas si je vais lire les lettres de Maman qui ne me sont pas destinées, au fond. Je ne suis pas là pour juger, je suppose que tu as dû agir en pensant que c'était ce qu'il fallait faire de mieux pour ton fils. Et, pour ta propre lettre, je te dis merci, tu t'es mise à ma place et tu as compris mon désir, c'est ce qui compte.

Et, après réflexion, il ajouta :

— Ne t'inquiète pas, tu restes ma grand-mère, celle qui m'a recueilli et élevé depuis mes trois ans, celle qui s'est chargée sans récrimination d'un jeune orphelin qu'elle ne connaissait pas.

—Tu étais un enfant très attachant !

35 - Un échec incompréhensible

A présent, Ann se sentait apaisée et elle adressa un regard plein d'amour à son petit-fils.

Une douleur inattendue lui arracha tout à coup un cri qui se transforma en un gémissement tandis qu'elle parut cesser de respirer.

Alarmé par son état et comprenant que c'était grave, Jason, qui avait déjà eu l'occasion de mettre son pouvoir de guérison en œuvre, le sollicita tout en priant avec ferveur. Longtemps, il tint sa main en suspens au-dessus de sa grand-mère mais il ne sentit rien, les Cieux ne s'ouvraient pas pour déverser leur force surpuissante.

Il insista, il détenait l'autorité d'agir, il avait été jugé digne de la posséder et il n'avait pas démérité.

Il s'arrêta seulement quand il vit que l'âme de sa grand-mère avait quitté son corps et les yeux brouillés de larmes il la rassura et l'invita à se diriger vers la Lumière.

Enfin, il se décida à informer son grand-père en se gardant de lui révéler sa condition de Chaman, surtout d'un Chaman, pensa-t-il, qui n'a même pas l'oreille de ses Esprits protecteurs.

Dire que j'ai réussi à guérir Chu'a, se dit-il, quelqu'un qui ne m'est rien et, quand il s'agit de ma famille, j'échoue lamentablement !

Malgré ses efforts pour essayer de se contrôler Julian finit par laisser libre cours à ses larmes.

Après un long silence, il ajouta :

— Cette grande maison va me sembler bien vide sans ta grand-mère, dit-il. Elle a très peu souffert, dis-tu, je suis content, tu lui as apporté du réconfort dans ses derniers instants et tu lui as adouci son départ ! Merci d'être venu.

Jason protesta :

— Je ne pouvais pas ne pas venir. Je vous ai gardés tous les deux dans mon cœur.

— Mais tu aurais pu m'en vouloir et refuser de faire le déplacement car je reconnais que j'ai été très intransigeant avec toi.

36 - Les doutes de Jason

De retour dans la tribu, auprès d'Ursyn, Jason laissa libre cours à son incompréhension.

— Je ne suis même pas arrivé à guérir ma grand-mère, c'est lamentable. Et pourtant, les Esprits m'avaient promis de toujours m'aider ! J'ai peut-être oublié un élément important du rituel ? Ah, j'y suis, je n'avais pas de jus de tabac sous la main, voilà, c'est la raison.

Ursyn se garda de répondre et d'intervenir dans les réflexions de son petit-fils.

— Je n'avais pas de jus de tabac, reprit celui-ci, et, pourtant, j'ai remarqué dans les derniers temps qu'il m'en fallait de moins en moins pour rencontrer nos protecteurs. Mais la petite quantité utile m'a peut-être quand même manqué ? Ou alors les Esprits ne sont pas contents de moi ? J'avoue que cette idée m'est presque insupportable ! Je leur aurais donné une raison de m'en vouloir ?

Et Jason accusa le coup, il avait beau s'interroger, il ne trouvait pas la réponse mais il savait qu'il avait laissé aller à la mort un être cher qu'il aurait dû sauver et qu'il était capable de sauver.

Comprenant son profond désarroi, Ursyn se décida à expliquer :

— Tu n'as sans doute rien à te reprocher, non, ni manque de jus de tabac, ni offense envers le Ciel qui a simplement voulu te montrer que c'est lui qui décide. Tu n'as donc aucune culpabilité à porter et, même, tu n'es pas concerné dans les guérisons. Tu es simplement l'intermédiaire. Alors, tu l'as compris, sans le Ciel, tu n'as aucun pouvoir et, dans le cas de ta grand-mère, il a décidé qu'il ne t'accordait pas son aide, certainement que son chemin le voulait ainsi.

En laissant à Jason le temps de digérer sa déception, même si le chagrin ne pouvait pas s'effacer d'un coup de baguette magique, il conclut :

— Tu vois, tu as reçu là une leçon d'humilité pour que tu n'oublies jamais que tu détiens ta force uniquement du Ciel. Cela m'est arrivé aussi un jour et la leçon m'est restée. Les ailes du moulin qui broie les grains ne doivent pas oublier que c'est le vent qui les fait tourner.

Pour le rassurer, il ajouta encore :

— Depuis, je dois dire que le Ciel a toujours répondu à mes demandes. Et ce sera sans doute pareil pour toi. Alors, ne t'en fais pas, la confiance n'est pas rompue !

Dès lors, Jason put entamer le travail de deuil de la mort de sa grand-mère et la recommander avec sérénité aux Esprits.

37 – Naqvu ni connu !

A présent, fin janvier, la période d'apprentissage se terminait et Jason allait être confronté à l'épreuve de la première séance publique en présence de tout le village.

En principe, il était prêt, il connaissait les chants, il maîtrisait le maniement des feuilles et il savait se porter à la rencontre des Esprits. Pourtant, il était loin d'être serein car le contact devait se faire différemment. En effet, il n'allait pas quitter son corps, c'étaient les Esprits ou un Esprit qui devaient se déplacer. Allaient-ils vouloir le faire ? Ursyn lui avait assuré que les échanges se faisaient dans les deux sens mais il ne se sentait pas tranquille.

Alors, la veille, il proposa à son grand-père d'aller avertir les Esprits :

— Tu comprends, c'est très important, c'est ma crédibilité qui est en jeu ! Imagine que je n'y arrive pas, on ne me prendrait plus jamais au sérieux !

— Tu manques de confiance, Jason, mais on y va pour te permettre d'être sans doute plus détendu et de mieux réussir.

Trois gouttes de jus de tabac leur permirent d'aller au-devant de l'un des Esprits déjà rencontrés.

— A présent, face à un nouveau chapitre de ta vie, tu es ! constata celui-ci. Digne de l'aborder tu es, par ton apprentissage, sérieux et complet.

Et il sourit en direction d'Ursyn, qui venait de lui faire part du souhait de Jason, avant de poursuivre d'un air malicieux :

— Nouveaux temps, nouveau Chaman et Naqvu, ton protecteur attitré, je serai. M'appeler demain, lors de ta première séance publique, tu le pourras.

Jason, confus, acquiesça tandis que l'Esprit reprit :

— Normalement, notre nom au cours de cette première séance, nous dévoilons. Mais face à ta peur, autorisé à l'utiliser pour m'appeler, tu es.

Cela paraissait tellement simple, Jason fut émerveillé mais il ne trouva aucun mot pour le dire ! De son enfance, il avait gardé le sens du sacré et, à présent qu'il ne pouvait plus douter de l'existence de ce monde transcendant, il était confondu de respect en y pénétrant. S'y ajoutait cependant l'étonnement devant le mode d'expression de l'Esprit.

Ce fut alors, une fois de plus, Ursyn qui remercia, juste avant de croiser encore le petit écureuil roux qui semblait les attendre.

De retour dans la kiva, Jason se décida à poser à son grand-père une question qui lui parut être sacrilège :

— Est-ce que Naqvu ne parle pas comme Yoda, le sage ? Naqvu s'amuse ?

— Bien sûr ! Spiritualité ne doit pas rimer avec austérité. D'ailleurs les Blancs ne disent-ils pas qu'un saint triste est un triste saint ? Je pense que Naqvu a voulu te montrer qu'il faut rester léger et que les peurs alourdissent.

38 - Le grand jour

Et le grand jour arriva.

Après sa course matinale, Jason s'isola dans la kiva d'Ursyn pour se recueillir et se rendre intérieurement disponible afin d'assurer le lien avec le monde des Esprits.

Lorsque l'heure fut venue, il se rendit sur l'aire des cérémonies collectives, près des deux kivas presque voisines.

Une grande foule l'attendait déjà : Chochokpi, le chef du village et sa famille, des amis d'Ursyn, les siens et aussi de multiples connaissances qui ne partageaient pas forcément leur mode de vie traditionnel. Il crut même apercevoir des visages inconnus.

Le petit loup l'accompagnait et reniflait les gens comme s'il voulait débusquer les personnes mal intentionnées.

Puis Ursyn obtint à peu près le silence et il crut utile de préciser :

— Frères Hopis, nous sommes réunis aujourd'hui pour la première séance publique de Jason. Vous le savez, Jason est destiné à me remplacer et à être votre nouveau Chaman. Vous le savez également, il est en même temps mon petit-fils, le fils de Mimiteh que la plupart d'entre vous ont connue et appréciée. Mais vous pensez bien qu'il n'a pu bénéficier d'aucun passe-droit à ce titre. Il a donc accompli ce qu'il fallait, son initiation avec sa mort symbolique dont vous avez été témoins et ensuite sa longue période d'apprentissage qui a été approuvée par les Esprits. Et, aujourd'hui, il est prêt à me succéder même si je compte encore rester un peu présent pour l'aider au besoin. Maintenant la cérémonie peut commencer.

Jason débuta avec un chant qui relatait son envol vers le monde des Esprits.

Puis, il sut improviser pour réciter des prières et, de tout son cœur, il se mit à invoquer Naqvu, son Esprit particulier, tout en sachant que celui-ci allait respecter sa promesse. Pour varier et créer un cercle de supplications, il fit même participer l'assistance en lui faisant répéter la requête après lui.

Et il sentit la présence de l'Esprit et faillit pleurer de joie.

— Mes Frères, mes Amis, annonça-t-il d'une voix étranglée par l'émotion, je vous confirme que Naqvu, l'Esprit bienveillant, a répondu à nos ardents souhaits et qu'il va nous assister aujourd'hui et aussi par la suite.

— Ah, on ne le connaît pas, s'exclamèrent quelques-uns.

Jason ne se laissa pas démonter :

— C'est plutôt une chance : un nouveau Chaman inaugure un nouveau temps avec un nouvel Esprit. Donc, vous l'avez compris, il s'agit de l'Esprit qui consent à répondre à mes prières. Et il saura, autant que l'Esprit protecteur de votre Chaman Ursyn, réagir, arbitrer, démêler le vrai du faux et vous apporter sa lumière. D'ailleurs, vous pourrez vous en rendre compte tout à l'heure, quand vous poserez vos questions.

Il jeta à la dérobée un regard à son grand-père et il vit à son visage qu'il avait bien répondu. Du reste, l'assistance émit un petit murmure d'approbation.

Il annonça ensuite que Naqvu allait lui inspirer un chant pendant que lui-même manierait les feuilles pour l'accompagnement rythmique. Et Jason interpréta une mélodie et des paroles émouvantes qui faisaient état de l'interdépendance entre chaque parcelle de la Création.

Puis, il en vint à répondre aux interrogations individuelles :

— A présent, est-ce que quelqu'un a une question à poser ? reprit Jason.

Une voix inconnue, une voix d'homme s'éleva pour expliquer qu'il se sentait curieusement malade à sa date d'anniversaire.

Dans un silence quasi religieux – la tribu connaissait évidemment le malheureux mais elle n'avait rien soupçonné – il poursuivit :

— Au début et pendant un certain temps, c'était le jour même. Je n'étais vraiment pas bien, j'avais des nausées, j'étais apathique et je n'avais qu'une envie qui était de me réfugier dans une grotte pour ne surtout pas bouger. Puis, par la suite, le malaise est intervenu avant, un jour, deux jours, plusieurs jours avant. Au fil des anniversaires qui se succédaient, le mal a empiré et a gagné sur les jours après. Aujourd'hui, je suis dans un état anormal pendant une bonne dizaine de jours et je suis épuisé. Personne dans mon entourage ne me comprend, au contraire on m'en veut et de plus en plus !

— Cela dure depuis longtemps ? demanda Jason doucement.

— Une bonne dizaine d'années.

— Mais pourquoi ne pas avoir fait intervenir le Chaman bien avant ?

Jason sentait que le cas était compliqué pour lui alors qu'Ursyn aurait facilement pu dénouer l'affaire.

— Je n'ai pas voulu venir car je pensais pouvoir régler le problème moi-même. Selon moi c'était une question de volonté et, après chaque anniversaire raté, je prenais de grandes résolutions pour l'année suivante. J'ai enfin compris que c'était inutile, que je n'étais pas capable de savoir pourquoi mes anniversaires se passaient ainsi.

Le silence s'installa, Jason ne trouvait aucune réponse à formuler.

— Interroge Naqvu, il va t'aider, lui souffla Ursyn par télépathie.

— Mais oui, j'allais paniquer, lui répondit-il par la même voie.

Il reprit le plus naturellement possible :

— Oui, je suis d'accord, il s'agit d'une vraie énigme et, après réflexion, j'avoue que je n'ai aucune explication à donner. Alors, je vais me tourner vers Naqvu qui voudra certainement apporter son aide.

Pour ponctuer sa requête, il se mit à agiter ses feuilles de manière à continuer à imposer le silence.

Enfin, il déclara :

— Naqvu vient de me parler pour me dire qu'il s'agit d'une coïncidence familiale, un ancêtre, un homme, est mort précisément le jour de ton anniversaire, il y a des années. Est-ce que tu vois de qui il s'agit ?

— Euh, non, personne n'en a jamais parlé dans la famille, c'est sans doute trop loin.

Jason ménagea un nouveau temps de silence avant de déclarer :

— Naqvu me précise que c'est ton arrière-grand-père paternel. Un différend, sur les limites du territoire, opposait la tribu aux Navajos et l'arrière-grand-père est tombé dans un piège mortel.

— Et pourquoi suis-je concerné ?

— C'est toi qui as été choisi par ton ancêtre pour que tu dénoues l'enchevêtrement des rancœurs et des colères et que tu le libères.

— Et qu'est-ce que je dois faire ?

— Ton ancêtre est parti, son agresseur est parti mais le problème est resté. Il te faut simplement pardonner au meurtrier de ton ancêtre, à sa place. Mais aussi tu dois pardonner aux Navajos en général et en particulier à un certain Navajo qui a croisé ta route juste avant que tes troubles commencent.

— Ah ! Je vois de qui tu parles mais ça ne sera certainement pas facile !

— Pourtant seul le pardon pourra te libérer, conclut Jason.

Après quelques secondes lui permettant de se recentrer, Jason reprit :

— Est-ce que quelqu'un d'autre veut maintenant s'exprimer ?

Après un silence qui montrait que l'assemblée avait été très favorablement impressionnée, une voix féminine, que Jason ne connaissait pas non plus, confia ses difficultés :

— Voilà, je travaille à l'extérieur de la tribu pendant toute la semaine et je ne reviens ici que le vendredi soir jusqu'au lundi matin. Je me suis beaucoup investie dans mon activité et j'ai assez bien réussi, je l'avoue. J'ai peut-être un peu négligé ma famille pendant ce temps, mais on ne peut pas être partout, il fallait que je concentre mes efforts sur ma réussite. Donc tout allait bien. Mais depuis quelque temps, je me suis mise à faire des crises d'épilepsie, au début rarement et maintenant cela peut-être plusieurs fois par semaine. Et, le pire, c'est que cela m'est déjà arrivé au travail. Bien sûr, je me soigne mais cela ne sert à rien et même cela m'endort.

— Je consulte Naqvu, annonça Jason et il se mit à agiter ses deux faisceaux de feuilles.

Il reprit rapidement la parole :

— L'Esprit me demande si tu n'as pas fait des rêves, si tu ne t'es pas mise à voyager en dormant, si tu n'as pas été contactée par des Entités ?

— Oui, c'est vrai, j'ai fini par comprendre qu'on essayait d'entrer en contact avec moi mais cela ne faisait pas partie de mon plan et je n'avais pas de temps à perdre pour ce genre de bêtises.

— Et les crises sont venues ensuite ?

— Mais oui, tu as raison, assez rapidement même mais je n'ai pas fait le lien car je ne pensais qu'à mon travail.

— Sais-tu pourquoi tu ne pensais qu'à ton travail ?

— Je voulais prouver à ma famille, et sans doute à la tribu aussi, que je pouvais réussir sans eux, en dehors de ce système qui règle tout, de la naissance à la mort. Je voulais être libre et responsable de mon destin. Bien sûr, mon départ s'est mal passé et, pendant longtemps, je ne suis pas revenue. Mon ascension sociale ne s'est pas faite sans pleurs, sans doutes, sans solitude mais il fallait que je réussisse pour pouvoir revenir. Et quand, enfin, ce fut le cas, j'ai eu ces tentatives de contact que j'ai repoussées. Et, comme par hasard, je le vois maintenant, les crises ont suivi.

— Tu as presque tout compris, conclut Jason. Tu as fait passer ton travail avant le reste, ta famille mais aussi les traditions et surtout ton appel intérieur car tu étais destinée à être une sorte de Chamane. Réussir dans la vie n'est pas condamnable mais il faut aussi réussir sa vie. Accepte l'appel des Esprits. Ils ont besoin de ton intermédiaire pour aider et guider ton entourage. Tes crises cesseront peu à peu. Les temps sont nouveaux et les Esprits sentent que certains Blancs sont prêts à recevoir leur sagesse.

Après ces deux cas aussi magistralement résolus, Jason, débordant de gratitude, éprouva le besoin de chanter la gloire de Naqvu et Ursyn joignit sa voix à la sienne. Puis, Jason, malgré sa fatigue, demanda par acquit de conscience s'il restait des problèmes à résoudre.

La réponse vint de Cheveyo, le faux ami qui avait mis sur pied le faux rendez-vous de Jason avec Aponi. Il prit la parole sans manifester la moindre gêne :

— J'ai fait un rêve et j'aimerais savoir ce qu'il signifie, dit-il. Je volais à l'arrière dans une formation d'oies sauvages. La place ne me convenait pas et je voulais aller vers l'avant, vers le triangle de tête qui escortait, comme s'il fallait le protéger, un oiseau tout blanc. Mais chacun avait sa position à tenir et je voyais bien qu'il n'y avait rien à faire. Tout à coup, il y a eu un faucon, sorti on ne sait d'où, qui a fondu sur le groupe, spécialement en direction de l'oiseau blanc. Mais là, encore, le groupe a protégé l'oiseau blanc. Et mon rêve, que je ne comprends pas, s'est terminé.

Le silence s'installa pendant quelques secondes.

— La formation d'oies sauvages représente la tribu et l'oiseau blanc symbolise les filles qui sont en âge de se marier. En entourant l'oiseau blanc, la tribu protège ses filles d'une manière générale.

— Oui, mais et moi dans l'histoire ? répliqua Cheveyo. Pourquoi est-ce que j'ai fait ce rêve ?

Jason écouta la suite, la tête penchée sur le côté en signe de concentration, pour ajouter :

— Naqvu me dit qu'une partie de toi était à la fois un membre de la formation d'oies, ce qui est tout à ton honneur, mais qu'il y a aussi en toi un faucon agressif. Cependant le groupe a réussi à protéger l'oiseau de tête. C'est bon signe. Cela te montre la partie de ton être que tu dois nourrir.

Là, Jason coupa court car les Esprits ne doivent pas être trop sollicités.

— Je pense que nous pouvons maintenant arrêter cette première séance et remercier chaleureusement Naqvu pour son aide.

Et Jason entonna alors les hymnes de remerciements et les participants, qui les connaissaient, se mirent aussi à chanter leur gratitude. Ils avaient vu que Jason maîtrisait la technique et ils avaient compris que l'osmose entre le nouveau Chaman et son Esprit était totale.

Rassurés face à l'avenir, ils se dispersèrent lentement.

Puis, Ursyn félicita son petit-fils :

— Pour une première fois, c'était vraiment très, très réussi. Naqvu t'a brillamment soutenu et toi-même, tu as eu les réparties qu'il fallait.

— Agarthina, aussi, m'a peut-être assisté ? hasarda Jason. D'ailleurs, sa pensée ne m'a pas quitté et, par moment, j'ai eu l'impression qu'elle éclairait doucement mon esprit.

— Oui, j'ai senti et je pense donc que notre amie était présente. Alors, tu es maintenant un Chaman, c'est-à-dire celui qui est né deux fois pour mettre sa vie au service des autres, humains, animaux ou plantes, c'est une grande mission qui t'échoit.

— Quel réconfort d'être aidé à ce point et, dans ces conditions, tu penses que je serai un bon Chaman ?

39 – Le choix d'Aponi

Après cette première séance publique, dès le mois de février, Jason put reprendre une vie normale et se livrer pleinement aux activités qui ponctuaient ses journées.

Bien sûr, le regard qu'il portait sur son environnement était empreint de cette nouvelle connaissance qui l'amenait à placer sa conscience en dialogue constant avec tout, sans distinction d'espèce ou de hiérarchie.

Dès lors, dans ses courses du matin, il ne recherchait plus la performance honnêtement atteinte pour impressionner Aponi, il communiait simplement avec la nature et en retirait une joie intense.

Mais il s'aperçut très vite que le regard des autres sur lui avait changé, comme s'il vivait à présent dans un monde différent.

En effet, ses camarades de course le considéraient avec un respect nouveau, en le laissant prendre la tête du groupe et en se rangeant sagement derrière lui.

Il s'en ouvrit à son ami Kotori qui le lui confirma :

— C'est lié à ta fonction, maintenant tu es au-dessus du commun des mortels ! Mais je suppose que tu t'y feras. Ah, au fait, sais-tu que ma sœur, Aponi, va se décider pour nous annoncer le nom de celui qu'elle aime ?

— Mais je croyais qu'elle s'était engagée avec Chuchip !

— Penses-tu, c'était pour la galerie, pour ne pas être ennuyée par des prétendants. Elle a vaguement choisi Chuchip pour la tranquillité et, comme il s'agit d'un gentil garçon, elle n'a eu que notre mère pour la harceler.

Jason resta songeur.

— Aponi, reprit Kotori, m'a affirmé qu'elle allait parler à notre mère et qu'elle ne choisissait pas Chuchip. D'ailleurs, j'ai mon idée, je crois deviner le nom du futur élu.

Et il ajouta sur un ton malicieux :

— Encore un peu de patience, c'est pour bientôt !

Soudain, Jason eut la sensation que son cœur s'arrêtait de battre. Etonné, il comprit que la peur de la perdre venait de lui révéler combien il l'aimait.

Mais le chaman en lui finit par avoir le dernier mot car, comme il l'avait dit à Ursyn, il ne chercherait pas à influencer Aponi et à empêcher son bonheur avec un autre.

Taima mérita bien son nom de *Fracas du Tonnerre* ce jour-là car elle tempêta lorsque sa fille lui annonça qu'elle ne choisissait pas Chuchip comme mari.

— Après l'avoir fait attendre pendant tout ce temps-là, tu veux enfin lui annoncer que tu ne veux pas de lui ? Mais tu n'es pas sérieuse, ma fille ! D'ailleurs, il n'en est pas question, ce pauvre garçon !

— En voyant mon peu d'empressement, ce pauvre garçon, comme tu dis, a dû tout comprendre depuis bien longtemps ! Ou alors il est bête et, dans ce cas, il ne me mérite pas !

— Tu peux me dire ce que tu lui reproches ? Que je tente de comprendre cette obstination qui n'a pas de sens !

— Eh bien, il est gentil mais, au fond, je ne l'aime pas. Alors pourquoi je me forcerais à vivre avec quelqu'un que je n'aime pas ?

Très agacée – les plans ne se déroulaient pas selon les prévisions – Taima marchait de long en large en épiloguant sur l'impudence de ces jeunes qui se croyaient tout permis.

Kotori riait sous cape tout en regardant de temps à autre son père Chochokpi qui ne réagissait pas.

Comme chef de la tribu, Chochokpi se trouvait trop occupé avec les problèmes des uns et des autres pour se mêler systématiquement des soucis domestiques.

D'ailleurs, dans le quotidien, il ne s'en occupait même pas du tout car il préférait faire confiance au jugement de Taima tant qu'il n'était pas trop éloigné du sien. Mais, voyant qu'elle s'obstinait, il finit par prendre les choses en main.

— Aponi a dit qu'elle n'aimait pas Chuchip, c'est une raison qui ne se discute pas. Et, comme tu ne veux pas rendre ta fille malheureuse pour le reste de ses jours, tu ne peux pas lui imposer ton choix.

— Tu sais bien que je critique uniquement la façon qu'elle a eue de faire son choix, tout ce temps perdu pour Chuchip à attendre et ta fille qui ne veut pas se décider ! Avoue que ce n'est pas vraiment correct !

— Alors ce doit être sa part d'héritage maternel car je te le rappelle, si tu l'as oublié, tu t'es comportée pareillement avec l'un de tes prétendants. Il s'est langui pendant un temps infini pour se voir finalement congédié. Remarque, comparativement à moi, ce ne pouvait être qu'un deuxième choix, tu le savais bien, mais tu aurais aussi pu le lui dire plus tôt.

Malgré l'humour de la réponse de Chochokpi, Taima sentit, au ton de la voix de son mari, qu'il ne fallait pas insister.

— Et modeste avec ça ! se rattrapa-t-elle.

Chochokpi avait raison. Elle s'était prononcée quand elle avait pu se rendre compte qu'il avait l'âme d'un chef, juste et tendre. Il parlait peu mais quand il le fallait il savait s'affirmer, comme il venait de le faire à l'instant.

— Et tu penses à qui ? reprit Taima en reprenant un peu de colère pour s'adresser à nouveau à sa fille. Ne me dis pas que tu n'as pas une idée, je ne te croirais pas !

Kotori jugea alors bon de mettre son grain de sel pour que la situation puisse se dénouer.

— J'ai une petite idée, affirma-t-il, et je peux la révéler et, en riant, il ajouta : Si personne ne parle !

Aponi fixa tour à tour son frère qui arborait un sourire malicieux, son père qui affichait une lueur de gaîté dans les yeux et sa mère qui cherchait à garder son air sévère mais elle ne se décida pas, préférant laisser la parole à son frère qui la connaissait bien.

— Il s'agit de Jason, révéla-t-il.

— Jason ! gronda Taima. Jason est un Blanc, il est depuis peu dans la tribu et il n'a pas été élevé dans nos traditions.

— Mais il a toutes les qualités, plaida Aponi, il est beau, bien sûr, il est intelligent, il a du cœur et il tutoie les Esprits. C'est simple, il surclasse tous les autres !

— Et moi qui n'ai rien vu venir ! s'écria Taima.

Elle était un peu sonnée.

Histoire de sauver la face, elle se tourna vers Chochokpi :

— Et toi, tu n'as rien vu non plus ? La poussière du désert t'a obscurci les yeux ?

— Je te rappelle que tu es quand même sa mère chérie, n'oublie pas, et, en principe, c'est la mère qui voit tout !

— Mais il vous suffisait de me demander ! s'exclama Kotori en riant à nouveau. Et, toi, Maman, si tu m'avais questionné, j'aurais sans doute consenti à fournir des indices !

— Ma fille, renchérit Taima, avec un Chaman tu seras malheureuse. Crois-moi, je souffre déjà assez avec ton père qui n'est jamais là quand j'ai besoin de lui, sous prétexte qu'il doit s'occuper des affaires du village. Avec un Chaman, ce serait encore pire !

Ni Chochokpi ni Aponi ne jugèrent bon d'engager les hostilités sur ce point. Devant leur silence, Taima poursuivit :

— Et Jason, que dit-il ?

— Jason ne dit rien parce qu'il ne sait rien. Et je n'ai rien dit parce qu'il avait sa formation de Chaman à accomplir et qu'il était interdit que je le perturbe !

— Alors ce n'est pas compliqué, répondit Kotori, il faut que ma sœur lui parle.

Il admit qu'il avait déjà un peu enclenché le processus en révélant à Jason qu'Aponi allait dévoiler son choix et que l'apprenti chaman avait paru être sous le choc.

Tout le monde respira un grand coup, sans doute pour bien assimiler la situation.

— Alors, il ne me reste qu'à provoquer une rencontre, reprit Aponi, sûre d'elle en apparence alors qu'elle aurait eu envie de se cacher dans un trou de lézard.

— Le plus tôt sera le mieux, conclut Taima sur un ton sans réplique pour montrer qu'elle gardait le contrôle, et puis n'oublie pas Chuchip qui a quand même enfin droit à une franche explication !

40 - Le moment de vérité

Aponi ne traîna pas pour rencontrer Jason.

Elle guetta son premier déplacement vers la kiva d'Ursyn et elle s'arrangea pour se trouver sur son chemin.

La timidité s'empara de Jason quand il la vit assise de profil sur une petite éminence.

Cela l'arrangeait bien, il allait pouvoir se contenter de la saluer de loin tout en la dépassant mais Khweeuu avait déjà pris les devants et il se laissait caresser sans hésitation par Aponi qui lui faisait face à présent.

Et, dans les yeux de Jason, qui s'exprimaient pour lui, elle lut immédiatement la vérité.

Mais l'embarras de Jason l'emporta et il se contenta de lui annoncer qu'il devait faire vite pour retrouver Ursyn dans sa kiva :

— Alors, à un de ces jours, proposa-t-il, on aura sûrement un peu plus de temps pour discuter.

Aponi, un peu gênée aussi, acquiesça sans trouver autre chose à ajouter.

Rentrée chez elle, elle comprit qu'il lui fallait l'aide de son frère Kotori et elle lui raconta le déroulement de leur entrevue.

— Tu comprends, on était figés comme deux blocs de glace, uniquement capables de s'observer ! Donc pour sortir de cette situation absurde, il faudrait faire quoi, d'après toi ?

Après quelques secondes de réflexion, Kotori clama joyeusement :

— Eh bien, c'est là où j'entre en scène ! Je vais lui dire qu'il peut, sans crainte de se faire rembarrer, te faire sa demande en mariage parce que ... pourquoi déjà ?

— Parce que je l'aime ! Fais semblant de ne pas le savoir ! Mais je t'interdis formellement de lui faire penser que je suis déjà totalement prête à accepter sa demande ! Et c'est lui qui doit faire le premier pas !

— Donc, pour le motiver, je vais lui dire que le bonheur se conquiert de haute lutte et que je sais que demain, vers 15 heures, par exemple, tu dois passer près de la kiva de son grand-père.

Suite à son entrevue avec Kotori, Jason comprit que la balle se trouvait dans son camp. Il tourna et retourna le problème dans sa tête, comment fallait-il s'y prendre, comment sembler être sûr de lui alors qu'il ne l'était pas ?

Bafouiller serait la dernière des choses à faire, ce serait le ridicule assuré, se dit-il. Il imagina alors quantité de scénarios dont aucun ne le satisfaisait et c'est l'angoisse au cœur et après une nuit perturbée qu'il vit approcher l'aube de ce jour tant redouté.

Dans l'après-midi – avec un peu de retard pour se faire désirer – Aponi arriva au point de rencontre. Jason, qui avait appelé en vain Naqvu à l'aide, fut bien obligé de ne compter que sur ses propres forces, et il eut l'idée de faire semblant de s'amuser à lancer un morceau de bois à son loup.

Mais, en apercevant la nouvelle venue qui s'approchait, Khweeuu passa à côté de son maître et à nouveau fila directement vers la jeune-fille pour récolter une caresse.

Et, tandis que Jason comprenait qu'il ne pouvait ignorer Aponi, celle-ci, moins péremptoire que la veille devant Kotori, prit les devants pour que les choses avancent :

— J'ai l'impression que ton petit loup m'aime bien. Il faut dire que je l'aime aussi et il doit le sentir.

— Oh ! certainement, répondit Jason, Khweeuu a des antennes pour ce genre de choses.

Ils étaient en train de faire quelques pas et, mine de rien, Aponi se dirigeait vers le monticule de la veille. Elle s'y assit pour mieux caresser le loup, qui s'agitait à sa gauche.

Après une courte hésitation, Jason fit de même mais, n'osant s'asseoir directement à côté d'Aponi – il croyait qu'ainsi il aurait l'air d'un vil séducteur ! – il s'assit à côté de Khweeuu, tout heureux de se trouver entre les deux amoureux. Se demandant avec angoisse ce qu'il convenait de faire, Jason aperçut alors la main d'Aponi qui fourrageait dans la fourrure du loup. La main était toute proche. Était-ce une invitation ? Non, Aponi n'était pas Huyana ! Mais peut-être attendait-elle quand même quelque chose ? N'allait-il pas dire définitivement adieu à son bonheur en ne faisant rien ? Et Aponi qui disait des mots d'amour à Khweeuu ! S'intéressait-elle davantage à son loup qu'à lui-même ? Il se rappela alors les mots que Kotori avait prononcés devant lui : "le bonheur se conquiert de haute lutte !" Il se répéta alors la phrase comme une incantation propre à attirer le courage et saisit, effrayé par sa propre audace, la main d'Aponi. La main frémit mais ne se déroba pas ! Jason n'osa pousser son avantage et se contenta de se rapprocher d'elle. Incertain de la conduite à tenir, il déclara d'un ton qu'il voulait désinvolte :

— Mais, au fait, et Chuchip ? Tu n'es pas engagée avec lui ? Un garçon si gentil, qui ferait peut-être un bon mari ?

— Un garçon très gentil mais que je n'aime pas ! Tu ne voudrais pas faire mon malheur ?

— Sûrement pas ! Je veux ton bonheur plus que tout. D'ailleurs, si tu avais aimé Chuchip, j'aurais été capable de m'effacer !

— Tu te serais effacé ? Tu as tellement d'amitié pour moi ?

— Euh ! Oui, je t'aime beaucoup, tu le mérites, répondit lâchement Jason.

Déçue par la formulation, Aponi poursuivit :

— Mais quelle fausse idée de croire que Chuchip pouvait faire mon bonheur !

— Ah !

— Je n'aime pas Chuchip mais je l'ai choisi pour faire patienter tout le monde.

— Tu en aimes un autre, peut-être ?

— Oui.

— Je peux savoir qui ?

— A ton avis ? Tu es un Chaman, tu devrais savoir.

— J'espère avoir deviné, mais si je me trompais ?

— Tu devrais avoir davantage confiance en toi, déclara-t-elle d'une voix douce en le regardant avec des yeux brillants.

— Tu es gentille.

— Toi aussi.

Et il l'embrassa… sur le front d'abord puis, s'étant enhardi, comme il devait le faire. Et enfin Aponi put entendre la phrase magique qu'elle attendait de la part de Jason : Je t'aime.

— Et Chuchip, tu vas le prévenir ?

— Oui, je vais le faire. Mais au fond, je sais que je ne vais pas trop le peiner.

Mais Chuchip n'eut pas la réaction qu'Aponi attendait car il se mit à rire.

— Ah ! Tu t'es enfin décidée, déclara-t-il. C'est sûr, il fallait que tu attendes, d'abord, qu'il revienne dans la tribu et ce n'était pas gagné et, ensuite, qu'il fasse sa longue période d'initiation.

— Parce que tu avais compris que je m'intéressais à Jason ?

— Evidemment. Je t'avais vue après sa séance de guérison au cours de laquelle tu représentais sa mère. Tu semblais être vraiment à côté de tes baskets. Et Kotori, que j'ai aussi vu peu après, m'a raconté la scène. Alors, tout est devenu très clair pour moi.

Aponi parut impressionnée :

— Et, pendant tout ce temps, tu n'as rien dit ? Alors que tu savais ?

— Bien sûr. Le plus drôle, c'est que, avec Jason, on courait ensemble tous les matins, pratiquement l'un à côté de l'autre, ou à côté de Kotori, c'était selon, et j'avais l'impression qu'un secret nous liait tous les trois sans qu'on on parle pour autant !

— Là, je suis carrément admirative, reprit Aponi, tu savais et tu n'en as jamais parlé !

— Oh, ce n'était pas si difficile de faire semblant d'être ton amoureux, tu es mon amie et je n'ai pas oublié combien tu m'as aidé à entrer dans votre groupe, en parlant à Kotori et aux autres qui me battaient froid à cause de mes parents qui sont un peu spéciaux.

— Mais j'avais trouvé que c'était profondément injuste de t'écarter parce que tes parents buvaient et ne s'occupaient pas trop de leurs enfants. J'avais vu que tu méritais mieux que cela.

— Je crois que nous pouvons, aujourd'hui, nous remercier réciproquement.

Voyant Aponi rentrer d'une démarche nonchalante, Taima, qui était aux aguets apostropha sa fille :

— Alors, Jason veut bien de toi ?

Sachant que sa mère ne le portait pas vraiment dans son cœur, Aponi sortit de son rêve et répondit d'un air de défi :

— Oui ! Bien sûr ! Il m'aime.

— Hum ! Tu en es sûre ? Les Blancs ne fonctionnent pas comme nous.

— Maman ! Premièrement Jason est à moitié Hopi et deuxièmement, il n'est pas question que tu me dises qui je dois épouser !

Taima sentit qu'Aponi était déterminée et elle attaqua sur un autre sujet :

— Et le résultat de ton entrevue avec ce malheureux Chuchip ?

— Comme une lettre à la poste, triompha Aponi. Je le savais bien, il n'aurait pas dormi pendant tout ce temps s'il avait vraiment tenu à moi.

— Admettons, concéda sa mère. Et Jason, il connaît les traditions au moins pour la demande en mariage ?

— Sans doute mais n'importe comment il faudra qu'il vous fasse lui-même une demande en mariage bien officielle puisque justement on ne peut pas respecter les traditions, Mimiteh sa mère étant morte dans un accident, d'après ce que je sais.

— Ah oui, on ne va pas pouvoir laver nos cheveux ensemble pour sceller l'accord ! J'avoue, j'ai toujours trouvé cette coutume un peu ridicule, alors, ouf, on va s'en passer.

— Mais obliger ta fille à se laisser coller les macarons qui font une grosse tête, ça, ça ne t'a pas gênée ! répliqua Aponi.

— Tu sais bien que c'était pour la bonne cause, c'était pour envoyer un signal au public masculin !

Comme sur une foire aux animaux, pensa Aponi en son for intérieur, un peu dépitée.

41 - Après les mondes d'en haut,
les mondes d'en bas ... aussi

Toujours au cours de ce même mois de février, Ursyn annonça à son petit-fils qu'il serait temps pour lui de rencontrer le monde d'en bas :

— Comme tu le sais déjà, nous avons une très importante déesse de la terre, Kokyangwuti, *la Vieille Femme-Araignée,* que nous honorons régulièrement lors de nos fêtes. Cette déesse a de grands pouvoirs, une sagesse illimitée et de vastes connaissances, ce qui fait qu'elle est toujours prête à aider, conseiller, guider ou sauver.

— C'est celle que je connais sous la forme d'une grand-mère, qui vit avec ses deux petits-fils, les Jumeaux de la guerre ?

— Oui, c'est la même, c'est une déesse sage et gentille. Et c'est le bon moment maintenant pour que tu fasses sa connaissance.

— Alors, je suis prêt, conclut Jason, très confiant.

Le Chaman regarda son petit-fils, il restait des renseignements à lui communiquer.

— Elle vit dans la terre ou dans des anfractuosités de rocher et elle apparaît soit sous sa forme humaine, soit sous celle d'une araignée noire avec ses huit pattes.

— Ah, murmura Jason.

Il marqua un temps de silence avant de déclarer :

— Je n'ai pas vraiment de phobie à l'égard des araignées mais j'avoue que je préfère les éviter. Et je parie qu'elle a un gros corps et des pattes velues ?

— Gagné, confirma Ursyn. Mais, en principe, elle ne mord pas. Par contre, si elle veut te parler, elle s'approche tout près de ton oreille.

— Mais elle voudra peut-être se montrer sous sa forme humaine ? reprit Jason, plein d'espoir.

— N'y compte pas trop, la première fois. Et sache que celui qui a l'honneur de la voir doit savoir maîtriser sa peur !

— Evidemment, je m'en doutais, il faut que ce soit difficile, sinon ce n'est pas drôle !

Avec dépit, il se dit qu'un tendre chuchotement d'Aponi à son oreille était autrement plus agréable.

— Ne sois pas amer, tu verras, tu seras content d'avoir réussi à te contrôler. On ira à sa rencontre cet après-midi.

Ils se mirent en route en tout début d'après-midi, sous un soleil d'hiver, pâle et sans force, mais ils étaient couverts de peaux de lièvres et ils ne craignaient pas le froid.

En arrivant sur place, un endroit isolé du plateau qui présentait des crevasses et quelques blocs de pierre, ils s'assirent sur le sol, le dos appuyé contre un rocher et ils burent un peu de jus de tabac.

Puis, ils invoquèrent la Vieille Femme Araignée et ils psalmodièrent les chants appropriés. Emporté par la sincérité de sa supplique, Jason n'éprouvait plus aucune crainte. Au contraire, de tout cœur, il souhaitait à présent la venue de cette déesse si secourable envers les humains.

Et, tout à coup, il sentit un léger glissement qui s'opérait sur lui. Se réjouissant, car la déesse répondait à leurs vœux, il garda encore les yeux fermés, comme s'il voulait retarder l'instant magique de la voir. Il se décida finalement en souriant et il se vit recouvert d'une multitude de petites araignées, noires, envahissantes, sorties on ne sait d'où. Il allait paniquer quand il entendit la voix de son grand-père :

— Ne crains rien, tu ne risques rien, elles sont inoffensives, elles habitent dans le sol et c'est Grand-Mère Araignée qui les a appelées. Tu vois, elles te font la fête !

— Quelle chance pour moi, lui répondit Jason en faisant attention à ne pas avaler une araignée. J'ai juste envie de me mettre à hurler.

En effet, les petites araignées, légères et folâtres, se promenaient à présent sur sa tête et dans ses cheveux. Elles étaient vraiment très nombreuses et Jason se sentit oppressé. Le Chaman lui tendit encore un peu de jus de tabac et il eut immédiatement l'impression que l'horizon reprenait sa place, une ligne lointaine qui permettait de respirer amplement.

— Tu dois avoir quelque chose de spécial, reprit Ursyn, car, même moi, je n'ai pas eu droit à une escorte aussi importante, cette fois-là, pour la venue de la déesse.

— Ah ! Mais voir la déesse me suffisait, je n'en demandais pas plus !

— Comme toujours, ce n'est pas nous qui décidons, répondit Ursyn. D'ailleurs, la voilà.

Même sous l'emprise euphorisante du jus de tabac, Jason se mit à frémir intérieurement. Il avait devant lui une araignée noire, géante, énorme de tête et de corps, avec de longues pattes poilues, qui le fixait de ses yeux étonnamment dorés et dont les facettes semblaient voir tous les futurs possibles. Mais, très vite, il sentit que l'araignée était d'une essence supérieure, bien au-dessus de la condition humaine, et qu'il devait l'honorer si elle consentait à venir jusqu'à lui.

— Voilà Jason, mon nouvel ami, murmura-t-elle. Je ne m'approche pas de ton oreille car je souhaite que tu puisses bien me voir pour cette première fois puisque nous sommes destinés à nous rencontrer quand tu le souhaiteras. Alors n'aie pas peur de moi, j'aime mes amis humains.

Avant de partir, l'araignée s'approcha de son visage et caressa les joues de Jason de l'une de ses pattes velues, le contact était extrêmement doux et il eut l'impression de voir luire un soleil éblouissant, accroché à la voûte d'un royaume souterrain.

— C'est ma demeure, je t'inviterai peut-être un jour, dit-elle encore avant de disparaître.

Et, curieusement, Jason eut l'impression de voir partir la Vieille Femme-Araignée sous sa forme humaine, une forme drapée dans un voile – évidemment arachnéen – qui laissa un sillage d'or.

— Quelle merveilleuse rencontre, non ? conclut Ursyn doucement. Et dire qu'elle est liée à la création de l'Univers ! Tu peux voir que tu es protégé de tous côtés.

42 – Deux visiteurs inattendus

Peu de temps après ce contact avec la Vieille Femme Araignée, Ursyn fut à nouveau appelé à se rendre à l'entrée de la réserve.

— C'est encore ce Blanc, tellement prétentieux, qui demande à voir Jason, son petit-fils, si je me souviens bien, lui annonça le gardien. Mais on dirait qu'il a perdu de sa superbe, il est l'ombre de lui-même à présent !

Ursyn reconnut immédiatement Julian Ferguson malgré sa mauvaise mine. Celui-ci lui parut négligé et faible, comme s'il avait subi de sérieux revers depuis sa première visite.

Sa femme était décédée quelques heures après, se rappela le Chaman, il est sans doute seul depuis.

— Venez jusqu'à ma maison, lui proposa-t-il immédiatement sans demander d'explications. Bien sûr, j'invite également le jeune homme qui vous accompagne et qui s'appelle ?

— Oliver, Monsieur. J'étais un ami de Jason pendant nos années d'école.

Le Chaman fut obligé d'adapter son pas, plus rapide, à celui de Julian qui parut fatigué en arrivant à sa maison.

— Installez-vous, dit-il en les introduisant dans une petite pièce équipée d'un lit bas qui faisait office de siège. J'appelle tout de suite Jason qui doit travailler dans une autre pièce et je prépare du thé.

— Je me sens las dès que je fais un effort, reconnut Julian, et, pourtant, je ne fais rien de mes journées ! C'est sans doute parce que, justement, je ne fais rien mais je n'ai envie de rien, depuis la mort de ma femme.

A son arrivée, Jason réussit à camoufler son étonnement en voyant son grand-père paternel si diminué.

— Je suis content de te voir, Grand-Père, lui dit-il. Tu as bien fait de nous rendre visite car tu dois te sentir bien seul dans ta grande maison. Et tu m'as ramené Oliver, un ami que je revois avec plaisir. Tu sais, tu aurais pu venir plus tôt, n'est-ce pas Grand-Père ? et il se tourna vers Ursyn.

— Oui, bien sûr, répondit Ursyn. J'ai préparé pour tout le monde une boisson réconfortante qui doit nous donner de l'énergie.

— Racontez-nous ce que vous êtes devenus, reprit Jason.

Julian se contenta d'indiquer qu'Oliver avait sonné à sa porte deux jours auparavant pour reprendre contact avec Jason.

— Oui, en principe, je me destine à travailler dans le domaine de la finance, expliqua Oliver, et, au moment d'entamer mes études universitaires, j'ai eu envie de revoir mon ami Jason qui avait mystérieusement disparu lors de la rentrée scolaire en année de première. Tu te souviens ? On s'était quittés au moment des vacances et, à la rentrée, tu n'étais plus là. Ce fut un choc pour tout le monde, spécialement pour moi et j'avoue que j'ai eu un peu de mal à dépasser l'événement.

— C'était une période très compliquée pour moi, reconnut Jason, et je n'ai rien dit à personne mais je regrette sincèrement la peine que j'ai pu faire !

Il n'expliqua pas combien il avait pu se sentir déstabilisé face à l'opposition de son grand-père paternel. Julian, pareillement, garda le silence.

— Finalement, reprit Oliver, c'est ton grand-père qui m'a appris, il y a deux jours, que tu vivais depuis dans la tribu Hopi de ta mère qui était une Indienne ! Cachotier, va, mais je vois bien que cela te réussit merveilleusement, tu parais être en pleine forme.

En effet, contrairement à Julian et à Oliver, qui étaient engoncés dans leur manteau, Jason et Ursyn portaient à peine un pull et ne semblaient pas souffrir du froid dans la maison à peine chauffée.

— C'est la vie au grand air qui veut ça, commenta Jason.

— Vous l'ignorez sans doute, reprit Ursyn, mais Jason est devenu Chaman et il est en passe de me succéder. Il a fait ses preuves et la tribu a reconnu ses qualités et l'a accepté.

— Tu es devenu un Chaman ? s'étonna Julian. Bien que je ne sache pas exactement en quoi consiste ton métier, si on peut dire, apparemment tu en as fait du chemin et tu as l'air heureux !

— Je peux te le confirmer, je suis très heureux mais j'ai eu un long moment de refus, je te le raconterai certainement un jour. Il a fallu que Khweeuu, mon loup, me force presque la main, il a été l'instrument innocent du Ciel.

— Ah, ton loup ?

Julian, qui vivait sans conviction spéciale, se sentait dépassé.

— J'y crois un peu, affirma Oliver. D'ailleurs, je sens que je suis moi aussi à la croisée des chemins. Je pourrais entrer dans le monde que je connais, celui de mon père, de mes oncles, avec son lot de réussites et d'échecs, accompagné d'un stress intense ou faire carrément autre chose.

— Tu as une idée ? demanda Jason.

— Pas vraiment, avoua Oliver, embarrassé. J'ai lu des articles sur la nouvelle façon d'aborder les thèmes économiques et environnementaux, du style se tourner vers la terre et ne pas lui prendre plus que ce qu'on lui a donné. Cela demande de refonder la place de l'homme dans son environnement en le respectant mieux. Cela se fait dans ce qu'on appelle des éco-villages. Je ne suis pas encore bien documenté sur le sujet mais ma curiosité est piquée.

Ursyn avait compris mais Julian, qui ne connaissait que son modèle sociétal, très individualisé, ne pouvait imaginer un mode de fonctionnement différent.

En meilleure forme et avec Ann comme public, Julian aurait balayé cette théorie d'un revers de la main, comme il le faisait pour la cause des Indiens. Là, il était ébranlé – qu'avaient donc ces jeunes pour vouloir ainsi quitter les sentiers tracés et éprouvés ? – mais il se contenta de ne rien dire.

Ursyn se leva :

— Si vous voulez, on va laisser les jeunes discuter entre eux pendant que je vais vous montrer le village.

Ce fut le moment pour Julian de parler de sa vie et de sa solitude : inexplicablement il se sentait en confiance aux côtés du Chaman.

Il raconta qu'il pensait avoir bien réussi sa vie de cadre dans un grand groupe, de sorte que, avec Ann, ils n'avaient rencontré aucun souci matériel et ils avaient tissé des liens amicaux avec des gens qui leur ressemblaient.

— On avait notre cercle fermé d'amis, on se recevait le week-end et, pendant la semaine, on se défonçait au travail. Il n'y avait aucun temps pour réfléchir, d'ailleurs à quoi puisqu'on ne pouvait pas imaginer qu'il pouvait y avoir autre chose !

— Mais la famille vous apportait quand même un peu de joie ? demanda Ursyn.

— Oh, je n'ai jamais été très expansif mais j'ai toujours eu l'impression qu'on formait un couple solide avec Ann. Bien sûr, j'étais le chef et je tenais la barre forcément, puisque j'étais aussi le plus intelligent et que je faisais vivre la famille.

Julian se tut et Ursyn respecta son silence.

— Ce n'est qu'à son décès que je me suis rendu compte combien elle était l'âme de la maison et je me suis petit à petit senti très seul. Les amis ne m'ont pas tous laissé tomber mais Ann n'était plus là. Et, puis, je me suis rappelé ses petites attentions, elle me faisait toujours passer avant elle et s'inquiétait de mes souhaits et sans me poser de questions je trouvais son comportement normal.

Il se tut encore, avant de conclure :

— Finalement, j'en suis arrivé à me dire que je n'ai pas été un bon mari. Et, si on parle de Wesley, le père de Jason, je suppose que je n'ai pas non plus été un bon père, j'ai été très absent et très exigeant, je crois ! Et, avec l'accident, j'ai connu une période difficile, Ann aussi d'ailleurs. Et vous, puisqu'on a connu la même épreuve, comment avez-vous réagi, si je puis me permettre ?

— J'ai été anéanti, avoua Ursyn, pendant un long moment. Et, puis, j'ai recommencé à m'occuper des autres, ce qui m'a certainement permis de retrouver du goût à la vie qui m'avait déjà bien éprouvé.

— Ah ?

Poliment Julian n'insista pas.

— Oui, ma femme était morte en donnant naissance à ma fille, expliqua Ursyn. Ce fut un premier drame que j'avais dû dépasser très vite pour essayer de remplacer sa mère auprès de Mimiteh, qui avait été mon rempart contre le désespoir.

Puis, Julian se sentit gêné mais il devait poursuivre, c'était le bon moment. Il reconnut qu'il n'avait pas bien accueilli Mimiteh.

— J'ai été très contrarié quand Wesley m'a annoncé qu'il aimait une Indienne. Il était pourtant entouré de filles de bonne famille ! Il avait le choix ! Pour moi, le monde s'écroulait.

— Oui, je sais, les Indiens ont été méprisés et opprimés, d'ailleurs, ils le sont encore trop souvent.

— C'est l'héritage du passé mais, vous me direz, on n'est pas obligé d'y adhérer. En tout cas, j'avoue que nous avons rejeté Mimiteh. Et je crois que je le regrette aujourd'hui.

— Après l'accident, reprit Ursyn, je vous ai écrit quand j'ai été en mesure de le faire pour voir mon petit-fils mais vous n'avez pas répondu. C'était volontaire ?

— Oui, hélas, inutile que je cherche des excuses.

Mal à l'aise, Julian fixait la ligne de l'horizon, il s'était mal comporté et le passé ne pouvait se modifier.

— Les préjugés sont bêtement tenaces, je m'en aperçois maintenant, trop tard !

— S'il le veut, le renard ne reste pas nécessairement l'ennemi du loup, conclut doucement Ursyn. Rentrons à présent pour reprendre une boisson chaude.

Au moment du départ, Oliver, saisi d'une impulsion subite, sollicita la permission de rester quelques jours dans la tribu et Ursyn répondit favorablement :

— Jason sera certainement d'accord pour partager sa chambre avec toi et, dans la journée, tu pourras l'accompagner dans ses obligations. J'avertirai le Conseil des Anciens pour les informer.
Julian repartit peu après.

— Je n'ai plus que toi au monde, affirma Julian en s'adressant à Jason. J'aimerais qu'on reste en contact

— Je le souhaite aussi, lui répondit Jason.

— Mais rien ne vous empêche de venir régulièrement rendre visite à votre petit-fils, précisa Ursyn. Vous pourrez, en même temps, vous faire une idée précise de ce que nous sommes, vous verrez. En attendant permettez-vous au loup de faire un cadeau au renard ?

Et sans attendre sa réponse il remit à Julian étonné un grand sachet d'herbes revigorantes.

— Le mode d'emploi est écrit dessus.

43 - Petit Chaman deviendra grand ?

Puis, Oliver repartit en annonçant qu'il disposait à présent des éléments nécessaires à sa prise de décision.

— J'avoue, affirma-t-il, que je suis séduit par l'idée d'une vie différente, même si ce que j'ai vu ici ne correspond pas exactement à l'existence dans un éco-village. De toute façon, je vous tiens au courant.

Après ces derniers événements, on allait vers le printemps et Ursyn informa son petit-fils des nouvelles dispositions qu'il fallait prendre :

— A présent, ton autre grand-père est revenu dans ta vie et tu connais les mondes d'en haut et d'en bas, c'est très bien, les choses se mettent en place. En plus, vous avez choisi, Aponi et toi, de lier votre destin et c'est un choix que j'approuve sans réserve, tu le sais.

— Oui, Grand-Père, répondit Jason, légèrement inquiet de ce qui allait suivre.

— Alors, il est temps que tu puisses organiser ta nouvelle vie avec Aponi. Et, pour que tu puisses le faire, je vais partir.

— Comment ça, partir ? balbutia Jason.

Il avait blêmi, il ne pouvait imaginer une vie sans son grand-père maternel.

— Oui, je vais partir, c'est pour vous laisser vivre votre vie sans moi car ma mission est accomplie, tu es en passe de devenir un grand Chaman, la tribu t'écoute et te respecte et tu sauras parcourir tout seul la suite du chemin.

— Mais même si je progresse, ça ne t'oblige pas à partir, protesta Jason.

— Je ne peux pas éternellement t'assister puisque, en réalité, tu n'en as plus besoin. Et, puis, je suis fatigué, fatigué par les épreuves personnelles que j'ai rencontrées mais aussi par les problèmes des gens de la tribu et par la succession sans interruption des fêtes et de leur préparation. Crois-moi, il faut l'énergie d'un jeune Chaman pour tenir le coup.

Ce que Jason redoutait était en train de se produire. Il protesta :

— Mais, Grand-Père, tu es mon grand-père avant tout et donc tu ne peux pas m'abandonner. On se connaît depuis si peu, on a des années à rattraper, ce qui fait que tu ne peux pas partir.

— Mais tu sais bien que tout est lié et qu'on ne part jamais vraiment. Alors, je serai toujours là pour toi. Et, d'ailleurs, je reviendrai pour vous voir.

Jason était sous le choc.

— Je vais donc bientôt m'en aller, reprit Ursyn. Tu verras, tu ne seras pas malheureux car tu vas fonder une famille avec Aponi et tu seras même très heureux. Et, pour ma part, je vais retrouver un temps Agarthina, elle me l'avait déjà proposé. Une initiation d'un nouveau genre m'attend. Ce sera un vrai bonheur pour moi aussi, après mes deuils. Alors, comme on n'est pas destinés à se quitter, que demander de plus ?

Après un nouveau silence, Jason ne réagissant pas, Ursyn reprit :

— Est-ce que tu saisis combien les Esprits ont bien fait les choses en te faisant venir dans la tribu pour me remplacer, juste au bon moment ? C'est ce qu'on pourrait appeler un merveilleux enchaînement des événements !

— Oui, évidemment, on pourrait dire que c'est bien tombé, confirma Jason qui avait enfin retrouvé un peu d'allant.

Et il s'efforça d'adresser un léger sourire à son grand-père.

— Ainsi, concrètement, reprit Ursyn, je vous laisse la maison à toi et à Aponi, c'est-à-dire que je la donne à Aponi puisque, selon la tradition, les biens appartiennent aux lignées féminines. Alors, c'est ta femme qui t'hébergera. Mais je suppose que cela ne te posera pas de problème, même si tu as été habitué à autre chose ?

— Non, bien sûr, je serai content d'habiter chez Aponi. Je suppose que tu le lui diras toi-même ?

— Oui, je vais le faire et, comme elle est une artiste, elle pourra peindre et décorer la maison, selon ses goûts, avant votre mariage.

— Pendant ce temps, j'accomplirai ma mission de Chaman ?

— Oui, et, durant tes moments inoccupés, tu viendras me rendre visite dans la forêt car je vais entreprendre, dans une petite cabane que je vais me construire, une sorte de retraite pour me purifier et me préparer à mon séjour auprès d'Agarthina. Quand tu viendras me voir dans ma cabane, nous parlerons ainsi de tes problèmes, de ce qui te tient à cœur, des Esprits, de tout ce que tu souhaites. Et, après, je vous laisserai lorsque la maison sera prête et que vous pourrez vivre ensemble.

Jason soupira :

— Eh bien, tu vois, Khweeuu n'est pas content, ses oreilles sont plaquées vers l'arrière, j'ai l'impression qu'il s'oppose à ton départ !

— Mon petit Khweeuu, répondit Ursyn affectueusement, en étendant la main pour le caresser, c'est toi qui vas veiller sur ton maître, comme tu l'as toujours fait, et il va continuer à être bien protégé. En ce qui me concerne, mon petit loup, tu es niché dans mon cœur avec ton maître et tu sais bien que je ne peux pas vous oublier ! D'ailleurs, je te parlerai aussi par-delà les distances !

Les oreilles du loup se redressèrent, il semblait avoir compris.

— Tu sais que je reste quand même très triste, reprit Jason. Mais, au moins, est-ce que tu sais où tu vas aller ? Est-ce que tu sais où se trouve Agarthina, en dehors de cette grotte, qui n'est pas sa maison ? Tu vois, je me suis toujours demandé si elle était vraiment humaine !

— Tu as bien compris, Agarthina n'est pas humaine et elle n'habite pas sur Terre.

— Elle n'est pas un Esprit ?

— Non, elle n'est pas vraiment un Esprit mais elle possède de grands pouvoirs. Elle est capable de se manifester momentanément dans notre monde pour contacter certains d'entre nous, toi, moi et d'autres peut-être, que je ne connais pas, afin de transmettre, de prodiguer des conseils et des encouragements.

— Et alors ?

— C'est ainsi que nous connaissons ces moments inoubliables quand elle consent à nous apparaître.

Jason insista :

— Donc, si je comprends bien, tu vas vivre auprès d'elle ? Et tu seras comme elle ?

— Non, je ne serai jamais à son niveau mais pour pouvoir rester dans son monde, que je connaîtrai enfin, je dois encore évoluer. Donc, je crois qu'elle va m'aider à franchir le pas.

— Elle te l'a dit ?

— Oui, j'ai fait un rêve qui nous emportait tous les deux vers ailleurs.

Aponi avait reçu, de la part d'Ursyn, toute latitude pour aménager et décorer la maison.

— Avec tes talents, lui avait-il déclaré, tu devrais pouvoir arranger l'intérieur de manière agréable. Cela en a bien besoin puisque j'ai, avant tout, privilégié mon rôle de Chaman au détriment de tout le reste. Alors, si vous voulez disposer d'un foyer dans lequel il fera bon vivre, il faut que tu t'en occupes.

— Et je peux faire comme je veux ? avait-elle demandé, un peu incrédule.

Restée seule, elle avait fait le tour de toutes les pièces :

— C'est sûr, un gros rafraîchissement serait le bienvenu. Et, avant tout, il faut que j'éclaire, que je redonne de la lumière en blanchissant les murs. Ma mère me conseillera pour utiliser sans doute la poudre de kaolin. Ensuite, pour animer, j'y peindrai quelques bandes de couleurs vives et, pourquoi pas, un bel arbre ou même un oiseau en train de voler.

Après, elle s'était plantée devant les ouvertures.

— Est-ce que ce ne serait pas le bon moment de mettre des vitres aux fenêtres ? Il n'y a pas beaucoup d'ouvertures, cela ne coûterait pas trop. Une vraie porte, peut-être aussi ? Bien sûr, je pourrais me contenter d'accrocher les tentures habituelles, chaudes ou légères selon la saison, pour rester dans les traditions très anciennes mais même la maison de mes parents bénéficie depuis quelque temps de ces facilités. Et je peux dire que cela change quand même la vie !

Le sol, inégal, devait aussi être amélioré :

—Il faudrait poser des dalles. Et, puis, sur le lit, je mettrai des couvertures colorées, des coussins et ce sera très gai !

Aponi s'était entretenue avec Ursyn pour lui exposer son projet. Puis, pleine d'enthousiasme et avec les conseils et l'aide de sa mère, elle s'était mise au travail.

— Cela me rappelle ma propre installation, lui avait dit Taima. Tu sais que j'ai construit notre maison, alors je sais presque tout faire.

Les travaux avançaient et Aponi était ravie.

Le soir, en repartant après sa journée, elle croisait Jason qui revenait pour dormir dans la maison. Souvent, elle lui commentait les dernières réalisations et elle s'éclipsait ensuite en riant.

— Il faut que je rentre, disait-elle, ma mère m'attend en comptant les minutes. Mais on va bientôt pouvoir se marier et alors on ne se quitte plus.

44 - Surprise !

Le mariage avait eu lieu au début de l'été.

Bien sûr, Julian et Oliver avaient été invités et ils s'étaient empressés d'accepter.

La transformation physique de Julian semblait radicale, les plantes fournies par Ursyn avaient rempli leur office et il se tenait droit, sans effort.

En le voyant arriver, Jason l'avait accueilli d'un large sourire :

— Ah ! Grand-Père, je suis heureux de voir combien tu vas mieux. En plus, mes deux grands-pères sont témoins de mon bonheur, je suis vraiment comblé !

Oliver aussi semblait heureux. Il a dû choisir, se dit Jason.

Puis, la cérémonie s'était déroulée avec un peu de solennité mais sans s'appesantir sur les obligations de la mission de Chaman de Jason : il les connaissait et les exerçait et, ainsi, il était inutile de les rappeler.

Par contre, Ursyn avait sollicité la présence de Naqvu, l'Esprit attitré de Jason.

Ponctuée par les chants, les maniements de feuilles et les paroles de vie de l'Esprit transmises par Ursyn, la célébration avait été émouvante et elle avait tiré quelques larmes à l'assistance féminine.

— Cela me rappelle notre mariage, avait confié Taima à voix basse à Chochokpi. Tu te souviens ?

— Evidemment, avait répondu le Chef de la tribu. C'est un jour inoubliable.

Il n'avait pas ajouté que, à l'époque, Taima se montrait douce et tendre et que son tempérament de commandante ne s'était révélé que petit à petit.

Il avait chassé cette pensée et contemplé sa fille qui rayonnait de bonheur. Jason semble bien capable de faire son bonheur, s'était-il dit encore, il est sérieux et bon. Espérons qu'Aponi ne suive pas l'exemple de sa mère.

Toute la tribu avait accepté l'invitation de participer à l'événement et, hormis quelques rares personnages grincheux – Jason n'était qu'un Blanc – tous avaient sincèrement souhaité au jeune couple d'être heureux.

Des cadeaux avaient été présentés, des objets de vannerie et des poteries exécutés par les amies de la mariée ou leurs parentes, deux couvertures, quelques vêtements tissés par le groupe des coureurs du matin.

— Quand vous aurez votre premier enfant, avait affirmé Yepa en remettant à Aponi un châle orné de motifs qu'elle avait peints, je fabriquerai un attrape-rêve en crochet et en plumes pour le bébé afin de chasser les cauchemars qu'il pourrait avoir.

Des légumes des jardins potagers et des fruits, des boissons, l'une même légèrement alcoolisée, avaient agrémenté le repas.

Ursyn s'était longuement entretenu avec Julian et il avait pu constater que celui-ci avait abandonné ses positions péremptoires à l'égard des Indiens : sa solitude et son désarroi avaient fait leur œuvre.

— Au fond, pourquoi ne viendriez-vous pas vivre dans la tribu ? Car, j'ai l'impression que vous dépérissez dans votre maison à Flagstaff.

Julian parut abasourdi.

Il avait bien l'intention de venir régulièrement s'immerger dans la tribu, auprès de Jason qui constituait sa seule famille. Mais, y résider définitivement, ne serait-ce pas le bonheur ?

— Vous pourriez même acheter une petite maison, continua Ursyn, pour ne pas encombrer les jeunes. Il s'en libère régulièrement.

— Est-ce que la tribu serait d'accord ?

— Je plaiderai votre cause, on devrait pouvoir y arriver si vous savez vous rendre utile.

— Je pourrais éventuellement faire office d'ingénieur agronome. J'ai eu l'occasion d'acquérir de bonnes notions dans ma jeunesse. En les adaptant aux techniques actuelles et aux difficiles exigences de la terre d'ici, je suppose que je pourrais rendre des services, proposa Julian, saisi d'une brusque inspiration.

— Mais oui, l'idée n'est pas mauvaise, confirma Ursyn. Si vous pouvez améliorer les conditions de vie, la tribu vous accueillera avec joie.

— Ah ! Et donner des cours de math, ce serait aussi dans mes cordes, ajouta Julian.

Il accepta d'autant plus la proposition de rester à demeure au village qu'il se sentait légèrement inquiet pour son petit-fils.

Julian se décida :

— Alors, on sera aussi deux pour veiller sur Jason. Car il exerce quand même une mission dangereuse –

il se retint de reparler de métier puisqu'il sentait confusément à présent que sa tâche était d'un autre ordre – il côtoie des malades et il pourrait facilement tomber également malade.

— Oh, non, à mon avis, Jason ne risque rien. Il est hors d'atteinte des microbes, même en cas d'épidémie. Grâce à sa proximité avec les Esprits, suite à sa formation de Chaman, il est normalement à l'abri car il vibre plus haut que la majorité des gens.

— J'avoue que je ne comprends rien, j'ai étudié les vibrations, les fréquences et les longueurs d'onde mais je ne savais pas qu'on pouvait les appliquer aux humains ! répondit Julian, mais vous paraissez bien sûr de vous. Il faudra que vous m'expliquiez.

— Je le ferai avant mon départ, il me reste un peu de temps.

— En plus, vous songez à partir ?

Julian se sentit presque abandonné.

— Ne vous inquiétez pas, reprit Ursyn, je le ferai seulement quand les circonstances le permettront.

45 - Un départ qui n'en est pas un !

Et la vie, avec ses obligations, avait repris son rythme, un rythme très chargé.

Car Jason supervisait les préparations des fêtes de la venue ou du départ des Esprits, trop souvent dans l'urgence, pour que les costumes, les masques et les danses des Indiens qui incarnaient les Entités soient prêts.

Dans le même temps, il s'astreignait à vouloir élargir le répertoire des chants qui devaient démontrer de manière éclatante ses contacts avec ce qui le dépassait. Transcendé par sa foi, il arrivait à chanter avec des accents qui tiraient des larmes à Aponi :

— On se demande bien où tu vas chercher des mélodies aussi sublimes ! J'ai l'impression que les fêtes, avec toi, vont devenir de vrais moments de communion avec les Esprits.

A ces obligations, s'ajoutaient la cueillette des simples, la fabrication des remèdes et surtout l'assistance aux membres de la tribu pour guérir les souffrances, interpréter les rêves et dialoguer avec les Esprits.

Pour le soulager et pour être un peu plus à ses côtés mais aussi pour une autre raison qu'elle cachait à Jason, Aponi l'accompagnait souvent dans ses pérégrinations et, petit à petit, elle se chargea de la conservation des plantes et de la confection des pommades. Il lui arrivait même parfois d'étonner

Jason en inventant des onguents inédits dont l'efficacité était remarquable, tellement remarquable que Qaletaqa en avait eu vent et était venu se fournir à la réserve.

— Tu as déjà assez à faire, disait-elle.

Puis, Julian obtint la permission de s'installer dans le village et il trouva rapidement une maison.

Il se mit alors immédiatement au service des gens, qui prirent l'habitude de faire appel à lui.

Pour pouvoir aider davantage Jason à préparer les fêtes et descendre dans la kiva, il proposa même – quel incroyable changement s'était opéré en lui ! – de subir la première initiation, en recevant les quatre coups rituels administrés avec des feuilles de yucca.

L'après-midi, il se rendait souvent dans la forêt auprès d'Ursyn et il écoutait les conseils du vieux Chaman :

— Tu vois, les renards et les loups se comprennent de mieux en mieux, rappelait-il malicieusement de temps à autres à Ursyn lors de l'une de ces promenades.

Lors d'autres promenades dans la forêt, le vieux Chaman prodiguait à Jason d'autres genres de conseils, comme il le lui avait promis.

Finalement, après un nouvel accueil des Esprits en mai, le moment du départ du vieux Chaman arriva. Ursyn l'avait retardé car Jason, par désir de garder son grand-père plus longtemps, avait toujours de nouvelles questions à lui poser.

Une époque s'effaçait et les habitants du village, avec le cercle des Anciens, ressentirent beaucoup de nostalgie.

Aponi et Jason se sentirent orphelins. Khweeuu, qui avait senti approcher la séparation, semblait également affecté.

Ursyn les rassura encore et, concernant Jason, il l'encouragea une dernière fois, le prenant spécialement à part :

— Tu le sais bien, je pars avec ma lumineuse amie, c'était prévu et maintenant c'est l'heure, alors ne sois pas désespéré. Au contraire, réjouis-toi, je pars un certain temps avec celle qui est restée proche des humains, malgré leurs travers.

Jason pleurait.

— En effet, c'est la dernière qui ait maintenu le contact, malgré les offenses des hommes. Car le groupe d'êtres merveilleux auquel appartenait Agarthina, s'est vu contraint de se retirer parce que les fréquences vibratoires des hommes, devenues trop basses, les perturbaient de plus en plus. C'est ce qui explique que je sois obligé de solliciter des entrevues.

— Tu l'as promis, tu reviendras ? insista Jason.

— Oui, aie confiance, nous vous aiderons tous et vous ne vous sentirez jamais seuls même quand vous croirez l'être. Et, d'ailleurs, je reviendrai lors de la prochaine fête des Esprits, en automne pour être là lors de la naissance de votre bébé.

Puis, alors qu'Ursyn allait s'en aller, non sans avoir embrassé longuement du regard le village, Aponi les rejoignit. Les larmes dues à l'imminent départ du

Chaman ne parvenaient pas à cacher l'étincelle espiègle qui illuminait son regard.

S'adressant à Ursyn, nonchalamment elle prononça ces mots, dont Jason et son grand-père se souviendraient longtemps :

— N'oublie pas de donner de ma part le bonjour à Agarthina !

— Quoi ? fut la seule réaction que furent capables de balbutier les deux Chamans, comme s'ils avaient été frappés par la foudre.

— Je vous dois une explication, je crois, poursuivit Aponi, qui était ravie de pouvoir les étonner. Eh bien, voilà ! Même si j'avais dit oui tout de suite et accepté d'être l'épouse d'un Chaman, j'étais quand même très perturbée. Je dois reconnaître que je voulais être tout pour Jason et ne pas le partager avec sa mission. Une nuit où j'étais en proie à un gros accès de jalousie, Agarthina m'est apparue. Quel être extraordinaire ! Elle se présenta, me parla des entrevues dans la grotte et me rassura sur l'amour de Jason. Et comme l'intelligence d'Agarthina est aussi extraordinaire que son cœur, elle me proposa la solution parfaite. Elle m'inspirerait pour que j'invente de nouveaux remèdes – vous l'avez déjà remarqué sans vous douter de rien – et me contacterait de temps en temps. Mais bien sûr, comme vous, je suis tenue au secret. Ainsi, partageant le même but que Jason, je vois mes problèmes résolus. N'est-ce pas merveilleux ?

Jason prit Aponi longuement dans ses bras et constata une fois de plus que lui, le Chaman, n'avait rien soupçonné !

46 - Nokomis, *la Fille de la Lune*

Nokomis, la fille d'Aponi et de Jason, naquit en octobre.

La sage-femme, assistée par Taima, avait présenté à Aponi un beau bébé, bien vigoureux, qui s'était empressé de respirer.

— Ma petite Nokomis, avait murmuré Aponi, en serrant doucement le bébé contre elle.

Et elle l'avait contemplée, en suivant des yeux le contour de son visage et de ses traits délicats avec ses yeux fermés bordés de longs cils, son nez petit et fin et sa bouche joliment ourlée.

Taima, qui avait quitté l'air impérieux qu'elle promenait habituellement, avait également été sous le charme.

— Elle est parfaite, avait-elle reconnu, attendrie. Cette petite Nokomis est ma première petite-fille et c'est celle que je préfère.

Ravie de son bon mot, elle avait ajouté :

— Je vous laisse. Aponi, je vais annoncer la nouvelle à ton père en le retenant de se précipiter chez toi. Pendant ce temps, tâche de te reposer un peu et de dormir même.

Puis, elle avait esquissé un sourire entendu à l'intention de Jason, qui s'était tenu dès le début au chevet de sa femme, et elle était partie.

La sage-femme avait eu l'intelligence d'attendre quelques heures que le cordon ombilical se coupe de lui-même, de sorte que le cerveau de la petite avait pu être doublement oxygéné. Alors elle était également partie après avoir donné les derniers soins à Nokomis:

— Je reviens demain matin, Aponi. En attendant, ne t'inquiète pas, ton bébé est beau et en pleine forme. Mais, s'il le faut, j'arrive, même en pleine nuit !

Aponi avait somnolé alors un peu jusqu'au moment où elle avait été réveillée par Chochokpi, accompagné de Taima, de Kotori, et de Yepa, qui était à présent la femme de Kotori.

Ils représentaient la famille d'Aponi et ils avaient tenté de rester discrets pour ne pas déranger le bébé. Raisonnablement, ils s'étaient éclipsés lors de l'arrivée de Julian Ferguson, qui vivait dans la tribu depuis maintenant plus d'un an. Ursyn, revenu comme promis depuis peu de son séjour auprès d'Agarthina, l'accompagnait car, en prévision de la naissance et pour la tranquillité du jeune couple, il avait proposé de l'héberger.

A leur départ, Jason avait soupiré :

— Ouf, ils sont tous passés, maintenant tu vas pouvoir te reposer. Je te sers une préparation reconstituante et après on dort jusqu'au moment où la petite Nokomis réclamera son repas.

Mais Aponi, auparavant, tint à faire une confidence à Jason :

— Tu comprends, c'est encore tout frais dans ma tête et je ne voudrais pas oublier un détail important.

— Oui, oui, je t'écoute.

— Il s'agit d'un rêve et c'était la nuit dernière, un peu avant mes premières contractions. Je somnolais, un peu oppressée par le poids du bébé et j'avais l'impression que le moment était proche.

— Mais il fallait me réveiller, voyons, je t'aurais réconfortée !

— Je n'étais pas capable de le faire, je naviguais dans un demi-sommeil, j'avais même l'esprit embrumé quand, tout à coup, une lumière éblouissante s'est doucement approchée de moi. C'était Agarthina, tu te rends compte ?

— C'était pour le bébé ? Une catastrophe ?

— Oui, il s'agissait du bébé, mais non, rassure-toi. Elle venait m'annoncer la naissance imminente, qui allait bien se passer, de notre fille et que l'enfant à naître allait t'apporter son soutien !

— Ce sont bien les mots qu'elle a employés ? Son soutien ?

— Oui, c'était clair, notre enfant t'aidera !

Jason parut méditer avant d'ajouter :

— Tu vois, juste avant ma réunion publique, Agarthina m'a promis son aide, une aide sans faille dans toutes les circonstances. Et maintenant, elle t'informe que j'ai droit à une aide supplémentaire !

— Merveilleuse Agarthina ! Après m'avoir confié la fabrication des remèdes, elle embauche notre fille !

— Est-ce que cela signifie que Nokomis risque d'avoir une destinée singulière ?

Fatigués, Aponi et Jason s'endormirent sans pouvoir apporter de réponse.

47 – Les renards et les loups
ne se quittent plus

En franchissant le seuil de la maison d'Aponi, Julian Ferguson s'épongea le front tout en soupirant :

— Encore une journée torride ! Je crois que je ne supporterais plus ce soleil incandescent si je n'avais pas le secours de tes potions magiques !

Sa figure burinée, aux multiples rides d'expression, exprimait une joie sans réserve et il adressa un bon sourire à Aponi.

Ainsi, depuis presque trois ans, il partageait tous les soirs, seul ou accompagné d'Ursyn qu'il continuait épisodiquement à héberger, le repas de ses petits-enfants, l'habitude ayant été prise dès son arrivée dans la tribu et tout le monde s'en trouvait bien.

Puis, il se baissa d'un mouvement souple pour se mettre à la hauteur de Nokomis, son arrière-petite-fille qui enroula ses petits bras autour de son cou et il caressa longuement Khweeuu.

Une fois de plus, il mesurait sa chance.

Il avait laissé à Flagstaff une maison vide et triste, à son image, au fond, de veuf démoralisé et de santé fragile en saisissant l'occasion de se raccrocher à la vie.

Il avait accepté la proposition d'Ursyn, sans réfléchir plus avant aux conséquences de son choix. Car, à part son petit-fils, et Ursyn qu'il avait appris à respecter et aimer pour son altruisme, il n'allait côtoyer que des Indiens. Avec Jason, ils allaient être deux Blancs perdus dans un peuple qu'il ne comprenait pas.

Il s'était installé dans une petite maison, non loin de celle d'Aponi et il l'avait aménagée de manière fonctionnelle, loin du confort auquel il était habitué. Il n'avait pas souhaité se distinguer et il s'était vite rendu compte qu'il pouvait sans difficulté se passer du superflu.

Puisqu'il bénéficiait de la caution d'Ursyn, il avait alors rapidement été sollicité pour de menus services, surtout des cours de mathématique, et il avait également mis à la disposition de tous ses connaissances agronomiques qu'il avait adaptées.

Ainsi, au départ, il avait pensé à garder l'humidité du sol en le recouvrant de bâches en plastique. Mais il avait rapidement changé d'avis, quand Ursyn lui avait fait remarquer que la terre abhorrait les produits chimiques et artificiels. Il s'était alors inspiré des nouvelles pratiques naturelles qui commençaient à être à la mode.

Observons l'état du sol, s'était-il dit.

Ce fut vite vu, la terre, balayée par les vents et le sable, s'érodait et souffrait sous les assauts du froid et de la chaleur.

Il faut donc d'abord la protéger, avait-il conclu, en la recouvrant d'écorces ou de débris d'arbustes, par exemple ceux que l'on trouve dans la forêt au pied du plateau. Et la question de l'arrosage sera pratiquement résolue.

— On va ainsi pouvoir faire pousser de nouvelles espèces, telles que des salades, des tomates, des oignons ou encore des radis, avait-il doctement annoncé – il se prenait encore un peu au sérieux.

Très vite, il avait acquis une endurance et une robustesse inespérées et son aspect physique d'adulte précocement vieilli s'était radicalement modifié : il respirait largement, s'était redressé et on pouvait observer ses muscles au moindre effort. Sa tête aussi s'était métamorphosée, il avait quitté son expression sévère et arborait continuellement un air heureux qui reflétait son état intérieur.

Dès lors, on le consultait et il s'en était étonné. Car, en son for intérieur, lors des premiers contacts, il avait éprouvé un léger sentiment de répulsion qu'il avait camouflé sous cet abord aimable.

Et, pourtant, ceux qui avaient pris la peine de l'aborder ne répondaient pas aux clichés auxquels il avait cru.

Ce fut Chochokpi qui avait fait évoluer son jugement. En effet, comme chef de la tribu, il avait régulièrement rencontré Julian, depuis le départ d'Ursyn, pour s'enquérir de ses besoins ou pour observer le résultat de ses efforts agricoles. Son humour pince-sans-rire l'avait séduit et Julian avait bien senti, sous son air détaché, qu'il aimait sincèrement les gens, les Indiens et les Blancs aussi.

Ah, ces Indiens se plaçaient aux antipodes de l'image imprimée dans sa tête, Julian avait été obligé de l'admettre.

— Voilà le repas est prêt, s'écria Aponi, au moment précis où Jason franchissait le seuil de la maison.

Ce fut un moment paisible qui se prolongea lorsque Aponi installa Nokomis sur ses genoux.

Sur le ton de la confidence, Julian égrena des souvenirs comme il le faisait parfois :

— Sais-tu, Aponi, que nous avons passé, un jour, des vacances d'été à sillonner la grande région pour la visiter, avec Jason et sa grand-mère ? Il devait avoir une dizaine d'années.

— Mais non, je ne savais pas.

— C'était grandiose, tu t'en souviens ? ajouta-t-il en s'adressant à Jason.

— Oui, même si je confonds un peu les endroits, je garde des images d'immensité ocre dans ma tête.

— Tu as raison, le paysage était désertique, magnifique de solitude, encadré par des collines rouges qui s'approchaient et s'éloignaient de la route qui était à nous. Alors on a vu des canyons, Antelope avec ses strates rocheuses colorées, Bryce aux roches coniques, le Grand Canyon aux dimensions impressionnantes,

— En Hopi, on l'appelle Ongtupqa, précisa Aponi.

— On a contemplé d'autres merveilles encore et on a traversé des petites villes. On était obligés de manger et dormir un peu au hasard sans nous occuper de confort et de sécurité et pourtant, déjà, une partie de moi était heureuse. J'ai même eu du mal à me remettre au train-train quotidien ! Finalement, c'était prophétique.

48 - Presque la routine

A présent, en janvier de cette année-là, Jason était le Chaman de la tribu depuis quatre ans.

Au début, il s'en souvenait, il avait manqué d'assurance mais son Esprit attitré, Naqvu, l'avait bien soutenu.

Et il avait fidèlement rempli sa mission qui comportait aussi la cueillette des plantes avec Aponi et Nokomis dès que cela avait été possible et ceci bien avant même qu'elle ne sût poser un pied par terre.

Il s'agissait alors de moments de communion intense avec la nature et sa famille. Jason avait même l'impression de se revitaliser.

Cependant, imprégné de la grandeur, de la noblesse de sa vocation, il finit par se sentir indispensable.

Car, en y réfléchissant bien, s'il n'était qu'un intermédiaire, il ne voyait personne capable de faire preuve de la même abnégation. Et c'était finalement lui, et pas un autre, qui avait été choisi par les Esprits.

En poursuivant son introspection, il se demandait parfois s'il n'était pas sujet à éprouver de petites bouffées d'orgueil, spécialement à l'issue d'une action réussie.

Mais pouvait-on réellement le taxer d'orgueil puisqu'il déclarait volontiers agir simplement au nom de Naqvu ?

Alors pourquoi Ursyn l'avait-il, un jour, mis en garde contre le danger du pouvoir ?

49 – Nokomis et ses amis

Nokomis avait atteint ses trois ans en octobre de la même année. Elle attirait inévitablement l'attention avec son teint joliment hâlé et ses cheveux couleur de miel doré. Ses yeux, d'une superbe couleur bleu-vert, se promenaient avec douceur sur ceux qui l'entouraient, hommes et animaux, et leur expression, ouverte et confiante, donnait l'impression qu'elle comprenait d'emblée les choses.

Khweeuu l'avait adoptée dès sa naissance et il la couvait d'un œil vigilant. Pareillement, lorsqu'elle avait pu se mettre à ramper, il avait surveillé ce qu'elle pouvait saisir et porter à sa bouche. Puis, lors de ses premiers pas, chancelants, il lui avait fait comprendre qu'elle devait s'agripper à son pelage, tout juste s'il ne lui avait pas appris à parler.

La famille aussi n'était jamais bien loin. Taima et sa belle-fille Yepa, à présent avec son fils Chavatangakwunua – dit Chavatanga pour faire plus court – passaient régulièrement rendre visite à Aponi et Nokomis. Et Kotori et Chochokpi se dérangeaient aussi de temps à autre pour voir la jolie petite fille.

De même, Ursyn, quand il revenait, s'émerveillait toujours : elle est comme sa grand-mère, Mimiteh, ma fille, se disait-il, aussi facile et aimable.

A ces moments-là, il se rendait compte que le pincement douloureux de la nostalgie était toujours là.

Mais il rectifiait vite en se disant qu'il ne pouvait pas se plaindre : Jason, son petit-fils, était heureux avec Aponi et Nokomis, et lui-même demeurait souvent auprès d'Agarthina.

Ma petite Nokomis est vraiment spéciale, concluait-il en l'observant.

Très vite, en effet, celle-ci avait par exemple développé une proximité étonnante avec les animaux.

Avant même ses premiers pas, assise sur une couverture déployée sur le devant de la maison, avec Khweeuu à ses côtés, elle avait su rester immobile de longs moments à guetter les chants des oiseaux ou les cris des bêtes. Elle avait semblé s'en imprégner de sorte qu'elle s'était mise, un jour, à les imiter. Et les animaux avaient paru lui répondre. Puis rapidement un dialogue incompréhensible avait paru s'instaurer.

Les sons échangés avaient semblé faire office de mots, mais en réalité Nokomis communiquait intuitivement de cœur à cœur, d'âme à âme avec les animaux. Elle accueillait ainsi d'un air absorbé leurs sensations, leurs émotions sous forme d'impressions et d'images qu'elle ne comprenait pas forcément d'ailleurs.

Mais Khweeuu, qui saisissait à la fois l'aspect animal et l'angle humain – forcément depuis le temps qu'il vivait avec les hommes – savait ensuite projeter pour l'enfant des visions qu'elle comprenait.

Alors Nokomis semblait être aux anges.

— Ce sont nos frères, les coyotes, souffla mentalement Khweeuu à Nokomis, le jour baisse et ils font entendre leurs hurlements stridents, ils vont partir à la chasse, c'est-à-dire qu'ils se mettent à la recherche d'une nourriture.

Nokomis sembla perdue, les yeux de Khweeuu l'aidèrent cependant à accepter les nécessités de la Vie.

Son père, Jason, lui dirait plus tard qu'il existait une réelle interaction évolutive dans l'acte de prédation :

— Ainsi, quand un être, le coyote par exemple, se nourrit d'un être inférieur, il offre à l'âme de cet être la possibilité d'évoluer vers un plan de conscience supérieur !

Elle continuait alors à imiter les cris des coyotes et ceux-ci répondaient tout en sachant qu'ils étaient en correspondance avec une petite sœur humaine.

Médusée, Aponi avait écouté sans intervenir et Yepa lui avait chuchoté un jour :

— C'est curieux quand même, on dirait que ta fille parle aux animaux !

— Oui, j'ai bien l'impression si j'en juge d'après l'expression de son visage, on dirait qu'elle est dans un autre monde !

Au fil du temps, Aponi vit même des petits groupes s'approcher, des lézards, des oiseaux, qui venaient se promener ou sautiller autour d'elle.

Nokomis put les caresser tandis que les cris des oiseaux s'apaisaient peu à peu.

Perplexe, Aponi observait régulièrement de sa fenêtre en s'interrogeant : sa fille n'était-elle pas bien différente des autres enfants ? Même de son cousin qui avait un an de moins qu'elle, Chavatanga ?

50 – Un drame évité de justesse

Pour l'instant, en comparant les deux cousins, on pouvait juste affirmer que Nokomis paraissait davantage plongée dans sa vie intérieure que Chavatanga qui, du haut de ses deux ans, cherchait à explorer son monde pour l'élargir constamment.

Ainsi, en raison de leur différence d'âge et de tempérament, c'était Chavatanga qu'il fallait surveiller.

Aussi, pour décharger Yepa, sa belle-fille, Taima le gardait de temps à autre et Chavatanga se jetait dans ses bras en arrivant car sa grand-mère, pourtant impérieuse et autoritaire, ne le grondait jamais.
— Qu'il est beau ! cet enfant, disait-elle, il ressemble à Kotori tout petit. Merci, Yepa, de me le confier, pars tranquille et fais ce que tu as à faire.

Ce jour-là, Yepa partie, Taima s'assit en prenant son petit-fils sur ses genoux pour lui raconter une courte histoire entrecoupée d'un petit air qu'elle chantonnait en prenant une grosse voix.
Chavatanga riait aux éclats et Taima, avec une pointe d'orgueil, estima qu'elle faisait mieux que Yepa.

La distraction dura jusqu'au moment où Taima le déposa sur une couverture polaire, joliment colorée – petite concession à la modernité – posée à même le sol dans un coin de la cuisine.

— Je reviens dans une petite seconde, mon chéri, reste sage, lui recommanda-t-elle en lui glissant sa peluche dans les mains et en quittant la pièce.
Chavatanga, qui l'avait sans doute repérée sur le bord de la table, se leva immédiatement pour se précipiter sur une boîte d'allumettes à moitié ouverte.

Il s'en saisit et se remit assis sur sa couverture en tournant le dos pour cacher son butin.

— Tu vois, je suis là, lui dit Taima, en posant quelques têtes de maïs sur la table. Je mets le repas en route et je reviens m'amuser avec toi.

Chavatanga resta évidemment sage comme une image et réussit, comme un grand, à faire apparaître, lui aussi, la merveilleuse petite flamme interdite qui le fascinait depuis longtemps.

Mais il se brûla les doigts et hurla en laissant tomber l'allumette sur la couverture qui ne fut pas longue à s'enflammer.

Alertée et affolée, Taima la bien-nommée, aussi rapide que le tonnerre, se précipita et s'emmêla malencontreusement les pieds dans sa longue jupe, de sorte qu'elle tomba la tête la première et s'assomma sur le sol.

Pendant ce temps, le feu progressait très vite, Chavatanga hurlait assis au milieu des flammes et Taima restait évanouie.

C'est alors que Jason fit irruption dans la maison, enjamba le corps de Taima et saisit immédiatement son neveu dans ses bras, le déposa à l'écart et se mit en demeure d'éteindre le début d'incendie.

Puis ce fut Ursyn, revenu depuis peu d'un nouveau séjour auprès d'Agarthina, qui arriva et il se pencha sur Taima tandis que Jason retournait s'occuper de Chavatanga.

Chochokpi, alerté par les cris et le bruit, apparut alors et resta médusé devant le spectacle qui s'offrait à ses yeux.

Taima, revenue à elle, restait prostrée.
Elle avait failli perdre son petit-fils et se sentait responsable. La culpabilité et l'amour-propre blessé s'ajoutèrent à sa peur rétrospective.

— Mais qu'est-ce qui vous a fait venir juste au bon moment ? demanda Chochokpi aux deux Chamans.
— C'est Jason qu'il faut remercier, avant tout, déclara Ursyn, c'est lui qui a redressé la situation et je n'ai fait que suivre le mouvement.
Tandis que Jason déposait Chavatanga dans les bras de sa grand-mère pour la sortir de sa torpeur et calmer l'enfant, Ursyn poursuivit :
— Je crois comprendre. L'un des privilèges d'un Chaman est d'être parfois averti par les Esprits d'un danger imminent. Et Jason, lors de son initiation, a reçu comme moi le don d'être prévenu avant une

catastrophe. Alors, grâce aux Esprits, tout est bien qui finit bien !

51 – Quand les nuisants se réveillent

Finalement, sans le savoir, Jason dérangeait.

Fidèle à sa mission, il se dépensait sans compter pour le bien de la tribu. Il soulageait ainsi beaucoup de maux avec l'aide de Naqvu et on lui en savait gré, sur le moment.

Malheureusement ses multiples réussites – en particulier le récent épisode où il avait sauvé son neveu des flammes – lui donnaient un petit air de satisfaction qu'il cachait de moins en moins. Après tout, dévoué comme il l'était, il pouvait bien afficher sa joie, se disait-il.

Et, puis, rendu conscient par Agarthina du mal-être d'un monde qui avait rompu son lien avec la nature et qui sombrait dans le matérialisme, il pensait qu'il était le seul rempart capable de préserver la tribu.

Aponi, qui avait épousé l'amour de sa vie, buvait encore ses paroles même si elle prenait vaguement conscience de ses prises de position un peu rigides.

Mais Yepa et Kotori, sans doute moins indulgents, s'étaient déjà étonnés :

— On devrait peut-être lui en parler directement ? On est sa famille et ses plus proches amis, avait plaidé Yepa.

Ils convinrent, cependant, d'attendre encore un peu, mais ils ne savaient quoi au juste, pour que Jason prenne lui-même conscience de sa nouvelle attitude.

Chu'a *le Serpent,* qui ne le fréquentait pas, ne remarqua rien. Il n'avait jamais songé à le remercier d'avoir guéri sa jambe – sans avoir voulu se venger du traquenard et des coups de bâton – car après tout un Chaman se devait de soulager les gens et Jason n'avait fait que son devoir. Alors, avec Aponivi et de Ayawamat, ses complices dans les mauvais coups, il en était resté à sa haine du petit Blanc qui n'avait pas sa place dans la tribu. D'ailleurs, ce sentiment avait été amplifié par son mariage et la naissance de Nokomis qui l'intégraient encore davantage dans la tribu.

Ce jour-là il égrenait à l'intention de ses comparses des considérations générales sur la nécessité de nettoyer la tribu de cet individu.

Il ne dévoilait pas le fond de ses pensées, toutes tournées vers la mise au point d'un plan car il éprouvait finalement une confiance limitée sur leur capacité à garder le silence.

Il réfléchissait et cherchait l'idée, celle d'une punition déguisée en hasard malheureux.

Lors d'une promenade, la vue des déjections d'un puma le mit sur la voie.

— Ah tiens ! se dit-il. Il suffirait de les transporter sur le parcours matinal du petit Blanc, de placer un piège qui serait justifié précisément par ces crottes et de faire courir le bruit qu'il y a un puma dans les parages. Et en plus c'est vrai puisque j'en ai trouvé !

Depuis son mariage avec Aponi, Jason avait troqué son rituel matinal de course à pied contre une promenade dans la nature au bas du plateau. Ainsi, il se recueillait quotidiennement pour saluer l'astre du jour et solliciter l'assistance du Ciel dans ce qu'il allait avoir à vivre dans la journée.

Il suivait toujours le même itinéraire, le sentier qui descendait du plateau, le début de piste qui s'amorçait, puis la bifurcation vers les fourrés et les coins solitaires qui permettaient d'éviter les éventuelles rencontres.

La nature, parée de ses couleurs d'automne, se montrait encore grandiose et douce alors que le mois de novembre s'entamait.

— J'emmène Khweeuu, avait-il dit, ce matin-là à Aponi. Etrangement il insiste pour m'accompagner.

— Bien sûr, il reste toujours à côté de Nokomis, ça lui fera du bien de bouger un peu.

Ils partirent en cheminant tranquillement le long de l'itinéraire isolé habituel du Chaman quand, tout à coup le loup s'arrêta, lança à son maître un profond regard, prit de l'avance et disparut dans les fourrés.

Alerté par un bruit métallique et un hurlement, Jason courut comme un fou.

La belle robe blanche de Khweeuu était tachée de sang. Les mâchoires d'un piège à puma s'étaient refermées sur sa gorge. La vie l'avait quitté.

Comprenant qu'il n'y avait plus rien à faire, Jason en pleurs préféra rester avec son loup et communier avec son âme.

Puis, après qu'il l'eut ramené chez lui et qu'il l'eut veillé avec Aponi et Nokomis, le soir venu, il confia à sa femme :

— Le piège était à moitié camouflé par un fourré et j'aurais très bien pu y poser mon pied, ma jambe n'aurait pas résisté, j'aurais eu l'os broyé !

— Mais tu n'étais pas visé, non ? demanda Aponi, la voix tremblante.

— Comment savoir ? répondit Jason. En tout cas, le bruit courait qu'on avait aperçu un puma et effectivement j'ai vu près du piège des déjections de cet animal. Mais ce dont je suis sûr, c'est que Khweeuu pressentait quelque chose. Il a couru droit vers le piège ! Le Ciel a voulu m'avertir. Oui mais de quoi ?

La nouvelle s'était répandue comme une traînée de poudre au sein de la tribu, le loup du jeune Chaman avait été victime d'un piège à puma.

C'est Ayawamat, qui avait apporté, le soir même, la bonne nouvelle à Chu'a lors de leurs retrouvailles au bar.

— Il aura mis le museau où il ne fallait pas, fut son joyeux commentaire.

Mais, en son for intérieur, il enrageait : le Chaman avait échappé à l'accident qui aurait pu l'empêcher d'exercer sa fonction et, qui sait, le forcer à partir. Car tomber bêtement dans un piège, ça fait mauvais effet pour un Chaman ! Quelle occasion manquée, se dit-il encore.

Il interrogea le patron du bar :

— On sait qui a installé le piège ?

— On ne le saura sans doute jamais, fut la réponse.

Nokomis, le premier émoi passé, contrairement à ses parents, resta presque sereine car elle percevait auprès d'elle la présence de l'âme de Khweeuu qui s'était détachée de son corps sans s'éloigner. Elle la sentait qui lui insufflait la force de surmonter sa peine.

Evidemment, elle aurait préféré pouvoir encore toucher et caresser la douce fourrure de son loup ou se plonger dans ses yeux aimants mais le contact télépathique n'était pas rompu.

Elle poursuivit aussi ses conversations avec ses amis qui s'approchèrent plus souvent pour se laisser caresser. Mentalement, ils formaient tous une chaîne vibrante, invisible aux yeux de leur entourage.

Dès lors, Aponi, connaissant les dons de sa fille et voyant qu'elle ne se noyait pas dans la douleur en tira les conclusions : il n'était pas cohérent de pleurer quand on croit à la survie de l'âme.

Apparemment elle avait encore à travailler sur elle pour être au niveau de Nokomis. Mais la fierté l'emporta bien vite sur son dépit.

52- L'étrange langueur de Jason

La nouvelle année s'était installée et déjà il fallait songer à la préparation de l'arrivée des Esprits.

Il faudrait que je puisse m'appuyer sur quelqu'un de sérieux pour m'aider, se disait-il régulièrement. Je vais finir par m'épuiser. Kotori pourrait bien convenir puisqu'il connaît très bien le rituel des cérémonies mais il est lui-même assez occupé.

Il s'en ouvrit à Aponi :

— Tu sais, parfois, j'ai l'impression d'être complètement dépassé ! Mais comment donc faisait Grand-Père pour résister ? Il m'a d'ailleurs dit qu'il partait parce qu'il était fatigué. Or je le suis déjà, alors que je suis beaucoup plus jeune.

Jason paraissait anxieux et il avoua même qu'il se demandait combien de temps il allait encore tenir le coup.

— Mes seuls moments de bonheur, en dehors de la famille, bien sûr, sont mes rencontres avec Naqvu et Agarthina. Cela me donne un peu d'élan mais cela ne dure plus.

— Mais, tu ne perçois plus l'importance de ta mission ? Tu en étais pourtant très fier, suggéra Aponi, qui, pour en avoir déjà discuté avec Kotori et Yepa, se doutait que sa fatigue ne provenait pas seulement de la tristesse d'avoir perdu Khweeuu dans des circonstances si tragiques. Fine mouche, elle avait compris avant son mari qu'il savait au fond de lui que son orgueil – n'était-il pas un grand Chaman ? – était responsable de la mort de son loup, ce que son conscient s'épuisait à refouler.

— Oui, c'est vrai, je suis toujours fier de ma mission mais elle me pèse de plus en plus.

Sans s'en apercevoir et en l'espace de deux mois seulement, Jason était passé d'un état de satisfaction, dû à ses succès, à une forme de mélancolie qui ternissait son quotidien.

— Depuis quand es-tu aussi mal ? reprit Aponi, qui poursuivait son intuition.

— Quelque temps.

— Cela ne correspondrait pas avec le départ de Khweeuu ?

Après un instant de silence, il reprit :

— Je crois que je ne me fais pas à l'idée que Khweeuu ait marché vers la mort et que je ne sache encore aujourd'hui pas pourquoi. Tu comprends, il m'avait choisi, il avait accepté sa nouvelle famille en délaissant ceux de son espèce qu'il aurait pu rejoindre à tout moment. Non, il était fidèle et je n'ai pas fait ce qu'il fallait pour lui. Je crois que je ne me le pardonne pas.

Aponi contempla Jason d'un air désolé :

— Je sais, la perte est immense. Elle l'est pour tous ceux qui l'ont connu, tes grands-pères, ma famille, les amis, car personne n'a pu rester insensible à l'expression de ses yeux magnifiques. Ils évitent d'en parler mais je sais qu'ils sont encore affectés.

Après un nouveau temps de silence, Jason poursuivit :

— Heureusement ma peine est atténuée par Nokomis. As-tu remarqué qu'elle s'intéresse aux plantes maintenant ? Grand-père Julian a semé des graines sur une partie du champ dont il s'occupe et il lui a réservé un coin, pas bien grand bien sûr mais c'est le sien. Depuis, elle est heureuse de l'accompagner pour un petit moment car elle doit s'occuper de son jardin, comme elle dit. Elle parle à ses graines et celles-ci sont déjà sorties.

— J'imagine que ce n'est pas le cas des autres ?

— Non, les autres sont encore invisibles. Et, puis, les oiseaux l'accompagnent et se promènent ensuite à côté d'elle sans chercher à déterrer quoi que ce soit. C'est fou, non ?

Voyant que Jason était un peu rasséréné, Aponi revint à son idée première et d'une voix pleine de compassion – la compassion est impitoyable ! – lui déclara :

— Et tu ne soupçonnes toujours pas pourquoi Khweeuu est mort ? Que voulait-il te faire comprendre ? En tout cas c'est depuis ce moment-là que tu as perdu la fierté de si bien remplir ton rôle...

Un hurlement lui répondit :

— C'est moi qui l'ai tué avec mon orgueil ! Il est mort pour me le faire comprendre, ajouta-t-il dans un sanglot.

Aponi était déjà en train de l'entourer de ses bras et de l'embrasser.

— Mon cœur, tout le monde peut se tromper. C'est énorme de t'en être rendu compte. Je suis sûre que Khweeuu ne t'en veut pas. C'était un acte d'amour de sa part.

53 – Rêve ou réalité ?

On était fin janvier et Jason s'appliquait maintenant à débusquer tout soupçon d'orgueil. Et, assez rapidement, il lui sembla qu'il progressait et il s'en réjouit. Puis, aussitôt, avec le sérieux qui le caractérisait, il se demanda si être fier de progresser vers la modestie n'était pas encore une ruse de son ego….

Sans doute avait-il quand même évolué. En tout cas, une nuit, tombé dans un profond sommeil, il lui sembla être saisi par un cône de lumière qui l'éleva à une vitesse vertigineuse vers une sorte de navire brillant, immense, suspendu à la voûte céleste.

A l'intérieur Agarthina paraissait l'attendre et elle s'avança vers lui pour l'entraîner le long d'un couloir jusqu'à une salle de pilotage dans laquelle se trouvaient trois personnages concentrés sur leur travail.

— C'est un vaisseau spatial, révéla-t-elle.

Interloqué, Jason répéta :

— Un vaisseau spatial, mais c'est comme dans les films ?

— C'est mieux que dans les films, lui assura sa protectrice en souriant. Et puis, tu vas rencontrer des gens étonnants, mais je n'en dis pas plus.

Ils pénétrèrent alors dans une grande salle, doucement éclairée par une lumière opalescente qui semblait sourdre du plafond et des murs.

— Viens, il faut que je te montre la Terre, ta Terre, belle et fragile !

Et Agarthina entraîna Jason vers l'une des immenses baies qui permettaient d'embrasser du regard un astre bleu, suspendu dans le ciel, habillé par endroits de nuages.

Jason se laissa aller à goûter la féerie du spectacle.

Puis Agarthina l'arracha à sa contemplation et lui désigna une table ovale, entourée de fauteuils confortables qui meublaient la pièce.

— A présent, je te montre ta place et je me mets à ta droite.

Des individus, qui s'entretenaient entre eux, lui adressèrent un petit signe de bienvenue. Tous avaient une apparence humaine – un peu plus grands cependant – certains avec une peau légèrement bleutée. Tous étaient beaux, comme nimbés d'une lumière intérieure qui éclairait leurs traits. Ils portaient autour du cou une sorte de gros médaillon. Agarthina expliqua à Jason qu'elle permettait de communiquer malgré les différences de langages quand la télépathie n'était pas possible.

Jason sentit confusément qu'il avait affaire à des entités inconnues provenant de mondes lointains, sans rapport avec un Esprit comme Naqvu.

— Tous les participants à cette réunion, confirma Agarthina, viennent de civilisations très avancées sur les plans spirituels et technologiques, ce qui leur permet presque instantanément de parcourir l'espace et de rendre visite secrètement à la Terre quand ils en voient la nécessité. Ils servent la Lumière et veillent sur la Terre.

Jason ne s'étonna de rien, ce qui d'ailleurs l'étonna.

Puis, tout le monde s'installa autour de la table, sans qu'il n'y ait un ordre de préséance. Celui qui paraissait être le chef prit la parole d'une voix chaude et bienveillante :

— Mes chers Alliés, nous voici réunis spécialement avec notre ami de la Terre, Jason, qui est un Chaman, comme vous le savez. Nous aurions pu communiquer avec lui par l'intermédiaire d'Agarthina, son contact habituel, mais le moment est solennel.

Et il se tourna aimablement vers Jason :

— Tu te demandes peut-être pourquoi nous avons choisi de te contacter. Bien sûr tu n'es pas le seul sur Terre avec qui nous communiquons. Nous t'avons choisi parce que tu appartiens à la tribu des Hopis dont les légendes assurent qu'elle a un savoir ancestral et un rôle à jouer en ces temps de renouveau, savoir ancestral qui est destiné à se répandre de plus en plus. Nous ne sommes pas des Esprits, non, nous venons d'autres mondes : la Terre n'est pas seule dans l'univers, évidemment, tu t'en doutes certainement.

Pour accompagner ses propos, il lui adressa un sourire éblouissant de douceur.

Jason s'entendit demander :

— Les habitants des autres mondes ne restent pas chez eux ?

— Non, un certain nombre d'entre eux voyage, ceux qui savent se déplacer dans l'espace. Nous voyageons donc jusqu'aux Terres qui n'ont pas encore ces technologies pour soutenir leurs habitants et les aider à s'éveiller mais sans intervenir directement car l'amour qui nous anime est synonyme de respect.

L'homme bleu se tut pour permettre à Jason de comprendre le message.

— La non-lumière, le non-amour – nous préférons ces termes à ceux d'obscurité ou de méchanceté – envahissent ton monde en ce moment et bien sûr ta tribu – je t'en préviens – ne sera pas épargnée.

Et la réunion s'acheva avec les encouragements de l'être bleu tandis que Jason se réveillait brutalement.

Son premier réflexe fut de penser qu'il avait rêvé. Cependant les images, qui s'imposaient encore à son esprit, avaient une telle force et les couleurs étaient tellement magnifiques et même, lui semblait-il, si vivantes, qu'il se demanda si ce n'était réellement qu'un rêve. Profondément désarçonné, mais aussi émerveillé, il ne put se rendormir qu'à l'aube.

Au cours de la matinée, il entraîna Ursyn dans une promenade pour lui faire part de son trouble. Celui-ci, qui était reparti après le sauvetage de Chavatanga, était revenu depuis peu et, comme toujours, il lui prêta une oreille attentive.

Au terme du récit de Jason, Ursyn ne put lui confirmer la réalité de cette expérience nocturne mais il l'informa que les habitants d'autres mondes, dans des temps immémoriaux, avaient, en effet, été très proches du peuple Hopi, une proximité physique qu'on ne pouvait plus imaginer aujourd'hui.

— Cette histoire est gravée sur les parois de la grotte d'Agarthina et je te propose d'en prendre connaissance demain matin. Dans l'intervalle, ne t'inquiète pas, nos amis des étoiles ne te veulent pas de mal. A présent, rentrons.

Il était pratiquement l'heure de déjeuner et ils retrouvèrent Aponi et Nokomis.

— Regardez Nokomis, leur dit Aponi, elle a un nouveau petit camarade, un petit chien, un bébé encore, qui est arrivé depuis deux heures et déjà ils ne se quittent plus.

— Oh, il me fait penser à Khweeuu tout petit, s'écria immédiatement Jason. Il a les mêmes yeux intelligents et expressifs.

Il s'accroupit et sans délai le petit chien s'avança vers lui pour se frotter contre ses jambes.

— C'est ce qu'a fait ton petit loup quand je l'ai ramené, nota Ursyn. Je pense que tu t'en souviens.

— Comment avez-vous fait pour le trouver ?

— C'est Yepa et son fils Chavatanga, ils sont venus nous voir et Yepa portait un panier. Elle en a sorti deux chiots qu'elle a posés par terre et celui-ci s'est dirigé à la seconde vers Nokomis tandis que l'autre choisissait Chavatanga. Il n'y a pas eu d'hésitation, c'était vraiment très clair.

— Oui, je crois que c'est très clair, approuva Ursyn.

Sur le coup, Jason ne chercha pas à approfondir. D'ailleurs, le petit chien, avec quelques taches noires sur son pelage blanc, ne ressemblait pas vraiment à Khweeuu.

— Et on sait d'où il vient ?

— C'est une famille de la tribu qui a eu une portée et qui ne voulait en garder qu'un sur les trois. Il est sevré et prêt à se fondre dans une famille.

A présent, Nokomis avait suivi le petit animal et tous deux se pressaient contre Jason qui ne put masquer sa joie.

— On pourrait l'appeler Cochise, en mémoire du grand chef indien.

Tout le monde fut d'accord et, tout en se refusant à envisager l'inattendu, Jason se promit de surveiller l'évolution du petit Cochise.

54 – L'incroyable histoire

Malgré la tentative d'apaisement procurée par Ursyn, Jason avait été secoué par les révélations de la veille. Son sommeil avait été agité et peuplé de cauchemars : il lui semblait avoir compris que la tribu se trouvait en danger et ses valeurs – qu'il incarnait – allaient peut-être se perdre.

Cochise qui passait la nuit près de Nokomis, se pressa contre lui dès son lever matinal et ils se rendirent sans bruit sur le pas de la porte. C'est à son chien, qui dressa ses petites oreilles, comme le faisait Khweeuu, qu'il confia alors doucement son tourment.

Puis, la maison s'éveilla, Aponi et Nokomis s'installèrent à la cuisine et ils furent bientôt rejoints par Ursyn qui était allé saluer le lever du soleil.

— Si tu es prêt, on peut se rendre dans la grotte d'Agarthina, annonça-t-il à Jason en veillant à n'être entendu de personne. Comme promis, je voudrais te montrer les parois.

Jason ne se fit par prier et ils cheminèrent en silence jusqu'à ce qu'Ursyn reprenne la parole :

— J'ai un aveu à te faire.

Jason eut peur de comprendre :

—Tu veux me dire que tu as déjà fait ce drôle de rêve ? Et tu ne me l'as pas dit ?

— Oui, un jour, il y a une trentaine d'années environ, j'ai également assisté à une réunion avec les mêmes personnages et c'était pour me montrer combien la Terre souffrait, déjà, combien elle se dévitalisait du fait du comportement des hommes.

— Alors, tu connais Agarthina depuis tout ce temps en réalité ?

— Je connais Agarthina depuis le début de ma vie de chaman, elle a toujours été là, comme elle sera toujours là pour toi. Tu te souviens, je t'avais dit à son sujet qu'elle est restée proche des humains alors que ceux de son peuple sont retournés sur leur monde, écœurés par le comportement des hommes et supportant de moins en moins leurs vibrations devenues trop basses. C'est le cas aussi pour Agarthina mais elle utilise un hologramme pour répondre à nos appels.

— Oui, je me rappelle, tu as dit quelque chose de ce genre lors de ton départ, mais, tu penses bien, je n'ai rien compris. D'ailleurs, comment j'aurais pu imaginer ces autres existences ?

— C'est pourquoi, je vais te montrer des dessins qui racontent cette histoire. Ce sont des gravures, très anciennes, qui ont été faites par les premiers Hopis dans la roche de la grotte d'Agarthina. Ils l'ont choisie car c'est un lieu de pouvoir, alimenté par une multitude de cristaux de quartz incrustés sur les parois. Et on peut y lire l'histoire de notre peuple et de ses contacts avec les Êtres du Ciel.

Jason était stupéfait.

— Je ne pouvais pas t'avertir, reprit le Chaman, il ne m'appartenait pas de t'informer. Seule Agarthina pouvait le faire et elle ne l'a pas fait, sans doute en concertation avec ses amis.

Jason resta sans voix.

Dans la grotte, ils se mirent à gravir les marches.

— Les images se voient derrière l'endroit où apparaît l'image d'Agarthina, précisa Ursyn. Tu avais donc peu de chances de les apercevoir.

Et, en effet, à l'endroit annoncé, Jason put voir une série d'images qui se succédaient, bien délimitées et assez nettes, racontant des scènes de vie.

— Tu vas voir, c'est une histoire incroyable rapportée par une longue tradition orale dont les grandes lignes sont dessinées sur ce mur.

Jason écarquilla les yeux tout en se penchant pour voir les détails :

— C'est incroyable, comme tu dis ! On dirait une bande dessinée ! Et il ajouta, en soupirant : Alors, dis-moi !

— Eh bien, sur la première gravure, on a une terre en train de brûler, on voit un incendie qui ravage des habitations et de petites silhouettes, sur le devant, en train de se sauver pour échapper au feu. Il s'agit du premier monde qui a été détruit car le chaos qui régnait dans le cœur des hommes avait provoqué le chaos dans la nature qui les entourait.

— Les cœurs purs ont été sauvés ?

— Oui, et donc nos ancêtres survécurent à la tragédie et conservèrent la mémoire.

— Et après ?

— C'est la deuxième image, celle d'une blanche désolation de glace. Il n'y a plus trace de vie dans ce deuxième monde mais les Hopis purent survivre.

— Tu crois que c'est vrai, tout ça ? protesta Jason.

— Assurément et nos coutumes religieuses en font état.

S'abstenant d'émettre un nouveau commentaire, même s'il doutait un peu, Jason se planta devant le dessin suivant.

— Ah, reprit Ursyn, là, on distingue plusieurs vaisseaux dans le ciel et deux posés sur le sol, en train de laisser débarquer des humains. Ce sont nos amis de l'espace qui ont amené nos ancêtres Hopis sur ce continent car leur terre, le continent de Kásskara, appelé Mu ou Lémurie par certains, s'enfonçait dans la mer.

— C'est le troisième monde qui a sombré ? Je suppose que tu sais pourquoi ?

— Eh bien, d'après Ours Blanc, un grand chef Hopi, un autre continent Talawaitichqua, ou Atlantis, a commencé à étendre son influence et à soumettre des peuples voisins. Puis, il nous a fait la guerre pour nous soumettre également. Le troisième monde, celui des deux continents, a alors sombré dans l'océan mais le peuple Hopi, qui n'utilisait pas son savoir pour anéantir, tuer, a été sauvé.

— C'est toujours la même histoire, on dirait, non ?

— Les hommes ont du mal à évoluer vers le bien, hélas ! Pour en revenir à notre troisième gravure, ce sont les vaisseaux d'évacuation du peuple Hopi, pour la première vague, celle des gens importants, mais on aperçoit également de grands oiseaux pour la deuxième vague de Hopis et des bateaux pour la troisième vague. Ensuite, le peuple a beaucoup erré, à la recherche d'un endroit où s'installer et, finalement, une partie est arrivée ici, sur les mesas. C'était il y a très, très longtemps.

Jason contempla les dessins de vaisseaux aux formes cylindriques ou ovoïdes.

Il hocha la tête :

— Et, depuis toujours, ils ont noué un contact spécial avec les Hopis ?

— Oui, parce qu'on est le peuple de la Paix qui a su garder le lien avec le Créateur et ses auxiliaires célestes. Et donc, à présent, nous sommes dans le quatrième monde qui sera plus ou moins détruit par le feu en fonction du réveil des consciences. La dernière image montre une forêt qui brûle et des arbustes qui poussent à côté.

Après un instant de silence, Ursyn poursuivit :

— L'avenir paraît difficile, je te l'accorde. Mais, tu l'as vu, nous ne sommes pas seuls, nous sommes soutenus par des races très avancées qui peuvent intervenir de manière significative. Dans les mondes précédents, elles ont réellement côtoyé et aidé les Hopis mais aujourd'hui leur aide, subtile, sera tout aussi efficace. Tu seras donc épaulé et éclairé pour que tu prennes les bonnes décisions pour notre peuple.

— Quelle responsabilité ! déplora Jason. Est-ce que je vais y arriver ?

— Tu feras ce que tu peux mais le sort de la Terre ne repose pas sur tes seules épaules ! Beaucoup, on te l'a dit sur le vaisseau, ont été contactés. Et l'aide viendra.

55 - Une partie de poker qui tombe à pic

Deux mois plus tard, Machakw, *le Crapaud cornu* s'arrêta à la sortie de Winslow, devant le bar-restaurant le Gold Digger.

Il sauta de sa voiture, une Dodge Challenger, comme il avait vu faire dans les films. Mais il glissa sur une plaque de verglas, il savait pourtant que le printemps peinait à se manifester même si son tour était arrivé.

Moi qui voulais impressionner ce vieux Qaletaqa ! pesta-t-il en se rétablissant. Je parie qu'il est toujours aussi vieux-jeu, surtout vis-à-vis d'un jeune comme moi qui n'aimais pas obéir, ce que je n'aime toujours pas.

Il contempla le restaurant, un bâtiment de plain-pied, tout en longueur, bordé d'une avancée opaque qui protégeait une terrasse en bois.

Il nota que la façade était inchangée et qu'elle montrait deux fenêtres qui encadraient la porte d'entrée. Selon ses souvenirs, l'accès à un bar d'un côté et au coin repas de l'autre était direct.

Alors il pénétra d'un pas décidé dans l'établissement.

— Il est 15 h, à cette heure-ci, on ne sert plus de repas, grogna Qaletaqa.

Evidemment, il avait reconnu le visiteur qu'il n'appréciait pas spécialement mais il n'émit aucun commentaire.

— Je me contenterai d'une bière bien fraîche.

Avisant trois joueurs de poker installés dans un coin du bar, le *Crapaud cornu* leur proposa aimablement de partager leur jeu. Puis, d'autorité, il demanda que leur boisson soit renouvelée.

Tiens, c'est nouveau, remarqua-t-il pour lui-même, il y a du monde en dehors des temps de repas maintenant ? Apparemment, les affaires ont l'air de marcher, se dit-il encore en observant les lieux, propres et dotés d'un mobilier presque neuf.

Lui-même, Machakw, bien que son nom désignât une sorte de lézard, ne déparait pas : il présentait bien, ses cheveux d'un noir de jais étaient coupés au carré et soulignaient un visage aux traits fins et aux yeux vifs et un peu fureteurs. Il était bien vêtu, d'un jean à la ceinture voyante et d'une chemise immaculée, et il portait une large gourmette au poignet gauche, qui tintait à chaque mouvement. Tel qu'il se montrait, il paraissait digne d'intérêt à ses compagnons qui n'émirent pas d'objection pour sa participation au jeu.

Il crut, cependant, bon de préciser qu'il n'avait pas joué depuis un certain temps.

— C'est comme pour le vélo, ça revient assez vite, lui répondit l'un des joueurs.

Et ils se mirent à jouer.

Ils étaient installés à côté d'un couple qui discutait avec le patron et la conversation portait sur la personnalité du Chaman de la tribu Hopi, presque voisine, installée sur la première mesa.

— Il est très bien, paraît-il, affirmait la dame, très humain et très compétent pour guider son peuple, enfin je dis : son peuple, mais ce n'est pas un Indien, c'est un Blanc !

— C'est un Blanc et il est le Chaman de la tribu, confirma le mari, ce qui montre qu'il doit être excellent pour avoir su gagner la confiance des Indiens.

— Oui, c'est sûr, confirma Qaletaqa, je l'ai connu avant qu'il le devienne. Il était mon employé, sérieux et plein d'initiatives intéressantes. C'était un bon début pour devenir Chaman. Mais, est-ce que vous le connaissez ?

— Non, mais on connaissait ses grands-parents. Son grand-père est parti vivre chez son petit-fils, dans la tribu, à la mort de sa femme.

Sans en avoir l'air, le Crapaud cornu écoutait, très intéressé, car l'affaire se corsait indéniablement. Il avait une revanche à prendre au sein de la tribu pour effacer le souvenir du dédain et des moqueries qu'il avait subis. Mais la présence d'un Chaman blanc sur son territoire le faisait carrément frémir.

Il se fit rappeler sèchement à l'ordre :

— Tu ne fais pas attention au jeu, dis-le si tu ne veux pas jouer !

— Si, bien sûr, je veux jouer mais je vous avais prévenus. J'ai eu besoin d'un petit temps d'adaptation. Maintenant, c'est bon.

— Allez, tu alimentes le pot commun ! Il faut vraiment tout te répéter ?

Qaletaqa s'était approché de la table. Il ne lui fallut pas longtemps pour prévoir qu'il empocherait tout à la fin, après avoir simulé l'inexpérience pour les endormir.

— Tapis, déclara Machakw tout à coup, en affichant une mine presque confuse. Je ne suis pas sûr de bien faire mais il faut bien se lancer ! plaida-t-il.

Et il rafla la mise.

Alors, d'autorité, il attira vers lui les trois tas de jetons de ses adversaires.

Puis, lentement – il ne fallait pas qu'il se trompe, n'est-ce pas – il les compta tout en jetant des coups d'œil navrés à ses adversaires.

Il attendit d'être payé avant de déclarer très gentiment :

— Je sais que vous avez envie de vous retrouver entre vous, alors je ne vous propose pas de nouvelle bière mais sachez que le cœur y est !

Et il s'éloigna en sifflotant gaiement tout en se disant qu'il ne risquait pas de recevoir un coup de poignard entre les omoplates comme dans les films, on est dans un endroit civilisé !

— Et maintenant, cap sur la tribu, soliloqua-t-il en sautant dans sa voiture après avoir évité cette fois la plaque de verglas.

56 - Le revenant

Machakw, *le Crapaud cornu*, était donc un enfant du pays. Dans sa jeunesse, après quelques années d'école suivies sans grande conviction – les mauvaises langues affirmaient qu'il les avait poursuivies sans les rattraper – il avait tout à coup disparu à dix-huit ans et il n'avait plus donné signe de vie.

Ses vieux parents s'étaient désolés et ils s'étaient interrogés sur ce qu'ils avaient pu oublier dans son éducation.

— On ne disparaît pas comme ça, disaient-ils. Est-ce que c'est de notre faute ? On a pourtant essayé de faire au mieux.

Ursyn les avait réconfortés :

— Rassurez-vous, vous avez fait ce que vous avez pu. Mais peut-on lutter contre quelqu'un, même son enfant, qui se laisse mener par toutes ses envies ?

Ils avaient été tristes quand même, ils ne savaient même pas s'il vivait toujours.

Et puis voilà, Machakw refit surface en réapparaissant dans la tribu au volant d'une voiture rutilante et, avant de couper le moteur, il le fit rugir pour se signaler aux voisins et au-delà.

Sur les raisons de son absence, il ne fournit pas de vraie explication.

— J'ai eu besoin de prendre le large, assura-t-il, on étouffe ici.

— Mais où est-ce que tu étais ? demanda sa mère.

— Oh, à droite à gauche, je ne restais jamais bien longtemps au même endroit, tu comprends, il fallait que ça bouge.

— Tu aurais pu donner des nouvelles, lui reprocha son père. On était inquiets.

Machakw haussa les épaules :

— Il ne fallait pas, la preuve, vous voyez, je suis là.

A la question suivante sur ce qu'il avait fait pendant toutes ces années, il resta évasif et ses parents n'insistèrent pas.

— Tu es revenu pour de bon ? demanda encore sa mère. Si oui, installe-toi, rien n'a changé depuis sept ans.

— C'est bien le problème, répliqua le fils.

Et il prit l'air renfrogné qu'il avait toujours réservé à ses parents. Mais cela ne l'empêcha pas de reprendre possession du petit réduit qui lui servait de chambre.

Il avait à présent à peu près vingt-cinq ans et ses parents se sentirent, malgré tout, fiers de voir qu'il semblait avoir réussi à se faire une place au soleil.

— Je vais faire un tour dans la réserve, expliqua-t-il après le repas.

Et il se rendit tout droit, dans la partie dévolue à ceux qui avaient opté pour une existence moins traditionnelle, au local qui servait de bar.

— Oh, voilà un revenant, siffla Chu'a. Depuis le temps qu'on ne t'a pas vu !

Il était flanqué de ses acolytes, Aponivi et Ayawamat, et de quelques filles, dont Huyana, celle qui avait tenté, par le passé, de séduire Jason.

D'autorité, elle l'installa à côté d'elle en faisant semblant d'être émerveillée. Elle venait de retrouver sa liberté, après un mariage raté, et voilà qu'un élément mâle inespéré passait à sa portée.

— Tu es toujours aussi mignon, dit-elle pour l'amadouer.

— On se calme, lança Chu'a, inutile de faire la belle pour quelqu'un qui a disparu pendant des années.

— Mais de quoi je me mêle ! gronda Machakw. Si tu as un problème, on peut s'asseoir plus loin.

Alors, la conversation devint générale, ponctuée par des rires et des cris et les verres se succédèrent. Tout le monde fut très gai jusqu'au moment où il fallut se séparer, le bar fermait ses portes.

— On se retrouve, dans un quart d'heure, dans un fourré, au bas du plateau ? proposa *Le Crapaud cornu* sans complexe.

Pour qui il se prend ? pensa-t-elle. Comme si je peux dire oui tout de suite ! Il va devoir attendre.

Et elle le fit patienter.

Mais elle comprit rapidement que Machakw semblait être financièrement à l'aise et était ainsi devenu un personnage intéressant.

De plus, il professait des théories inconnues, telles que la possibilité d'augmenter les capacités physiques et mentales de l'homme pour le rendre plus fort et plus intelligent.

— Pourquoi pas ? s'il peut prolonger la jeunesse, se dit-elle, et je pourrais être une des premières à en profiter !

57 -Une revanche à prendre

De fait, Machakw était revenu pour leur prouver à tous qu'il leur était bien supérieur mais il visait spécialement Ursyn, celui qui l'avait plus ou moins chassé de la tribu à la suite de ses tentatives de remplir des missions de Chaman, sans l'être. Car le *Crapaud cornu* rêvait de pouvoir et il se sentait capable de conquérir aisément une petite société telle qu'une tribu, un peu repliée sur elle-même. Il allait enfin écarter Ursyn qui devenait petit à petit un vieux croûton dépassé, un croûton qui l'avait viré, ce dont il ne s'était pas vanté devant ses parents !

Et dans la foulée il écarterait également le Chaman blanc.

A présent, il n'était plus le jeune qu'on avait pu faire partir et il revenait l'esprit imprégné de vengeance.

Dès lors, avec l'introduction de ses nouvelles théories, il allait proprement ridiculiser le nouveau Chaman en réduisant son influence à peau de chagrin et, indirectement, il atteindrait aussi Ursyn, son grand-père maternel, il en jubilait d'avance.

D'emblée, il rencontra d'ailleurs les bonnes personnes, celles qui détestaient le Chaman.

— Oui, oui, on le connaît bien, déclara Chu'a.

— On le connaît même très bien, ajouta Aponivi et il poursuivit en baissant la voix : on le connaît si bien qu'on a essayé de le tuer !

— Mais qu'est-ce que tu racontes ? le contra Chu'a en lui donnant un coup de coude. On a juste voulu le faire partir et on n'a pas réussi, c'est tout.

Machakw ricana :

— Bien sûr, je garde votre secret. Mais, à présent, on s'y prend autrement. On va répandre la possibilité de devenir plus forts et de vivre plus longtemps. On diminuera alors son influence et bientôt il se retrouvera tout seul avec ses invocations débiles des Esprits.

— On commence quand ? demanda Ayawamat.

— Tout de suite, répondit le *Crapaud cornu*. Du côté des filles, est-ce qu'on pourra compter sur Huyana et ses amies ?

— Huyana ? Huyana le déteste, précisa Chu'a. Si elle pouvait, elle le découperait en morceaux.

— Ah, c'est vraiment trop, on ne lui en demande pas autant !

Cependant l'idée était loin de lui déplaire !

58 – Les jalons sont posés

Les préparatifs pour le retour des Esprits, en mai, se poursuivaient.

Cependant Jason avait entrepris d'apporter quelques modifications dont il ne pourrait faire part à Ursyn qu'à son retour, après son nouveau séjour auprès d'Agarthina.

En effet Jason avait été inspiré par son grand-père Julian qui avait réussi, pour le bien de tous, à utiliser pour les cultures des techniques modernes qui respectaient la tradition.

Alors, de même il avait remplacé les prières qui se rapportaient à des difficultés anciennes par d'autres qui concernaient la vie actuelle. Pareillement il avait délaissé le maniement des feuilles qui ponctuaient les chants. Et il avait même institué des séances de répétition des chants pour les volontaires en s'aidant d'un métronome.

Mais Jason s'accordait aussi de longs moments d'improvisation qui lui permettaient d'exprimer sa foi et sa communion avec les Esprits.

L'habitude fut prise dès le deuxième soir : Machakw retrouvait ses camarades après le repas et ils éclusaient des bières avec les filles, jusqu'au moment de la fermeture des lieux, quand la lune entamait déjà la deuxième partie de son parcours.

Mais dès ce même soir, vexé d'avoir été éconduit la veille, le *Crapaud cornu* se montra farceur avec Huyana, histoire de la punir un peu.

Ainsi il lui glissa une petite couleuvre dans la main, tout en la saluant, pour le plaisir de l'entendre glapir d'effroi :

— Aïe, c'est quoi ça ? hurla-t-elle. Et elle se leva d'un bond en se secouant.

— Mais c'était pour te faire plaisir, voyons !

— T'es un grand malade, ne t'approche surtout pas de moi !

Et elle changea de place avec l'une de ses copines. Pour la calmer et leur fournir un sujet commun de conversation, Machakw enchaîna avec Chu'a :

— Tu m'as dit qu'il y avait un autre Blanc chez nous, un Blanc qui serait en parenté avec le jeune Chaman ?

— Oui, c'est son grand-père paternel et il a une petite maison dans la partie des croyants, évidemment.

— Alors, en plus d'Ursyn, il y en a deux qui n'ont pas leur place ici. Dis-moi, qu'est-ce que tu en penses, Huyana ?

— Oui, il faut les chasser, vite, répondit celle-ci en s'enflammant, on doit rester entre nous.

— Je suis d'accord avec toi mais il faut qu'on s'y prenne de manière subtile, qu'on les décourage.

— Mais le Chaman est marié à la fille du chef, protesta Ayawamat, qui n'était pas très futé mais qui entrevoyait quand même la difficulté.

Machakw acquiesça :

— Comme j'ai dit, c'est là où on doit se montrer subtils.

Et il ne précisa pas de quelle façon il comptait s'y prendre, avant de poursuivre :

— C'est surprenant mais je ne l'ai pas rencontré. C'est sûr, je suis là depuis deux jours seulement mais je me suis promené en vain. Est-ce que quelqu'un peut me dire où on peut l'apercevoir ?

— Du côté des cultures, ce serait en quelque sorte l'ingénieur agronome du village.

— Alors j'irai traîner par là un de ces jours. Au fait, les jeunes courent toujours le matin ?

Huyana s'esclaffa, un peu pour se venger de sa frayeur :

— Parce que tu veux courir ? Je te vois bien à la traîne en train de manquer d'air !

— T'inquiète pas pour moi, répondit sèchement le *Crapaud cornu*, à nouveau vexé. D'ailleurs, dans ce cas, tu pourras toujours me faire du bouche-à- bouche.

— A cinq heures du matin, rêve pas !

Ils se quittèrent, un peu en froid.

Il va falloir que je la mette au pas, celle-là, pensa le *Crapaud cornu*.

Dès le lendemain, il se mit à tourner autour de Julian.

Il se présenta :

— Je m'appelle Machakw et je viens de revenir dans la tribu après quelques années d'absence. La nature m'a manqué, donc maintenant j'aimerais me rapprocher de la terre et faire comme vous, cultiver un jardin. Mes vieux parents seront contents que je les aide. Ils ont une petite parcelle qui doit être à l'abandon et j'espère lui redonner vie.

Julian contempla l'Indien qui lui faisait face. Il a une bonne allure, se dit-il, il a l'air très correct et encore une fois on est loin du cliché de mon Indien type.

Ce fut joyeusement qu'il lui demanda alors :

— Est-ce que vous savez où se trouve la parcelle ?

— Oui, à peu près. Si vous voulez, on peut aller voir.

— Je vous accompagne, acquiesça Julian.

En effet, il découvrit un petit espace abandonné, non loin d'autres parties cultivées.

— Je suppose que vous souhaitez y faire pousser les légumes habituels ?

— Oui, inutile d'innover, sourit le *Crapaud cornu*.

— Vous avez parfaitement raison, approuva Julian. Donc je vous propose de ramener vos graines, celles du magasin sont bonnes et on fera les premières plantations ensemble.

— Demain, par exemple ?

— Avant, il faudra bien sûr préparer la terre, l'ameublir pour la rendre plus légère et l'enrichir aussi pour qu'elle ait envie de produire. Revenez avec une bêche du style fourche pour ne pas casser les vers de terre.

Machakw réussit à ne pas éclater de rire. Comme s'il fallait épargner les vers de terre, se dit-il.

— Les vers de terre participent à l'entretien du sous-sol, précisa Julian, ils le fertilisent et l'aèrent, si vous voulez, et on a besoin d'eux.

— Je vois que j'ai beaucoup de choses à apprendre, reconnut l'Indien d'un air humble.

— Alors, à demain.

Eh bien, voilà un jeune qui mérite d'être connu, pensa Julian, et c'est un Indien !

Mais l'Indien, lui, se félicita intérieurement en se disant qu'il avait marqué un point.

Machakw suivit son idée, se rendre visible et aimable à l'égard du maximum de membres de la tribu pour les séduire et répandre les nouvelles idées. Ce faisant, obnubilé comme il l'était par sa soif de vengeance, il se proposait d'éradiquer les anciennes croyances qui ne menaient à rien. Alors, sans son public, le Chaman se sentirait trop isolé pour rester et il partirait en entraînant Julian, et surtout Ursyn, qui de toute façon était très souvent absent et ne reviendrait plus.

Il faudrait, au fond, se dit-il, que je rencontre tous les jeunes de la tribu, ceux qui courent et qui sont du côté du Chaman mais les autres aussi qui ne vivent pas spécialement selon les règles des ancêtres. Chu'a pourrait m'aider mais c'est un marginal d'après ce que je vois et les autres ne le fréquentent pas.

Il réfléchit pendant quelques instants.

Mais il peut au moins me les énumérer, ce qui permettra de me rafraîchir la mémoire par rapport aux familles qui étaient là il y a sept ans.

Il nota alors que certains avaient déjà fondé un foyer.

Ce n'est pas grave, pensa-t-il encore, il s'agira simplement de convaincre les deux et ça peut même être un avantage si je fais miroiter à la mère un avenir meilleur pour les gosses.

C'est ainsi qu'il commença à poser ses jalons : le matin, il travaillait sur sa parcelle en appliquant les conseils de Julian et, l'après-midi, il rencontrait les membres de la tribu qui se livraient sur place à leur activité professionnelle.

Rapidement, aussi, il se glissa, avant le lever du soleil, à la suite du groupe des jeunes, souvent bien plus jeunes que lui, qui, selon la tradition, arpentait le plateau. Et, le soir, il festoyait en petit comité, discrètement, pour ne pas se griller auprès de son public du jour.

A ce régime, il aurait pu être rapidement lessivé mais il possédait une petite pilule magique qui lui fournissait une énergie à toute épreuve, ce qu'il ne manquait pas de faire remarquer.

De fait, ainsi revigoré, Machakw était sur tous les fronts.

Ce fut alors Huyana qui lui fit des avances et elle lui adressa de fréquentes œillades, à tel point que Chu'a se crut obligé de remarquer :

— On vous laisse entre vous, si on gêne !

Et le *Crapaud cornu*, goguenard, répliqua :

— T'inquiète, Huyana va se calmer, elle a juste un coup de chaud !

Ainsi humiliée, Huyana le foudroya du regard mais, plus tard dans la soirée, elle se laissa emmener dans les buissons au bas du plateau.

59 – Machakw, Crapaud, Cornu et Hypocrite

Et voilà, on était en mai, les Esprits étaient revenus, Ursyn également, et il y avait lieu de fêter ce retour en grandes pompes.

Le matin même, l'ancien Chaman prêta la main pour procéder aux dernières vérifications.

Jason s'était isolé pour réfléchir au thème sur lequel il comptait improviser en chantant.

C'est ainsi que la célébration se déroula, vivante et émouvante quand Jason enchaîna sur la nécessité de se défaire de l'illusion qui imprégnait les vies, maintenant basées sur le matérialisme et les conditionnements modernes, qui sont aux antipodes de la vraie vie.

Et il chanta, avec des accents dramatiques, qu'il fallait ainsi avant tout comprendre que la réalité présentée était destinée à endormir les consciences en les inondant de distractions inutiles et factices. Alors, pour s'extraire de cette manipulation mentale, il fallait opérer une révolution afin d'être, tout simplement.

Naqvu l'avait inspiré et il s'était laissé guider. Mais Agarthina ne devait pas être loin non plus.

Bon nombre de participants félicitèrent le Chaman pour ses belles paroles, même si certains les oublieraient assez vite. Et – encore une innovation de Jason, pour resserrer les liens – des réjouissances eurent lieu à l'issue de la cérémonie.

Machakw ne fit pas exception.

Il avait assisté au rite en se faufilant du côté de Julian qu'il côtoyait presque tous les matins et connaissait bien à présent. Ce fut tout naturellement qu'il s'installa à son côté au moment du repas, après avoir été présenté à Jason.

Ursyn et Aponi avec Nokomis ainsi que la famille d'Aponi, Chochokpi, le Chef, et les siens ne se trouvaient pas loin.

— J'ai bien aimé, déclara le *Crapaud cornu* à Jason, ton dernier chant contre le matérialisme qui essaie de nous engloutir. Il faut lutter contre ce fléau, je suis complètement d'accord.

Jason parut intéressé. Enfin quelqu'un, se dit-il, qui comprend vraiment l'enjeu.

C'est le moment de poursuivre, estima le *Crapaud cornu*. Il affichait une expression ouverte et enthousiaste tout en détaillant froidement le jeune Chaman. Il sera peut-être coriace à faire partir, songea-t-il, d'autant plus qu'il a sa femme indienne et une fille. Mais c'est un défi à relever et je ferai ce qu'il faut, se promit-il.

Jason lui sourit aimablement pour demander :

— Je crois savoir que tu es revenu dans la tribu, chez tes parents et que tu cultives ton lopin de terre ?

— Oui, j'ai la chance de le faire en pouvant profiter des conseils de ton grand-père et je ne le remercierai jamais assez.

— Tant mieux si ça se passe bien, approuva Jason.

Ils restèrent un moment silencieux jusqu'à ce que Machakw reprenne d'un air assuré :

— Oui, il faut dépasser le matériel, on peut y arriver et je t'explique comment. Il suffit de choisir la technologie, elle va nous libérer des contraintes de tous les jours mais elle nous permettra aussi de secouer notre esclavage physique qui conduit toujours aux maladies et au vieillissement.

Jason qui n'était pas au fait des théories de puissance de l'homme augmenté, reprit :

— On se libère vraiment du matériel avec la technologie ? Mais quelle technologie ? Je ne comprends pas bien, que veux-tu dire ? Il me semble pourtant que la technologie, c'est le matérialisme.

— Pas forcément, rétorqua Machakw. Prends l'exemple d'une hache. Elle peut couper la tête de ton ennemi mais elle peut aussi te permettre de couper du bois pour chauffer la maison de ta vieille voisine. Bref, il s'agit, en quelque sorte, d'utiliser la technologie à bon escient pour rendre l'homme moins dépendant des accidents de la vie.

Et, ajouta Machahw sur sa lancée, la technologie, en nous évitant de passer des heures à cultiver un champ, par exemple, permettra de mieux nous consacrer à ce qui est vraiment important.

Il n'ajouta pas que les anciennes croyances n'avaient pas leur place dans son catalogue des choses importantes.

— Je suis très intéressé, reprit Jason, qui avait été touché par l'évocation de la vieille dame qui pourrait avoir chaud pendant l'hiver. J'espère qu'on en reparlera à l'occasion.

Et il se tourna vers Aponi qui surveillait Nokomis tout en discutant avec Yepa.

Le *Crapaud cornu* en profita pour prendre congé mais très content de lui il se risqua alors à déclarer à Aponi :

— Je me suis absenté trop longtemps : je suis parti à la saison des bourgeons et voilà qu'une merveilleuse rose s'est éclose !

Je vole sa femme au Chaman et je l'isole, alors il sera doublement obligé de partir, se réjouit le *Crapaud cornu.*

Mais Aponi n'eut pas l'air d'apprécier l'expression de ses yeux qui semblaient vouloir la séduire.

60 – La rencontre qui avait tout permis

Si on m'avait dit, il y a quelques années, que je me mettrais à prêcher les théories d'un futur surhomme, je n'y aurais évidemment pas cru, pensa Machakw au lendemain de la fête du retour des Esprits.

Il était tombé par hasard – comme Mimiteh et Wesley avant lui – sur Clarent, un Blanc très convaincant, qui promettait un meilleur avenir à ceux qui étaient capables de s'en remettre à une instance supérieure. Pour lui, comme Indien, il s'agissait simplement de troquer des Esprits ringards, qui l'ennuyaient, contre une intelligence artificielle capable de créer un homme nouveau. C'était largement plus séduisant.

Ainsi, il avait fait la connaissance de Clarent par l'intermédiaire d'un collègue, Chris, qui travaillait, comme lui, aux cuisines de l'université de Phoenix, un Blanc, toujours en forme malgré des horaires difficiles et des soirées qui se prolongeaient dans les bars.

— Comment tu fais pour tenir le coup avec la vie que tu mènes ? lui avait un jour demandé Machakw. Moi, après le boulot et un sandwich avalé à la hâte, je n'ai qu'une envie, c'est dormir. Et j'ai l'impression que ça me suffit à peine.

Chris lui avait répondu qu'il connaissait quelqu'un, quelqu'un de spécial :

— Il habite à Casa Grande, à une heure de route de Phoenix, mais il organise de temps en temps des conférences sur Phoenix dans un hôtel et, si tu veux, on va aller l'écouter, j'ai les dates de ses réunions.

— Pourquoi pas, si ça peut m'aider, avait acquiescé Machakw. Enfin, je demande à voir.

C'est ainsi que le *Crapaud cornu*, en compagnie de Chris, avait fait la connaissance de Clarent qui l'avait accueilli chaleureusement :

— Je vois que Chris nous amène un nouvel ami aujourd'hui. Servez-vous, il y a des rafraîchissements, et installez-vous où vous voulez, il reste des places.

Machakw, inexplicablement mis en confiance – pourtant habituellement il se méfiait des Blancs – s'était senti à l'aise, l'enthousiasme de Clarent avait été communicatif et, s'il devait se sentir mieux, s'était-il dit, cela méritait un effort. D'ailleurs, le public, composé de jeunes et de quelques couples, qui connaissaient Chris, lui avait fait bon accueil, l'ambiance était décontractée et il avait eu l'impression de ne pas s'être trompé d'endroit.

— Tel que vous me voyez, avait déclaré Clarent en préambule, j'ai cinquante-cinq ans et je parie que vous m'en donnez seulement quarante. C'est normal, c'est le miracle de la nouvelle méthode qui me préserve de la maladie et qui me permettra de vivre longtemps en bonne santé. Et le plus beau, c'est que vous pouvez faire comme moi car je ne veux pas être le seul à bénéficier de cette solution miracle. Imaginez.

Et Clarent avait fourni une quantité d'exemples de la vie courante qui pouvait être allégée, grâce à une nouvelle endurance, peu commune. De plus, appuyé par des graphiques et des témoignages, son discours paraissait bien rodé et promettait une existence d'une autre tonalité.

Ses auditeurs, surtout les nouveaux, avaient donc été subjugués, Machakw aussi et, en rêvant, il s'était immédiatement imaginé un retour triomphal dans la tribu. Un jour, Ursyn, son ennemi, allait devoir s'écraser devant sa supériorité.

— Et c'est avec une simple pilule, avait encore expliqué Clarent, que vous allez pouvoir faire des étincelles. C'est magique. Mais ce n'est que la première étape : la suivante, pour les pionniers comme nous, les gagnants, sera l'intelligence artificielle, qui décuplera encore nos capacités.

Il savait bien cependant que ce n'était pas pour tout de suite.

En bon vendeur, il avait ajouté hypocritement qu'il ne fallait pourtant pas se précipiter :

— Prenez le temps de réfléchir et voyez si vous avez vraiment envie de vous engager dans cette voie car il ne faudra pas garder cette révolution pour vous mais en parler autour de vous. Ne vous inquiétez pas, je vous montrerai comment faire.

Machakw avait pris sa décision sur le champ. Dès lors, à la fin de la présentation, il avait annoncé à Chris qu'il était convaincu.

— Si tu veux être comme moi, plus résistant, tu prends le bon chemin, lui avait confirmé Chris. Viens, on va en parler à Clarent.

C'est ainsi que le *Crapaud cornu* avait été répertorié sur la liste des vendeurs recrutés par Chris.

— C'est un système très ingénieux et altruiste, tu verras, lui expliqua Clarent, qui te permettra petit à petit de gagner ta vie et de permettre à d'autres de la gagner. Mais reviens ici dans une semaine, je vous fournirai à toi et à tes nouveaux camarades des tuyaux, de la doc et du matériel. Tu verras, c'est assez facile.

Machakw avait poursuivi pendant un certain temps son labeur aux cuisines de l'université et parallèlement il avait recherché et trouvé des clients.

L'argent s'était mis à rentrer.

C'est ensuite que l'idée en germe de rentrer dans la tribu avait peu à peu grandi dans son esprit.

Dans quelque temps, s'était-il promis, il allait s'acheter une belle voiture et il allait pouvoir éblouir tout le monde tout en leur apportant la bonne parole … et la bonne pilule.

C'est ainsi qu'il avait fait l'acquisition d'une Dodge Challenger, qui allait lui permettre de frimer.

Son éclatant coup de chance contre les joueurs de poker au Gold Digger lui avait alors fait l'effet d'un heureux présage.

Ainsi, au lendemain de la fête du retour des Esprits, il s'était senti euphorique : il avait mis Julian dans sa poche, il avait bien approché Jason, le blanc-bec, et il avait eu l'occasion de déposer un hommage appuyé aux pieds d'Aponi.

Elle en a fait du chemin, celle-ci, aussi, reconnut-il. A l'époque, quand je l'ai connue, elle était toujours fourrée dans les jupes de sa mère, un dragon qui commandait. En tout cas elle est bien jolie et mériterait mieux que ce pseudo-chaman.

Evidemment, il y a le problème d'Ursyn, intact. A la façon dont il m'a regardé hier, j'ai bien vu qu'il n'avait rien oublié, comment je le narguais pendant les cérémonies et comme j'ai cherché à concurrencer son pouvoir.

Ursyn, en effet, en apprenant son retour, avait déploré l'événement.

C'est bien pour ses vieux parents, pensa-t-il, mais pour la tribu ? Il n'a pas changé, si j'en crois l'expression arrogante de ses yeux, il est capable de tout, surtout de faire le mal. En plus, il paraît qu'il a des théories spéciales et qu'il en parle. Alors, pour le bien de la tribu, il va falloir que j'avertisse Jason.

61 - La mise en garde

Ainsi, en début d'après-midi, Ursyn, Jason et Cochise quittèrent le plateau pour s'enfoncer dans le paysage du bas.

Le chien restait sagement à leurs côtés, comme Khweeuu l'aurait fait.

— Quelle belle cérémonie tu nous as fait vivre hier, s'écria Ursyn, je te l'ai déjà dit, je sais, mais c'était plus émouvant que d'habitude et porteur d'un enseignement nouveau pour les gens de maintenant mais en fait en correspondance parfaite avec l'ancien savoir des Hopis.

— Tu crois que les gens ont compris ?

— Tu voulais dire qu'ils ne réalisent pas être enfermés dans une vie factice ?

— Oui, Naqvu m'a soufflé ces paroles et, à mon avis, peu ont compris. Mais, au fond, ceux qui pouvaient se sentir concernés ont dû capter le message.

— Je le crois aussi, tu as raison.

Sans rien ajouter, ils parcoururent en silence la sente ombragée qui serpentait entre les arbustes. Recueillis, ils écoutaient le souffle du vent, le bruissement des feuilles, la joie de la nature.

Cochise les suivait comme leur ombre quand, tout à coup, il bifurqua vers un groupe d'arbres dressés un peu à l'écart.

Ursyn comprit en le suivant :

— On dirait que cet endroit lui rappelle quelque chose !

Effectivement, le chien renifla longuement le pied des arbres avant de relever la tête et de pousser un unique aboiement, lugubre et saisissant de tristesse.

Jason s'approcha du chien pour le caresser.

— C'est là que Khweeuu s'est fait tuer et Cochise le sait, murmura-t-il pour son grand-père.

— Forcément, confirma Ursyn.

Emu et les yeux brillants de larmes, Jason baissa la tête en comprenant que le chagrin était toujours bien présent.

Il soupira.

— Ton chien continuera à t'apporter les mêmes joies que ton loup, précisa Ursyn, et tu le remarqueras de plus en plus en faisant attention.

Ils reprirent leur marche sans but précis quand Ursyn proposa de s'asseoir.

— Tu sais, reprit Jason, réflexion faite, pour en revenir à ceux qui ont compris mon discours improvisé, je crois que, au moins, Machakw, le *Crapaud cornu,* en a saisi le sens. C'est du moins ce qu'il a déclaré mais j'éprouve comme un malaise en sa présence.

— Oui, j'ai vu qu'il t'avait parlé au moment du repas. Tu sais, je connais bien Machakw. Dans le temps, il n'était pas sérieux et, déjà à l'époque, le pouvoir l'intéressait plus que tout, si bien qu'il s'était mis à m'imiter. Pourtant, il n'avait que dix-huit ans ! D'ailleurs, j'ai fini par lui dire de quitter la tribu. Et, en regardant hier l'expression de ses yeux, j'ai vu qu'il était resté le même. Son retour annonce sûrement des tentatives de grand changement.

— Merci de me prévenir car grand-père Julian le trouve plutôt bien, il paraît poli et attentif à ses conseils.

Ursyn sourit en pensant aux efforts de Julian pour se fondre dans la tribu.

— Chochokpi m'a parlé de lui, compléta l'ancien Chaman. Il paraît qu'il organise des sortes de réunions avec différents publics pour vendre sa camelote qui permettrait de résister à tout et de vivre très longtemps. Et, apparemment, ce discours séduit.

— Mais que devient le lien avec la Nature et la Création ? protesta Jason.

— J'ai l'impression qu'il considère qu'on peut s'en passer et qu'il est totalement adepte de la technologie.

— Je comprends maintenant ma réticence : il a un double discours. Aponi s'en est aperçu avant moi si j'en juge d'après sa moue quand il lui a fait un compliment.

Ursyn reprit :

— Il faut que je te dise autre chose.

— Sur Agarthina ?

— Non, sur ceux de sa race. A l'époque où ils étaient bien présents chez les anciens Hopis, notre peuple a eu l'idée, pour les honorer, de les représenter sous la forme de statuettes sacrées, les Kachinas, et, lors des cérémonies, des danseurs costumés et masqués, étaient chargés de les évoquer. C'était un âge d'or.

— Je crois que j'aurais bien aimé voir ça !

Jason se sentit un peu nostalgique, il imaginait un monde grandiose,

— Comme Chamans, nous avons gardé un privilège énorme par rapport aux autres Indiens car Agarthina, pour continuer sa mission d'assistance, peut nous apparaître dans la grotte, à nous, les Chamans, sous forme d'hologramme, comme tu le sais tandis que son corps physique reste dans le vaisseau que tu as vu en rêve.

— Alors, c'était vrai ! Et, entretemps, elle ne retourne pas sur son monde, pour se retrouver avec les siens ?

— Elle le pourrait mais elle est bien trop dévouée pour le faire.

Jason resta silencieux quelques instants avant de poser une nouvelle question :

— Mais aujourd'hui plus personne ne parle de ces extraterrestres, comme si cette période n'avait jamais existé ?

— Tu as raison, le peuple a vite oublié puisqu'il ne les voyait plus.

62 – La difficile résolution

L'été s'approchait et, au sein de la tribu, Machakw poursuivait son œuvre de sape.

En effet, il se dépensait sans compter. Et on l'écoutait, de plus en plus, dans les différents publics qu'il avait attirés.

Car il vantait les bénéfices de sa nouvelle religion et, pour remplacer l'ancienne, il se mit à la dénigrer :

— Vous n'allez pas continuer, proclamait-il avec force, à vous prosterner devant des Esprits invisibles qui prétendent vous amener de bonnes récoltes, alors que c'est l'œuvre du soleil, du vent et un peu de la pluie. Non, croyez-moi, il n'y a rien de divin là-dedans !

— Tu nous prends pour des imbéciles ! On sait bien que le soleil et l'eau ont leur importance mais les Esprits peuvent aider.

— Bien sûr mais même si les Esprits existaient et aidaient, la technologie aide dix fois plus. Certains d'entre vous ont d'ailleurs pu le vérifier sur leur santé avec les pilules que je vous ai proposées. Vous n'avez pas besoin des Esprits et donc vous n'avez pas besoin d'un Chaman qui prétend les convoquer en abusant de votre crédulité.

Les plus téméraires, ceux qui avaient choisi le camp de la modernité, demandèrent :

— Et, d'après toi, il faudrait faire quoi ?

— Rien !

— Alors là, on ne comprend plus !

— Rien ! Ecoutez, si vous n'assistez pas aux cérémonies, si vous ne demandez pas au Chaman des soins pour une maladie que la médecine moderne guérit beaucoup mieux – et d'ailleurs avec mes produits vous avez peu de risque d'être malades – le Chaman deviendra inutile et sera bien obligé de partir car sans vous il n'est rien.

Pendant ce temps, Jason poursuivait sa mission sans faiblir tout en réfléchissant.

Même s'il avait compris que Machawk poursuivait de sombres desseins, sa remarque sur les deux usages possibles d'une hache l'avait interpellé. D'autre part les extraterrestres de son rêve usaient de la technologie – leurs vaisseaux interplanétaires, par exemple – pour pouvoir se déplacer afin d'aider les humains.

De plus, on ne pouvait nier que les quelques modernisations apportées par Julian aux cultures hopis étaient bénéfiques et qu'il ne fallait pas s'arc-bouter sur le respect intransigeant de la tradition mais en garder l'esprit.

Mais chez ses grands-parents Ferguson, avant ses seize ans, il ne s'était pas vraiment intéressé aux avancées techniques de l'époque, il se contentait de voir fonctionner l'aspirateur ou la cafetière que sa grand-mère utilisait.

Il conclut alors que s'il voulait aider le savoir ancestral des Hopis à se répandre – comme l'avaient suggéré les extra-terrestres – il fallait qu'il se familiarise avec la technologie moderne en s'éloignant pour un temps de la tribu.

Il ne l'envisagea pas de gaîté de cœur mais il ne voyait pas comment y échapper s'il voulait traiter le problème sérieusement.

Je pourrais faire une année d'anthropologie à Phoenix, le rêve inachevé de mes parents ! se dit-il. Forcément, à Phoenix, en anthropologie comme pour n'importe quelle autre matière je serai dans un environnement où on utilise régulièrement la technologie. J'y suis les cours et je reviens à la tribu en fin de chaque semaine.

Il commença par s'en ouvrir à son grand-père Ursyn. Mais contrairement à son attente, l'ancien Chaman tiqua :

— Tu dis que tu veux faire une année à Phoenix, c'est ça ? Comme tes parents ? Tu es venu dans la tribu avec cette idée et je vois que tu l'as toujours ! Alors, dis-moi vraiment le fond de ta pensée car c'est incompréhensible pour moi.

Ursyn ne fut pas convaincu par les explications de Jason.

— Il ne t'a quand même pas échappé, rétorqua-t-il, que la technologie de nos amis des Etoiles ne peut être comparée à la nôtre. Alors, je ne vois pas l'intérêt d'aller perdre ton temps à Phoenix pour comprendre je ne sais quoi !

Devant cette sortie inhabituelle de son grand-père Jason se demanda si la ville de Phoenix ne ravivait pas chez lui des souvenirs particulièrement douloureux. Il reprit sur un ton conciliant :

— Je suis d'accord, cela n'est pas du même niveau. Mais il ne s'agit pour moi que d'être capable d'apporter à la tribu les innovations technologiques que je jugerai nécessaires et qui aideront les nôtres à assumer notre héritage de sagesse sans craindre de passer pour rétrogrades. Il s'agit de créer un pont, d'être dans la voie du milieu : ni succomber à la religion de la modernité ni systématiquement la refuser.

Ursyn s'abstint de répondre.

— Et, pour moi, je voudrais aussi reprendre mes études. Le fait d'avoir acquis une pratique de sept ans sur mon terrain d'études pourrait m'aider à entrer à Phoenix. Enfin, pour mes parents, comme tu l'as compris, je voudrais leur rendre hommage en reprenant ce qu'ils n'ont pas pu achever.

— Je vois, tu as bien réfléchi, répondit Ursyn, calmé. Tu as ton propre chemin à parcourir et c'est peut-être ce que tu dois expérimenter. En as-tu parlé avec Aponi ?

— Non, je voulais avoir ton avis en premier. Ce sera sans doute difficile pour elle, j'espère qu'elle comprendra.

— Je vois qu'il va me falloir te remplacer dans ta mission, le temps qu'il faudra, mais cela va de soi. Je t'engage quand même à en parler aussi avec Naqvu et Agarthina.

— Oui, bien sûr, je le ferai après en avoir discuté avec Aponi.

Jason soupira tout en soulignant qu'une année universitaire, qui d'ailleurs ne durait pas une année complète, devait normalement passer assez vite :

— Et je vais commencer par m'équiper d'un téléphone, un portable. Tu vois, je saute à pieds joints dans la technologie.

Mais, il frémit intérieurement, allait-il réellement pouvoir tenir le coup, loin de sa famille et de son univers ?

63 - Le projet devient réalité

Aponi crut suffoquer lorsque Jason lui dévoila son projet.

Ensuite, d'une voix qui tremblait, elle posa la seule question qui lui importait :

— On dirait que tu cherches à nous quitter, Nokomis et moi ? Tu n'es plus heureux avec nous ?

— Mon bonheur se trouve auprès de vous et ceci pour toujours, tu peux me croire, rien n'a changé entre nous !

Il regarda Aponi avec tant d'amour, tout en la prenant dans ses bras, qu'elle s'apaisa un peu.

— Mais tu as vraiment besoin de partir ?

— Je ne pars pas, je m'absente chaque semaine un peu et je reviens dès que c'est possible, dès que les cours s'arrêtent en fin de semaine. Mais, rien n'est fait puisque je n'ai pas présenté ma candidature à Phoenix qui ne m'acceptera peut-être même pas !

Aponi se demanda si elle devait souhaiter que le projet de Jason échoue mais son honnêteté l'emporta, elle ne pouvait égoïstement se désolidariser, conclut-elle finalement. Pour achever de la convaincre, Jason se résolut à lui faire part de son rêve et des quasi-directives qu'il s'imaginait avoir reçues.

Aponi manqua suffoquer à nouveau.

— C'étaient vraiment des extraterrestres qui t'ont parlé dans ton sommeil, tu veux dire des gens qui viennent d'ailleurs, d'autres planètes ?

— Oui, et c'était extraordinaire.

En proie à un profond désarroi, Aponi resta muette. Jason lui fit alors un compte-rendu complet.

— Tu vois, d'après mon rêve, je suis chargé de moderniser la tribu dans le cadre de nos traditions. C'est une énorme responsabilité mais je n'ai pas pu m'y soustraire. Je vais donc le faire le mieux possible, comme toujours.

— Mais ça ne t'oblige pas à aller à Phoenix, tu peux certainement le faire d'ici ! tenta Aponi.

— Je ne crois pas car je dois pouvoir faire un tour complet de la question, ce qui ne sera pas possible à l'intérieur de la tribu. Tu comprends, ici, on n'en sait pas assez.

Aponi était dépassée. Un instant, elle songea à en parler à son frère Kotori et à Yepa, espérant qu'ils dissuaderaient Jason de son projet mais elle décida de faire confiance au Ciel et à son mari. Cependant, les larmes n'étaient pas loin.

— Non, ne pleure pas, s'écria Jason vivement, tu ne seras pas seule et je m'arrangerai tous les soirs pour te le faire sentir. Et, puis, je serai absent trois à quatre jours par semaine, au maximum, c'est-à-dire du lundi matin au mercredi ou jeudi soir.

— Mais comment feras-tu pour le transport et le logement ?

— Grand-père Julian pourrait m'aider, pour les frais de scolarité aussi. Enfin, il faut que je lui pose la question.

Aponi n'eut pas besoin d'être vexée, la situation n'avait pas été arrangée dans son dos.

— J'en ai parlé à grand-père Ursyn qui n'approuve pas spécialement, même s'il a quand même compris mon point de vue

— Je vois qu'il est vraiment plein de bon sens, ton grand-père !

— Mes deux grands-pères te soutiendront, tu peux en être certaine, et même Nokomis participera, elle est d'une maturité étonnante pour son âge et il a été dit qu'elle m'aiderait dans l'accomplissement de ma mission !

Courageuse, Aponi essaya de se rappeler qu'une épouse de Chaman ne pouvait prétendre accaparer son époux. Jason lisait au fur et à mesure toutes les émotions d'Aponi sur son visage et ajouta :

— Je vais évoquer ce gros problème avec Agarthina, tu sais combien elle est proche de nous, elle va certainement trouver un moyen d'alléger ta peine. Aie confiance.

Après un moment de silence, Jason reprit :

— Heureusement, grand-père Ursyn m'a proposé de me remplacer pendant mes absences, il veillera sur toi et Nokomis !

Puis Jason et Aponi mirent rapidement Julian au courant. La réaction de soutien de ce dernier ne se fit pas attendre :

— Je prends tout à ma charge, ton logement, tes frais de scolarité, tout ce dont tu as besoin. Et je t'emmènerai et te ramènerai selon ton emploi du temps. Mais, au fait, tu veux étudier l'anthropologie ?

Surpris, Julian avait marqué un petit temps d'arrêt.

— Ah, alors comme tes parents ! Après tout, pourquoi pas ? Tu crois que Phoenix va t'accepter ?

Peut-être comme auditeur libre ? En tout cas, ça existait et je suppose que c'est toujours le cas.

— Ce serait la solution car il me manque des années, j'ai des lacunes, comme tu sais. On va s'en occuper bientôt, si tu veux bien car, auparavant, il faut que je contacte mes guides pour les informer et obtenir leur aval.

— Quand tu seras prêt, tu me le dis.

Naqvu, puis Agarthina, saluèrent sa volonté d'aller au fond des choses.

Dès lors, il fut assuré d'obtenir leur aide dans toutes les circonstances, à Phoenix ou dans la tribu pour Aponi et Nokomis qui restaient. Il ne devait pas s'inquiéter, la protection était acquise.

Il put alors se consacrer, avec son grand-père Julian, aux formalités d'inscription et à l'obtention d'un logement sur le campus.

— Voilà, lui dit-on, j'ai votre dossier d'inscription en qualité d'auditeur libre. Mais vous devrez certainement obtenir l'accord préalable des professeurs qui vont dispenser les cours et votre inscription se fera alors en même temps. D'ici à un mois, vous serez convoqué à un entretien avec les professeurs.

Jason calcula qu'il devait avoir des nouvelles avant la fin juin.

Les événements se déroulèrent ainsi.

Les professeurs acceptèrent la candidature de Jason car son parcours était atypique et intéressant. En effet, ils avaient affaire à un jeune, Indien pour moitié et authentique Chaman, et ils pourraient éventuellement faire appel à son témoignage.

64 - Un Chaman-étudiant

L'information se répandit comme une traînée de poudre dans la tribu, Jason, le Chaman, entamait un cursus universitaire à Phoenix, ce qui signifiait qu'il ne résiderait pas tout le temps dans la tribu

Ursyn, qui avait repris du service, fit le tour des habitations pour expliquer que le jeune Chaman se perfectionnait pour mieux exercer sa mission et qu'il le remplaçait en attendant son retour après son année, théoriquement.

Machakw crut rêver en entendant la merveilleuse nouvelle :

— Je n'y crois pas, la route est libre et je n'ai même pas eu à intervenir ! Quel concours de circonstances inespéré ! Il faut que j'en profite au maximum ! Aponi ne pourra pas me résister, je l'emmènerai faire un tour dans ma belle voiture et Ursyn ne pourra rien empêcher.

Il était tellement content qu'il faillit ternir son image d'Indien attentif auprès de Julian en le prenant de haut et en raillant sa minutie. Mais il se retint à temps !

— Julian, tu as vu ? Ma petite parcelle est en train de bien travailler, grâce aux vers de terre, annonça-t-il d'un air triomphant à Julian. Sous peu, je vais pouvoir commencer à cueillir et mes parents n'en reviennent pas ! D'ailleurs, il faut que je te remercie de leur part.

Julian, qui inspectait les cultures de plusieurs terrains voisins, leva la tête et sourit en répondant :

— J'ai aidé, c'est normal, et j'espère que tu vas beaucoup récolter.

Ayant été averti par Ursyn de la duplicité du *Crapaud cornu*, Julian n'avait rien laissé paraître même s'il s'était senti trahi. Il avait donc accordé sa confiance à quelqu'un qui ne la méritait pas et, surtout, il n'avait rien vu.

Mais Ursyn l'avait apaisé :

— Ne regrette rien. Il y a des coyotes galeux partout et cela n'entache pas la Création !

Il salua alors aimablement Machakw tout en se dirigeant vers le village :

— Mon arrière-petite-fille m'attend, il faut que je rentre.

65 - La vie s'organise

Les nouvelles habitudes s'étaient très vite instaurées. Le lundi matin, Julian emmenait son petit-fils à Phoenix et il le recherchait vers la fin de la semaine, selon son emploi du temps.

Et Jason se mit à mener la vie d'un étudiant appliqué et travailleur.

Il baignait avec joie dans cette atmosphère studieuse qu'il avait quittée sans regret à l'âge de seize ans mais, la maturité aidant, il se sentait plus concentré et plus avide d'apprendre.

Rien ne le rebutait, ni les cours théoriques, ni les ateliers.

Il établissait automatiquement le parallèle entre la science officielle et l'enseignement hopi, surtout en matière d'archéologie, des origines à nos jours, et de bio-anthropologie, pour l'évolution de l'espèce humaine.

Avec amusement, même s'il n'intervenait pas, il constatait que les doctrines divergeaient et que certains faits n'étaient pas évoqués, était-ce de manière délibérée ou par ignorance ?

Il faudra que je demande à Ursyn ce qu'il en pense, se dit-il.

Bien sûr, il le savait, il n'allait pas adhérer à ces conceptions mais il ressentait une bouffée d'air frais avec cette possibilité de comparer et d'analyser.

Ah, comme il avait bien fait de sortir momentanément de la tribu !

Dans le même temps, il n'oubliait pas qu'il devait découvrir l'étendue du champ de la technologie – de quoi parlait-on exactement ? – pour déterminer ce qu'il convenait d'introduire dans la tribu.

Son grand-père Julian, lui ayant évidemment fait installer un ordinateur dans sa chambre à Phoenix, il put se livrer aux recherches préliminaires.

Après une initiation, il s'y mit avec enthousiasme.

C'est ainsi qu'il eut l'impression que la technologie simplifiait bel et bien la vie.

Il poursuivit un peu ses recherches quand il tomba sur des articles qui abordaient le thème de l'intelligence artificielle et de l'homme augmenté.

Mais c'est le discours du *Crapaud cornu*, se dit-il, ce qu'il essaie de nous vendre ! En matière de santé, pourtant, du moins dans le cadre qui me concerne, la tribu, Naqvu s'occupe bien tout seul, sans l'aide d'une équipe pluridisciplinaire, du diagnostic et de la guérison des Indiens. Jason était partagé. Son premier réflexe avait été sa stupéfaction de voir que l'homme voulait prendre la place de Dieu mais quand même peut-être que quelques avancées pouvaient être recommandées.

C'est avec l'aide d'un camarade d'étude, Andrew Mireman, avec lequel il avait immédiatement sympathisé, qu'il avait terminé la configuration du portable acheté avec son grand-père.

Car Andrew, avec son visage avenant et ses yeux limpides, lui avait fait une bonne impression.

— Tu vois, lui montra Andrew, il y a une reconnaissance vocale ou digitale dans les portables pour les déverrouiller, c'est pour te protéger en cas de vol. Et, puis, il y a les jeux vidéo, des applications pour la météo – je ne te le cache pas, ce n'est pas toujours juste – ou encore des applications pour les cartes ou la localisation d'adresses quand tu veux aller quelque part. En conclusion, ce petit objet est plein de ressources.

Mais Jason se sentit peu concerné par toutes ces fonctionnalités – d'ailleurs il devinait le temps qu'il ferait mieux qu'un site météo – et il vit surtout la possibilité de communiquer avec les siens :

— Chouette, je vais pouvoir appeler ma femme et mes grands-pères car ils ont tous un téléphone maintenant, enfin depuis que j'ai le mien.

— Dans ta tribu, personne n'a de téléphone ?

Andrew avait affiché une mine étonnée.

— Si, une bonne partie a la télévision et les portables. Les autres, dont je suis, privilégient en général les contacts directs. Mais j'aimerais à présent introduire un peu de technologie dans la partie de village qui s'en passait et, outre l'anthropologie, je suis là pour ça aussi.

— Au fait, tu es marié, si j'ai bien compris ? reprit Andrew.

— Oui, avec une Indienne, qui s'appelle Aponi, je suis moi-même un Hopi par ma mère et mon grand-père maternel était l'ancien Chaman que je remplace depuis sept ans. Et j'ajoute que j'ai déjà une fille, appelée Nokomis.

Dès lors, Andrew l'avait pris sous son aile, même s'il était plus jeune que lui.

66 – Vers plus de liberté

Puis, assez rapidement, Julian informa son petit-fils qu'une autre organisation était envisageable pour aller à Phoenix et en revenir :

— Cela ne m'ennuie pas de te servir de chauffeur mais tu n'aimerais pas être plus libre ? Tu pourrais passer ton permis de conduire, tu es jeune et tu pourrais en avoir besoin. Qu'en penses-tu ?

— Tu as raison, on ne sait jamais et j'y ai moi-même songé dernièrement. Bien sûr, je n'aurais pas de voiture pour l'instant mais …

Julian l'interrompit :

— Evidemment, si tu ne fais que passer le permis, tu ne seras pas plus libre. Ce n'est donc que la première étape qui doit se compléter par l'achat d'une voiture. Tu vois ?

— Je me trompe, tu veux m'en acheter une ?

Jason nota l'expression de joie dans les yeux rieurs de Julian.

— Bien sûr, je t'achète une voiture, reprit-celui-ci. Ne proteste pas, ce n'est pas du luxe, ce ne sera qu'une voiture d'occasion et c'est un achat utile qui te servira.

Alors, en peu de temps, Jason obtint son permis de conduire en réussissant les tests écrits et pratiques, après que Julian lui eut fait passer les quelques heures de conduite nécessaires.

C'est lui qui conduisait à présent la voiture de son grand-père sur le trajet de retour dans la tribu.

— Au fait, j'ai branché le GPS pour que tu voies comment ça fonctionne. C'est une invention très pratique. Tu conduiras également pour le retour à Phoenix, la semaine prochaine, et on prendra immédiatement livraison de ta voiture, de sorte que tu pourras revenir tout seul dorénavant.

En réponse, Jason adressa rapidement un sourire radieux à Julian :

— Merci, Grand-Père. Tu sais, je m'émerveille chaque jour, quelle belle vie nous avons tous ensemble !

— Oui, c'est vrai ! Ta grand-mère serait bien étonnée de nous voir si heureux.

Et, tout à coup, Jason freina brusquement pour s'arrêter alors qu'il poursuivait sa route, une route qui tournait sur la droite en le laissant sans visibilité.

— Qu'est-ce qui se passe ? lui demanda Julian.

— Une intuition.

Ils attendirent un peu et virent un camion fou débouler en peinant à se redresser pour se remettre dans sa voie.

— On l'a échappé belle, murmura Julian, sous le choc. Grâce à ton intuition ?

— Oui, je pense et je l'écoute toujours, je fais confiance. Là, il fallait vraiment que je m'arrête.

— Dire que ce n'est pas le GPS qui t'a commandé de t'arrêter ! reconnut Julian.

— C'est sûr, on dirait que l'intuition est au-dessus de la technologie. Heureusement, sinon on ne serait plus là à l'heure actuelle !

Ils repartirent alors tandis que Jason reprit le fil de leur conversation :

— On parlait de toi et de Grand-mère. Elle te manque, n'est-ce-pas ?

— Oui, son absence me pèse souvent, d'autant plus que j'ai toujours l'impression de ne pas l'avoir assez entourée !

— J'ai eu, moi aussi, un grand moment de doute quand je suis venu la voir et que je n'ai pas réussi à la guérir, alors que j'avais déjà soulagé quelqu'un de la tribu.

C'était la première fois que Jason abordait le sujet avec son grand-père.

Evidemment, celui-ci n'ignorait pas que la mission de Jason pouvait revêtir différents aspects mais il ne connaissait que ce qu'il en voyait, les préparations des fêtes, les arrivées et départs des Esprits, les cueillettes de plantes et les confections de remèdes.

Car Jason restait discret sur l'aide thérapeutique et psychologique qu'il pouvait dispenser aux Indiens de la tribu. De même s'il s'agissait de ses entrevues avec Naqvu et, en ce qui concernait Agarthina, seule Aponi recueillait ses confidences.

— Ta grand-mère était usée par les chagrins, par la vie, reprit Julian, et je crois que rien ne pouvait la sauver. Mais, tu dis que tu peux guérir des gens ?

— Je ne suis qu'un intermédiaire et je ne décide pas. C'est l'Esprit, Naqvu, que tu connais puisqu'on l'invoque lors de nos fêtes, qui choisit de guérir ou de ne pas le faire. Là-dessus, je n'ai pas mon mot à dire.

— Tu pourrais peut-être lui demander où est ta grand-mère ? Jusqu'à présent, comme tu le sais, je ne croyais pas à une vie après la mort : on meurt, il n'y a pas d'âme ni d'esprit et il ne reste rien puisque le corps retourne à la poussière. Mais, à force de t'entendre, de voir ta ferveur et d'être témoin des réponses de Naqvu, j'ai fini par comprendre qu'il y a peut-être autre chose que le corps et la matière, enfin je crois.

— Ah, je suis heureux pour toi, répondit Jason, car ça change tout de savoir qu'une vie n'aboutit pas au néant, c'est une perspective qui rend heureux !

— Alors, justement, tu pourrais demander à l'Esprit où se trouve ta grand-mère ? Il doit bien le savoir, je suppose, avec tous les pouvoirs qu'il semble avoir !

— Oui, je vais lui demander et tu auras certainement une réponse.

67 - Des nouvelles d'ailleurs

Le voyage de retour se termina tranquillement et, à leur arrivée, Aponi et Nokomis lui firent la fête.

Les premières fois, Aponi avait fait un peu la tête. Bien sûr, elle était occupée et bien entourée car Yepa avec Chavatanga lui rendait visite régulièrement mais le soir, dans le calme de sa chambre, elle ressassait sa déconvenue, Jason semblait l'avoir abandonnée.

Et, pourtant, comme il le lui avait promis, elle sentait une chaude présence quand elle arrivait à dépasser son ressentiment mais cela ne durait que quelques heures, car elle se réveillait souvent.

Mais Agarthina, qui avait promis à Jason de soutenir Aponi, lui rendit visite une nouvelle fois.

En effet, au cours d'un rêve, elle lui rappela que Jason était certes un excellent Chaman mais qu'il n'en était pas moins un excellent mari sur lequel elle pouvait compter.

Les jours et les soirs suivants, toute peine l'avait quittée et elle en fit la réflexion à Jason lors de son retour :

— Tu sais, je suppose que tu t'en doutais, avec ma tête j'avais accepté ton départ mais je protestais avec mon cœur et j'étais affligée, spécialement la nuit. Alors, Agarthina, une nouvelle fois, a montré toute sa bonté envers moi, elle est venue en début de semaine pour me consoler et maintenant je me sens vraiment apaisée !

Dès lors, le retour de Jason se transforma en moment de fête :

— Comme c'est bon d'être rentré assura-t-il en embrassant sa femme et sa fille qu'il fit virevolter dans ses bras. Ah, quelle joie de vous revoir !

Puis, Cochise récolta sa part de caresse.

Et Jason passa un bon moment à raconter sa vie, en omettant – d'accord avec Julian – d'aborder l'épisode du camion pour ne pas inquiéter Aponi.

Le lendemain, il trouva l'occasion de raconter à Ursyn ce qui s'était produit.

— La technique, c'est le contrôle, le mental alors qu'il faut faire confiance, comme tu l'as fait, approuva Ursyn.

Et tout fut dit, apparemment.

Mais Ursyn reprit :

— Ça ne te fait pas penser à quelque chose, un événement particulier ?

— Euh, non, je devrais ?

Ursyn n'eut pas le temps de répondre.

— Ça y est, j'y suis. Tu veux me rappeler l'accident qui a coûté la vie à mes parents !

— Exactement, tu as failli vivre le même drame.

Et là tout fut dit.

Puis, dans l'après-midi, Jason se rendit dans la kiva avec Julian :

— Viens, Grand-Père, on va interroger Naqvu pour qu'il nous parle de Grand-Mère Ann, je suppose qu'il la connaît.

Jason se mit en condition et implora Naqvu. L'Esprit ne se fit guère attendre.

Jason fit immédiatement l'intermédiaire pour affirmer :

— Elle est heureuse car elle ne connaît plus la maladie, elle est guérie à présent.

— Ah, je suis rassuré, elle ne souffre plus, murmura Julian.

Et, tout à coup, Jason vit sa grand-mère.

Elle rayonnait en les saluant, tandis que Jason relayait ses propos :

— Mes chéris, quel bonheur d'être là. Naqvu vient de me permettre exceptionnellement de revenir vers vous, pour vous rassurer et vous transmettre quelques conseils.

Julian se mit à trembler d'émotion.

— Avant toute chose, confia Ann, je dois prouver à ton grand-père que c'est vraiment moi, car beaucoup d'entités aiment abuser les vivants en se faisant passer pour des proches décédés. Rappelle-lui qu'un jour, au tout début de notre lune de miel, nous nous sommes baignés dans l'eau d'un petit lac, très pittoresque, niché dans un écrin de verdure, et qu'il m'a chatouillé les orteils en s'immergeant. J'ai hurlé de peur, évidemment, et il en a profité pour faire semblant de me sauver. Je pense qu'il s'en souvient.

— Je m'en souviens d'autant plus, répondit Julian à son petit-fils, que je me suis ensuite ouvert le dessus du pied contre un rocher et que ta grand-mère m'a fait un pansement.

— Oui, poursuivit-elle et il m'a assuré que c'était une belle journée quand même. Alors, qu'il ne se tourmente plus, il a été dès le début un bon mari et ensuite un bon père, il nous a rendus heureux pendant de nombreuses années malgré les soucis et le départ de Wesley et ensuite il a su t'accueillir, Jason.

Et, spécialement pour Jason, elle ajouta :

— Tu sais, je peux parfois voir tes parents, Mimiteh et Wesley et je peux te dire qu'ils sont fiers de toi.

Jason, se sentant guéri du sentiment d'abandon éprouvé lors de l'accident de ses parents, n'avait jamais pensé à poser la question à Naqvu. Il éprouva alors une joie intense.

L'entretien était terminé. Et Ann disparut lentement.

68 – Machakw réagit

Pendant ce temps, Machakw se démenait toujours pour rencontrer ses différents publics et à présent, il connaissait une certaine notoriété et il lui arrivait d'organiser des réunions, même si, il s'en doutait bien, certains continuaient à faire appel au Chaman, Jason ou Ursyn en son absence, et à participer aux préparatifs des fêtes.

Pourtant, il ne voulait pas les brusquer et les effrayer car le saut entre un Indien un peu crédule – il les voyait ainsi – et un Indien post-humain ou transhumain était gigantesque, du moins c'est ce qu'il soupçonnait car il n'avait lui-même pas tout compris au sujet des perspectives évoquées par Clarent.

D'ailleurs, finalement ce qui comptait, n'est-ce pas, c'était qu'ils se rabattent sur la pilule magique dont la vente l'enrichirait, sans même qu'il lève le petit doigt.

Il avançait donc doucement en rongeant son frein.

Un des matins suivants, il décida de pimenter sa routine quotidienne en allant rendre visite à Aponi.

On est en milieu de semaine, se dit-il, Jason est à Phoenix, Julian joue avec ses vers de terre comme tous les jours et je viens de voir Ursyn qui se dirigeait dans la direction opposée, sans doute pour visiter un malade. C'est le moment. Je vais lui apporter quelques fruits, en vantant les qualités de Julian qui sait rendre fertile n'importe quelle terre, forcément avec l'aide de ses vers de terre.

Et il éclata de rire.

Peu après, il se présenta chez Aponi et, quand elle entre-bâilla la porte, il lui tendit son présent avec un sourire enjôleur :

— Je salue la plus belle des fleurs en la priant d'accepter la petite offrande qui lui est due puisque je fais des récoltes grâce au grand-père de ton mari, notre respecté Chaman. Tu vois, moralement, je suis obligé de partager un peu, alors, s'il te plait, ne refuse pas.

Il était bien mis, sans ostentation bien qu'il eût pu s'habiller avec plus de recherche, il en avait les moyens à présent.

Il faut que je sois juste un peu mieux que ce Chaman, avait-il décidé, plus classe, mais pas trop, alors que lui est toujours habillé comme un mendiant. Elle fera aisément la différence.

— C'est gentil, Machakw, merci. Je vais les remettre à Julian, il sera ravi de pouvoir goûter à ta production, il est toujours très fier de pouvoir rendre service.

A ce moment-là, comme s'il voulait lui signifier la fin de l'entretien, Cochise vint tourner agressivement autour de lui.

— Arrête, Cochise, lui intima Aponi, sans succès.

Alors, en prenant un air navré à l'adresse du *Crapaud cornu*, elle s'écria qu'il n'obéissait pas trop et qu'elle devait rentrer avec lui pour l'empêcher de mordre.

Une fois à l'intérieur, elle caressa son chien qui la fixa, les yeux brillant d'intelligence.

— Il ne doute de rien, ce *Crapaud cornu*, lui dit-elle – elle savait bien qu'il comprenait – qui croit être un prince charmant transformé en crapaud que je pourrais embrasser ! Même pas dans ses rêves ! En tout cas, on s'en est débarrassé vite et bien !

De son côté, Machakw, planté bêtement devant la porte, se sentit un peu déboussolé par la tournure de l'entretien, il était irrésistible, pourtant.

Aponi devait être sur la réserve, il se l'expliqua par le fait qu'elle ne le connaissait pas encore assez. Ce sera mieux la prochaine fois, je suis confiant.

Mais pour chasser quand même cet échec relatif, il alla rassembler trois des Indiens les plus motivés :

— Je vais vous emmener à Phoenix, annonça-t-il, pour vous faire rencontrer Clarent, mon mentor, qui va transformer votre vie, je vous le garantis. Il vous expliquera tout et vous serez pressés de commencer.

Il jubilait, son travail de sape prenait corps et il en dévoierait d'autres.

Plus tard, certains résideraient sur Phoenix pour devenir des relais de vente, avec l'aide de Clarent qui leur procurerait un travail et un logement. Mais la plupart resterait à la tribu, ce qui était aussi hautement souhaitable car, dopés à la pilule magique, ils formeraient une opposition vigoureuse, capable d'entraver l'action du Chaman.

Ah, comme la vie était devenue facile et, avec la conquête d'Aponi et l'expulsion des Blancs, elle deviendrait belle !

69 - Le départ des Esprits

Ursyn n'avait pas perdu la main et, en l'absence de Jason, il avait veillé à lui préparer une belle fête de départ des Esprits en octobre.

— Tu n'es pas trop fatigué ? lui avait demandé Jason en rentrant de Phoenix.

— Non, Naqvu a dû tout aplanir car j'ai eu l'impression que c'était plus facile que d'habitude. Et, puis, ton grand-père paternel s'y est mis aussi. Tu verras, tu pourras juger du résultat sous peu.

En effet, la cérémonie se déroula harmonieusement, les chants furent repris par toute l'assemblée, les improvisations de Jason furent émouvantes et les réponses de Naqvu aux questions posées se révélèrent pertinentes.

A quelques exceptions près, toute la tribu semblait présente, même si c'était parfois uniquement par curiosité, tant à la cérémonie qu'au repas car, comme d'habitude, ceux qui ne croyaient pas à la présence des Esprits n'étaient pas exclus.

Le *Crapaud cornu,* cependant, brilla par son absence. Il avait recommandé à son public de s'abstenir également et, décemment, il devait hélas donner l'exemple. Mais, comme il l'avait supposé, seuls ceux qui avaient fait la connaissance de Clarent lui tenaient compagnie.

Ils s'étaient retrouvés, exceptionnellement dans la journée, au bar habituel. Les piliers, Chu'a, Aponivi, et Ayawamat étaient présents comme toujours et tous s'agaçaient de devoir endurer le bruit de la cérémonie.

— Et dire qu'on en a pour plusieurs heures ! Et impossible de se plaindre auprès du chef de la tribu, il y est aussi, grogna Machakw.

— Tu n'es pas près de faire partir les Blancs ! ironisa Chu'a. J'ai l'impression qu'on ne peut pas compter sur toi !

— Au lieu de critiquer, tu as peut-être une idée intelligente à proposer ? Ne te gêne pas, ricana le *Crapaud cornu*.

Et plus personne ne s'adressa la parole, chacun buvant sa bière d'un air fâché.

La bouderie durait depuis un bout de temps quand Huyana eut la bonne idée de débarquer à son tour au bar.

— Je viens de la cérémonie, expliqua-t-elle. Je n'ai pas pu assister jusqu'à la fin à leur comédie, c'était vraiment ridicule toutes ces danses, ces chants. Ursyn qui était aux anges et le petit Blanc qui se prenait au sérieux ! Des têtes à claques ! Je suis partie pour ne pas étouffer de colère.

Et elle commanda deux bières d'un coup :

— Pour me calmer, expliqua-t-elle.

— Tu n'étais pas obligée d'y aller, jeta Machakw hargneusement.

— Je sais mais c'était pour vous raconter.

— Curieuse et hypocrite, voilà ce qu'elle est, résuma Chu'a.

— Et voilà, je me fais insulter par mes faux amis !

La bouderie reprit.

Les recrues de Machakw, un peu éberluées par la tournure des événements, se demandaient ce qu'elles faisaient là mais il fallait bien tuer le temps.

— Je vous laisse, il faut que j'aille retrouver mes vieux, déclara tout à coup Machakw, tout sourire, comme si de rien n'était. A bientôt.

Intérieurement, il fulminait contre cette bande de minables.

Il devait agir selon son plan, il le savait bien.

70 - Une nouvelle tentative

Depuis la fête, Machakw ne décolérait pas. Il avait dû constater que beaucoup des gens qu'il avait contactés restaient un peu trop malléables car ils continuaient à côtoyer les Chamans, tout en se montrant assidus lors de ses propres réunions.

De fait, à l'exception de la clique des irréductibles avec Chu'a et Huyana et des trois nouveaux qu'il avait récemment amenés à Phoenix voir Clarent, on ne pouvait compter sur personne, se disait-il, dépité. Et, encore, ils avaient le culot de se montrer arrogants et moqueurs !

Deux jours, plus tard, Machakw éprouva le moment d'exaltation qu'il attendait.

Enfin, soupira-t-il, elle se décide à s'éloigner du village. Bien sûr, elle est encombrée de la jeune et du chien mais on fera avec.

Le *Crapaud cornu* avait surveillé Aponi pour provoquer une nouvelle rencontre et enfin, ce jour-là, il pouvait suivre à distance le petit groupe qui se rendait dans le paysage situé au pied du plateau.

Le temps était clément en ce mois d'octobre, même si les feuilles commençaient à prendre leur teinte d'automne et Aponi, Nokomis et Cochise suivaient silencieusement le sentier qui se glissait entre les arbres.

De temps à autre, Aponi montrait à sa fille un animal proche qui prenait la fuite et elle pouvait voir les yeux de sa fille qui brillaient de joie.

— On va trouver les plantes qu'il nous faut ?

— Oui, mon cœur, on n'est plus très loin.

Cochise les précédait sagement, sans s'éloigner, et même il regardait très régulièrement vers ses maîtresses.

Il faut que je fasse attention au chien, se dit le *Crapaud cornu*, je sais comment faire.

Aponi et Nokomis avançaient encore quand le chien émit un jappement qui semblait interrogatif, il venait d'apercevoir un individu penché vers le sol, à la recherche apparemment de quelque chose. En s'approchant un peu, il le reconnut immédiatement, c'est celui qu'il avait fait partir de la maison.

Machakw se retourna, surpris :

— Ah, je ne vous ai pas entendu venir, quelle bonne surprise ! Je recherche des champignons et je n'en trouve pas alors qu'on m'avait signalé cet emplacement. Mais ce n'est pas grave puisque j'ai le plaisir de vous voir.

Son regard aimable se porta sur Aponi et effleura Nokomis :

— Oh, voilà une jolie petite-fille, c'est normal, elle est comme sa maman ! Mais dites-moi, est-ce que je peux vous aider ?

— Je ne crois pas, nous recherchons des plantes un peu spéciales que les gens ne connaissent pas et il faut être très attentif pour les distinguer. Mais merci quand même.

— Si tu me montres, je saurai peut-être ?

— Oh, non, à mon avis, il faut être dans des dispositions spéciales pour les découvrir.

Machakw sembla déçu de ne pouvoir aider.

— Mais comment je peux faire pour me rendre utile ? demanda-t-il d'une petite voix chagrinée.

En disparaissant, pensa Aponi quand son attention fut attirée par Nokomis qui se mit à imiter le chant de ses amis, les oiseaux.

On dirait qu'elle les appelle, se dit Aponi.

Elle ne serait pas un peu folle, la gamine ? se demanda Machakw.

Et, en un temps record, une petite cohorte de messagers ailés apparut au-dessus du groupe pour effectuer plusieurs passages en raids serrés.

Machakw contempla le spectacle d'un air presque effrayé car le doute n'était pas possible, les oiseaux se concentraient sur lui et l'entouraient agressivement de très près comme s'ils voulaient l'attaquer. Il eut peur pour ses yeux :

— Je crois que je vais vous laisser, lança-t-il en s'efforçant de ne pas se mettre à courir, les champignons ou les plantes, ce sera pour un autre jour.

Et il tourna les talons, avec les oiseaux qui le suivirent presque jusqu'au village.

— On dirait que tu as des décorations, peut-être même dans les cheveux ? En tout cas, ça te va bien, lui affirma en riant l'un des Indiens rencontrés.

Le *Crapaud cornu* s'abstint de répondre. Intérieurement, il bouillonnait de rage, tout le village allait être au courant et se gausser de lui. Il valait mieux se faire oublier quelque temps !

— Tu as appelé tes amis pour le faire partir ? demanda Aponi à sa fille.

— Oui, il n'a pas une jolie lumière autour de lui.

— Tu as certainement raison, approuva Aponi. Mais comme les oiseaux ont réagi ! Tu le leur as soufflé ?

— Les oiseaux, les animaux comprennent tout.

— Ce doit être vrai, Cochise aussi avait compris en le voyant la première fois.

Après un moment de silence, elle ajouta, pleine d'espoir :

— A-t-il vraiment l'âme de notre regretté Khweeuu ?

Et elle caressa affectueusement le chien.

71 - Les vacances de Noël

Au moment des vacances universitaires de fin d'année, Jason avait invité son camarade Andrew à l'accompagner :

— Si ça te dit, tu peux venir, mon grand-père paternel, Julian, sera certainement ravi de t'accueillir et tu pourras voir comment on vit. Ce sera bon pour tes études, avait-il ajouté en riant.

Andrew avait accepté et sa venue n'avait suscité aucune réaction, le Conseil des anciens semblait se libérer des vieilles règles et Chochokpi approuvait dès lors que le visiteur était en quelque sorte parrainé.

— Finalement, on rentre dans la tribu comme dans un moulin, lui avait fait remarquer Taima. Il faudra peut-être songer à protéger nos filles.

Chochopki regarda sa femme et il constata qu'elle parlait sérieusement.

— Les protéger de quoi ? avait-il rétorqué. Elles font bien ce qu'elles veulent.

— Les parents, enfin les mères, les surveillent et c'est plus difficile avec des étrangers.

— S'il y a besoin de surveillance, c'est que l'éducation n'a pas porté ses fruits et, dans ce cas, il n'y aura jamais assez de surveillance.

Ainsi contredite, Taima se sentit mortifiée et répliqua que l'éducation des enfants se faisait à deux.

— Si ce n'est pas trop tard, conclut le Chef, tu peux toujours surveiller à distance ta fille et ta belle-fille, sans le leur dire, bien sûr, pour ne pas les fâcher, car elles sont tout de même mariées !

Jason et Andrew étaient arrivés à la tribu, le jeudi en fin d'après-midi.

— Les amis de mon petit-fils sont les bienvenus, déclara Julian à Andrew. La maison est petite mais il y a une chambre pour toi, même si j'héberge souvent aussi le grand-père maternel de Jason. Installe-toi.

— Je te laisse aux bons soins de mes deux grands-pères, Julian et Ursyn, précisa Jason. Tu vois, avec Aponi et Nokomis, on a la chance d'avoir les deux près de nous. Alors, on vous attend tous pour le repas.

— C'est une tradition, ajouta Julian, on mange tous les soirs ensemble.

Andrew fut surpris par l'accueil chaleureux qu'il reçut. Même Cochise agita longuement sa queue en signe de bienvenue.

Le repas, ensuite, fut très gai et on décida de ce qu'il faudrait montrer au jeune visiteur durant son séjour : le plateau et ses abords, les cultures, bien sûr le village et les Indiens présents, ce devait être une immersion dans le mode de vie des villageois. Il faisait froid déjà mais cela ne rebutait personne.

— Mais, comme je ne sais pas exactement en quoi consiste la mission d'un Chaman, demanda Andrew, est-ce que je pourrais assister à un événement ?

Ursyn et Jason se consultèrent du regard :

— Oui, pourquoi pas ! répondit Jason. Eventuellement une consultation de malade ou une interprétation de rêve ou peut-être une invocation de l'Esprit pour montrer combien il nous aide ?

— Mais oui, pourquoi pas, au fond, approuva Ursyn. Il est bon qu'on sache combien les Hopis sont un peuple religieux.

Et Andrew partagea leur vie.

En compagnie de Jason et de Nokomis, avec Cochise, il parcourut les sentiers au pied du plateau à la recherche d'une plante d'hiver spéciale, il aperçut un puma qui s'effaça derrière des bosquets, il crut échapper à quelques coyotes alors que ceux-ci s'approchaient gentiment de leur petite amie humaine et il écouta un concert d'oiseaux qui s'étaient perchés sur une branche à proximité de Nokomis.

Lors du repas du soir, il confia son émotion :

— J'ai passé un après-midi exceptionnel avec tous ces animaux, il faut avouer qu'ils se comportent d'une manière étonnante ! C'est en rapport avec Nokomis ?

Souhaitant minimiser, Aponi répondit que leur fille était proche des animaux depuis son plus jeune âge.

— Quand elle est née, on avait encore Khweeuu, notre loup et c'est certainement de cette manière que les affinités se sont développées.

— Vous aviez un loup ? Un vrai loup ?

Le moment allait être difficile mais la question, incrédule, les fit rire et dissipa la tristesse qui était apparue à l'évocation de Khweeuu.

— Oui, un vrai loup, tout blanc, répondit Nokomis, et il était toujours avec moi. Et il est revenu, c'est Cochise !

Les jours suivants furent tout aussi intéressants pour Andrew.

Il fit la connaissance des autres membres de la famille et se montra impressionné :

— Quelle famille ! Jason ne m'avait pas prévenu que le père de sa femme, Chochokpi, est aussi le chef de la tribu.

— Et moi, je suis Taima, le *Fracas du Tonnerre*, déclara-t-elle comiquement. On se demande pourquoi on m'appelle comme ça !

— Alors, avec Taima, reprit Andrew, la famille comprend le chef de la tribu et deux Chamans ! Je suis admiratif ! Je commence à comprendre pourquoi Jason est si spécial !

Un autre jour, il se promena avec Julian et Nokomis du côté des jardins. On était en hiver et la terre avait été préparée et protégée pour se réveiller pleine de vigueur au printemps.

Il visita aussi le village et il s'intéressa aux travaux d'artisanat des Indiens. Il apprécia au point de s'acheter une paire de mocassins et une chemise blanche ornée d'incrustation colorées. Et il promit de la mettre lors d'une prochaine soirée d'étudiants.

— Et je ferai pareil, annonça Jason.

— Parce que vous allez à des soirées ? questionna Aponi, très étonnée.

— Il y en a régulièrement, répondit Andrew, et j'y vais quelquefois, toujours sans Jason qui n'a jamais souhaité m'accompagner. Alors, je prends note, la prochaine fois, tu ne me fais pas faux bond.

— Je viendrai et on montrera une partie de l'artisanat Hopi.

Ils firent encore le tour du village avec Ursyn.

En passant devant le bar, ils aperçurent Chu'a et ses deux acolytes qui étaient visibles à travers la fenêtre.

Ursyn s'adressa à son petit-fils :

—. Il manque Machakw ! C'est un Indien, expliqua-t-il à Andrew, qui cherche à remplacer nos croyances par la technologie. Il a eu un peu de succès d'ailleurs. D'après ses parents, il est reparti sur Phoenix mais à mon avis il reviendra.

— Oui, je suis au courant, répondit Jason. Il s'est, paraît-il, enfui.

72 - De nouvelles surprises

Le lendemain, Jason fut appelé au chevet d'un malade. Il s'agissait du père de Kwahu, *l'Aigle,* qu'il connaissait et avait cotoyé lors des courses matinales, au moment de son entrée dans la tribu.

— Si la famille est d'accord, dit-il à Andrew, tu vas pouvoir te rendre compte de l'aide que Naqvu, notre Esprit, apporte aux Indiens de la tribu.

Sur la demande de Jason, Andrew fut autorisé à entrer dans la maison. Curieusement, le malade, pourtant autoritaire, avait donné son accord, peut-être absorbé par sa douleur.

Dans une pièce, le père était allongé par terre, sur une couverture un peu épaisse, et il posait des yeux furieux sur ce qui l'entourait.

Sa femme et sa fille Sora s'étaient accroupies à ses côtés et essayaient de lui prodiguer leurs encouragements.

Andrew s'assit dans un coin et se fit tout petit.

— De quoi souffres-tu ? demanda Jason à l'Indien.

— Je suis paralysé, je ne peux plus marcher mais c'est venu progressivement, j'ai commencé par boîter de la jambe gauche, un peu, puis de plus en plus et ensuite j'ai eu mal à la jambe droite aussi. Aujourd'hui, mes jambes ne me portent plus. Bien sûr, les tisanes n'ont pas aidé et les pommades d'Aponi non plus. Inutile d'ajouter que je suis furieux.

Jason s'assit près de lui et le contempla :

— Oui, je le vois. Mais, calme-toi, maintenant. Je vais consulter Naqvu, pourtant j'avoue que j'ai déjà ma petite idée !

Jason avait bu un peu de jus de tabac mais, au fil du temps, il s'apercevait qu'il en avait de moins en moins besoin pour établir la communication. D'ailleurs, il se rendait bien compte qu'il utilisait, à travers cette technique, une sorte de béquille qu'il comptait supprimer le plus vite possible.

Evidemment, Naqvu ne lui fit pas défaut.

Après avoir essayé de rendre le malade réceptif en lui manifestant le maximum de compassion dont il était capable, Jason, voyant qu'un traitement du corps seul ne réussirait pas, se risqua à lui déclarer :

— Naqvu me confirme que tu es paralysé parce que tu cherches à contrôler la vie de tes proches, ta femme, tes enfants. Tu veux savoir ce qu'ils font et ils doivent t'obéir pour tout. Mais, au fait, Kwahu n'est pas là ?

L'Indien éluda la question :

— C'est pour leur bien que je surveille, je veux leur éviter des erreurs et cela demande de l'énergie, crois-moi, pour rester vigilant. Comme si ça m'amusait.

Et il secoua la tête d'un air entendu.

Après un temps de silence, il finit par expliquer la raison de l'absence de son fils :

— Il est parti il y a quelque temps après m'avoir fait des reproches, il paraît que je l'empêche de respirer. Et, vous, je vous empêche de respirer ? lança-t-il, hargneux, à l'égard de sa femme et de sa fille.

Tout à sa colère, il n'écouta guère la timide protestation de sa femme.

— Oh, il n'est pas allé bien loin, on m'a rapporté qu'il est fourré chez Qaletaqa. Et, si je veux, je pourrai même aller le rechercher quand je remarcherai.

Andrew observait la scène et il nota la résignation qui était inscrite sur le visage de la femme et de sa fille.

— Tu souffres d'un mal psychologique, reprit Jason. Il est louable de vouloir protéger ta famille mais ta sollicitude ne doit pas devenir un carcan. Le Ciel, apparemment, te fait ressentir dans ton corps ce que tu fais éprouver aux autres.

— Mais je leur évite les erreurs !

— L'Esprit a parlé ! Pour ton bien, et celui de ta famille. Réfléchis !

A présent, l'Indien, qui ne rencontrait habituellement pas de résistance, se tortillait sur sa couverture comme s'il voulait se redresser pour adopter une position moins humiliante.

— Si seulement il pouvait remarcher, souffla sa femme.

Et, dans son regard, le Chaman lut les exigences multiples et accrues qu'elles subissaient du fait de la dépendance du mari.

— Il faut que tu coopères, sinon rien n'est possible, recommanda Jason à l'Indien.

Il attendit et, quand il sentit que le père s'adoucissait enfin, il ferma les yeux et étendit la main sur le corps allongé tout en psalmodiant ses prières et en invoquant Naqvu. Il se concentra longtemps. Pourtant, le cas était assez simple mais le sujet résistait encore.

Enfin, il put annoncer :

— Voilà, Naqvu t'a apporté un certain soulagement et tu vas pouvoir te remettre à marcher progressivement. Mais, cette amélioration ne durera pas si tu ne changes pas. Tu as bien compris ce qui t'est arrivé ?

— Evidemment, j'ai eu un rhumatisme qui m'a bloqué petit à petit.

— Ce n'est pas la réponse qu'a faite l'Esprit. Je te conjure de réfléchir à ce que je t'ai dit, sinon tu ne pourras pas guérir complètement.

En se tournant vers la femme, il ajouta :

— Entoure-le d'affection avec Sora, qu'il comprenne que l'autorité ne nécessite pas la contrainte.

Des regards pleins de reconnaissance l'accompagnèrent jusqu'à la porte qu'il franchit avec Andrew.

— Je suis content d'avoir pu assister à cette séance, affirma celui-ci. Mais l'Esprit, Naqvu, t'a réellement inspiré ?

— Oui, oui, n'en doute pas, je ne peux pas tricher. D'ailleurs, on prendra bientôt de ses nouvelles et on verra. Là, il a vraiment un travail sur lui à faire.

— Je te crois.

Et Andrew le gratifia d'un grand sourire avant de poursuivre :

— Tu sais, dans mon coin, j'étais super bien placé pour pouvoir tout observer, surtout la fille, elle me faisait face, en fait. Le fils s'appelle Kwahu et elle, c'est Sora, si j'ai bien compris ?

— Oui, son nom est Sora, ce qui veut dire *Oiseau chantant qui prend son envol.*

— Oh, c'est très joli, et malicieusement il ajouta que cela lui allait très bien.

— J'ai l'impression qu'elle te plaît, est-ce que je me trompe ?

— Oui, je crois bien, enfin ce n'est qu'une première impression mais ce n'est pas gagné avec le père qu'elle a !

— En effet mais pour ce qui est de la guérison, on ira vérifier son état avant de repartir pour Phoenix. Pour Sora, c'est toi qui vois. Je ne peux pas te donner de conseil, je suis un peu empoté sur ce chapitre.

— Toi ? Je n'y crois pas, vu la façon dont tu mènes ta mission !

— Non, non, tu te trompes. Avec Aponi, je me suis débrouillé comme un manche, j'étais tellement intimidé ! C'est mon loup qui a fait les travaux d'approche, c'est dire ! Après, on en a ri avec elle mais, je t'assure, j'étais vraiment ridicule !

Deux jours plus tard, Andrew lui demanda :

— Tu ne devrais pas aller voir ton malade ? Si oui, je t'accompagne, bien sûr.

— Je vois que tu prends cette affaire très à cœur, lui répondit Jason avec un sourire entendu. Alors, on y va aujourd'hui et on y retourne avant de partir.

Ce fut Sora qui ouvrit la porte aux deux visiteurs ; elle rougit en voyant Andrew.

Elle était menue, bien proportionnée, ses cheveux noirs flottaient librement autour de son visage qui présentait une expression fatiguée, ses traits étaient fins et ses yeux vaguement tristes. Elle était habillée comme tous les jeunes mais sa tenue n'était agrémentée d'aucun collier ni boucles d'oreilles.

Elle est vraiment très jolie, se dit Andrew.

C'était également le point de vue de Jason mais elle lui paraissait moins rayonnante qu'Aponi.

Par contre l'Indien était loin d'être aussi agréable que sa fille, surtout quand Jason, constatant que la paralysie avait très peu diminué, lui rappela la recommandation de l'Esprit.

— Nous reviendrons avant la fin de la semaine, prévint Jason, même si cela a l'air d'aller un peu mieux.

Les yeux de Sora s'éclairèrent et Andrew eut l'impression qu'elle était contente à l'idée de le revoir.

73 - Une remise en question ?

A la rentrée, les étudiants, Jason et Andrew, reprirent le chemin de Phoenix.

— Il faut que je te remercie encore, déclara Andrew à son ami. J'ai passé des vacances de Noël incroyables, tellement éloignées de ce que je connais et, pourtant, c'était un vrai bonheur.

— Je crois que c'était réciproque, tout le monde t'a apprécié. Et j'ai l'impression que tu peux revenir sans déranger.

— Quelques fins de semaine, par-ci, par-là ?

— Et, peut-être, même plus ! sourit Jason. Qui sait, Sora aura peut-être envie de te voir !

— Dans ce cas...

Un soir, comme Jason s'y était engagé, il se rendit avec Andrew à une soirée d'étudiants.

Sous leur manteau, ils avaient revêtu leur chemise d'Indien.

— Tu vas voir, affirma Andrew en souriant, on ne va pas passer inaperçus !

Et ils firent sensation, Jason avec sa chemise décorée d'une série de losanges rouges bordés de noir qui contenaient des carrés enfermant encore des losanges et Andrew qui arborait sa chemise blanche ornée d'incrustation colorées.

Beaucoup savaient que Jason était un Hopi du côté de sa mère mais, comme il se comportait de manière discrète, ils ne connaissaient quasiment rien de sa vie.

— Comme vous êtes mignons tous les deux, s'exclama une fille.

— On n'a jamais eu le plaisir de voir Jason sortir de sa tanière pour se mêler à nos soirées, le taquina un camarade.

— C'est parce qu'il est un Chaman et un Chaman ne se roule pas par terre, comme toi quand tu as bu, trancha la fille.

— Parce que tu sais ce que fait un Chaman ?

La discussion tournait à la dispute et Andrew et Jason s'éloignèrent.

La musique, dans le fond du local, était tonitruante et le bar était pris d'assaut.

— Andrew, tu viens, on danse ?

— Plus tard, peut-être, Marylin. Je discute avec Jason pour l'instant.

— Ah Jason ! le bel Indien aux yeux bleus ! s'écriat-elle dans l'espoir de rendre Andrew jaloux. Il fait tourner toutes les têtes et la mienne aussi.

— Remets-la à l'endroit, c'est mieux, répliqua Andrew en riant.

Jason sourit en se taisant.

— Viens, on va boire un verre, reprit Andrew.

— Quelque chose sans alcool, pour moi, répondit Jason.

Puis, tout en buvant, ils contemplèrent le spectacle.

— Tu sais quoi ? Je m'ennuie, reprit Andrew au bout d'un moment. Quand je pense à la vie pleine de fraîcheur et de sens que j'ai menée dans ta tribu, eh bien ! je me sens déphasé ici. J'ai l'impression de ne plus y être à ma place et, pourtant, je m'y amusais, beaucoup même.

— Tu es en train d'évoluer, de te tourner vers l'essentiel, peut-être ? Mais je parie que Sora y est pour quelque chose, ou bien ?

— On dirait que oui et, pourtant, je ne l'ai vue que trois fois et je ne sais même pas ce qu'elle pense.

— Eh bien, il va falloir que tu lui parles, je ne vois que ça.

— Peut-être lors de l'une de nos prochaines fins de semaine ?

— La prochaine peut-être même ? ajouta Jason en riant.

Puis, dès leur consommation terminée, ils choisirent de repartir et de regagner la tranquillité de leur chambre.

— Ces soirées ne vont pas me manquer, commenta Andrew, et dire que je les attendais auparavant.

74 - La blague

Rapidement, Andrew se sut accepté dans la tribu. Mais, plus que tout, il aspirait à pouvoir contacter Sora.

Il avait gardé l'esprit vif et entreprenant de ses années de collégien et de lycéen et il n'hésita pas à faire preuve d'inventivité.

En effet, comme il avait sympathisé avec Kotori, le beau-frère de Jason, il lui avoua qu'il souhaitait voir Sora mais que son père s'y opposerait certainement. C'était par miracle qu'il avait pu entrer avec Jason :

— Tu comprends, il ne laisse pas respirer sa famille, son fils s'est même sauvé pour être tranquille. Mais maintenant qu'il est tombé malade et, comme Jason lui a conseillé de changer, ce serait le moment de vérifier s'il le fait. En même temps, j'aurais bien sûr la joie de la revoir.

— Mais, tu ne peux pas, lui répondit Kotori, t'introduire dans la maison. Pour lui tu n'es qu'un petit Blanc, un étranger, et d'après ce que tu dis il se méfie des personnes extérieures.

Il réfléchit pendant quelques instants avant d'expliquer :

— Il faudrait que tu représentes une autorité et, dans une tribu, il n'y en a que deux, l'autorité religieuse, le Chaman, et celle du chef des Hopis. Pour le Chaman, c'est mort, mais tu pourrais te faire passer pour le chef avec une coiffe ornée de plumes. Mon père en a une vieille qu'il n'utilise plus, à rafistoler un peu, et elle pourrait faire l'affaire, surtout si on va lui rendre visite dans la pénombre.

— Dans la pénombre ? reprit Andrew.

— Oui, il faut que ce soit un soir et que tu ne t'approches pas trop de lui, sinon il verra bien que tu n'es pas Chochokpi.

Le vendredi suivant, avec l'aide de Kotori, il se glissa dans des vêtements d'Indien et il endossa l'allure du Chef.

Yepa, qui contemplait la scène avec un intérêt amusé, s'exclama que la vie à la tribu devenait de plus en plus intéressante :

— Mon mari est ravi, enfin quelqu'un qui partage ses gamineries. Et Chavatanga qui n'en perd pas une miette ! Enfin, c'est peut-être un renouveau pour la tribu.

Et elle fit semblant de prendre un air désabusé.

— Tu restes dans l'ombre de la porte, lui expliqua Kotori. C'est moi qui parle puisque tu as une extinction de voix et n'importe comment tu ne parles pas hopi.

— Ah oui ! bonne idée. Je pensais devoir déguiser ma voix sans être sûr de vraiment y arriver.

— Non, c'est plus simple et voilà une écharpe pour protéger ton cou, en même temps elle te servira à camoufler le bas de ton visage.

Tendu à l'idée de voir Sora, Andrew éclata de rire.

— Je vois que tu as pensé à tout. Mais que dira ton père quand il saura pour cette farce ?

— Ce n'est pas sûr qu'il l'apprenne. On lui dira un jour, plus tard. De toute façon, il ne sera pas fâché, il a beaucoup d'humour et il est capable de rire de la plaisanterie. Enfin j'espère !

— Eh bien ! allons-y si on a sa bénédiction d'avance.

Ils se glissèrent dans la pénombre du soir pour se diriger vers la maison à visiter.

— J'ai du mal à garder mon sérieux, annonça Andrew, je crois que c'est nerveux.

— Tu pourras émettre des grognements d'approbation, si tu y tiens, mais pas plus, n'oublie pas que tu ne peux pas parler.

— Est-ce qu'il y a des ours dans le coin qui grogneraient ?

Ils faillirent s'écrouler de rire.

Quand ils furent devant la maison, Kotori se fit ouvrir la porte et l'Indien claudiqua jusqu'au seuil à l'aide d'un bâton.

— Le Chef a appris ton malheur, expliqua Kotori, et il vient te rendre visite pour prendre de tes nouvelles. Mais il est malade et a du mal à parler, donc nous ne rentrons pas.

Sora et sa mère se tenaient timidement derrière l'Indien.

— Alors, comment vas-tu ? dit Kotori. Ce sont tes jambes, je crois ?

— Oui, elles étaient comme paralysées et je ne tenais plus debout. Jason me les a rendues, mais seulement en partie.

L'Indien s'adossait contre le chambranle, comme s'il avait besoin d'un appui.

— Tu n'as vraiment plus mal ? lui demanda Kotori.

— La douleur est encore là, c'est vrai. Au besoin, Sora se rendra chez Aponi pour avoir une nouvelle pommade car l'ancienne n'a pas eu beaucoup d'effet.

— C'est une bonne idée pour la pommade, renchérit Kotori. Mais pour qu'elle pénètre mieux, il faudrait que tu enduises d'abord ta jambe de poudre de pierre mélangée à une terre spéciale à récolter. C'est ce que faisait mon grand-père et il m'avait indiqué l'endroit où la trouver. Après, tu laves et tu te mets la pommade que je te ramènerai. Et tu fais ce traitement pendant sept jours. C'est souverain pour ce que tu as, je te le conseille. Donc si tu es d'accord pour le faire, ta fille m'accompagnera tous les jours et je doserai de manière précise le mélange que je lui remettrai pour qu'elle te le donne.

Andrew approuva vigoureusement.

Aïe, il ne faut pas que je perde mes plumes se dit-il.

Il regardait intensément Sora qui finit par rencontrer son regard.

— C'est vraiment efficace ? demanda l'Indien, un peu hésitant.

— Dans le temps, ça a fait ses preuves.

L'Indien savait qu'il n'avait pas vraiment modifié son comportement. De ce fait, il répugnait à s'adresser à nouveau à Jason pour obtenir son aide.

— Tu sais, reprit Kotori, tu auras tous les jours un emplâtre frais, tu ne t'occupes de rien et je pense que mon père sera d'accord pour m'accompagner en fin de semaine afin de faire le point.

Andrew grogna en signe d'approbation, tout en se retenant de faire un clin d'œil à Sora.

— Bon, c'est d'accord, concéda l'Indien.

— Tu as fait le bon choix, tu verras. Donc, je viens demain et les jours suivants et, avec Sora, on récolte ce qui est nécessaire.

Ils partirent non sans que Andrew ne regarde longuement Sora qui avait enfin réussi à le reconnaître.

— Mais comment t'est venue cette idée géniale ? demanda ensuite Andrew à Kotori.

— Je ne sais pas, comme ça, une inspiration subite.

— Et, pour le remède, je suppose que tu l'as inventé, non ?

— Tu as deviné, en principe, ça ne donnera rien mais ça me permettra de côtoyer la famille. Est-ce que tu as un message à transmettre ?

— A Sora ? Tu pourrais lui dire que je suis triste de les voir si tristes. Au fait, je repars avec Jason lundi, est-ce que je le mets au courant ?

— Attends les résultats de la fin de semaine. Avec Yepa, on pourrait vous inviter toi, Jason, Aponi et Nokomis, à dîner, ce serait amusant.

— Ton père Chochokpi aussi ?

— Forcément puisque c'est toi !

Et, tous les jours, Kotori se dérangea pour procurer à l'Indien la mixture appropriée. Sora l'accompagnait.

— Elle pourrait y aller toute seule, estima l'Indien au bout de deux jours.

— Parce que tu serais prêt à mettre la vie de ta fille en danger ? Avec les pumas et les loups qui vivent au bas du plateau ? Non, ce n'est pas sérieux, tu le sais bien. En plus, il faut un peu d'expérience pour réussir le bon mélange.

— Mais ça t'oblige et tu as certainement autre chose à faire, rétorqua l'Indien qui ne voulait rien devoir à personne.

— C'était prévu comme ça et on ne revient pas dessus.

Kotori et Sora profitèrent de ces moments privilégiés pour discuter.

— Oui, expliqua Sora, Kwahu est parti il y a environ trois mois en disant au père qu'il ne supportait plus cette prison. Ils se sont disputés et le père a même essayé de l'empêcher de sortir de la maison. Après, on a eu droit, encore plus qu'avant, aux cris et aux menaces.

— Mais tu ne sors jamais ?

— Si, mais très peu, quand vraiment il n'y a pas moyen de faire autrement.

— Mais la maison est à ta mère, elle pourrait dire à ton père de partir.

— Ma mère ne le chassera pas, elle a trop peur de lui et puis, elle ne supporte pas les disputes, alors elle ne se rebiffe jamais.

— Je vois. Mais comment il imaginait votre avenir, pour Kwahu et toi ?

— Je pense qu'il nous voyait restant à la maison, moi en aidant ma mère et en faisant des travaux de vannerie et Kwahu en s'occupant du champ et en fabriquant des mocassins.

— Ah, j'avais bien remarqué que vous ne vous attardiez jamais lors des fêtes des Kachinas.

— Mon père ramène vite fait son troupeau. Il y a longtemps Kwahu courait le matin avec les jeunes, toi aussi sans doute, mais ça n'a pas trop duré et moi, je n'ai jamais eu le droit.

— Mais maintenant tu as bien l'âge d'avoir plus de libertés !

— Oui, j'ai dix-huit-ans mais, pour mon père, ça ne compte pas.

— Il va falloir que ça change et on va t'aider avec Andrew, que tu as vu dans le rôle de Chef de la tribu. On a mis au point cette farce car Andrew a été touché par votre tristesse et voulait aussi te voir. Ne sois pas gênée d'accepter notre soutien, mon père tenterait aussi de raisonner le tien s'il savait tout.

A ces paroles, il vit briller une lueur d'espoir dans ses yeux.

Les jours suivants, Kotori ne manqua pas de lui fournir des nouvelles d'Andrew, qu'il contactait tous les soirs par téléphone. Il notait l'air intéressé qu'elle prenait, sans chercher à faire semblant.

Pour la taquiner, il lui annonça :
— Andrew attend la fin de la semaine avec impatience, on dirait qu'il se sent chez lui dans la

tribu, c'est fou, non ? En si peu de temps ! Je me demande bien pourquoi il est si assidu.

Sora ne répondit pas. Elle se prenait à rêver. Mais, comme Andrew n'était pas un Indien, ne devait-elle pas s'attendre à des difficultés de la part de son père ?

75 - La blague continue

Jason et Andrew revinrent de Phoenix dès le jeudi suivant.

Le lendemain, Andrew informa son ami qu'il se rendait chez Kotori :

— A tout à l'heure, chez Yepa qui, comme tu sais, nous invite à dîner. J'y vais en avance car on te réserve une surprise.

En présence de Yepa et Chavatanga, Andrew remit son déguisement.

— Je veux être comme Andrew, avec des plumes, réclama Chavatanga

— On demandera à grand-père, acquiesça Yepa, il te confectionnera certainement une petite coiffe, à la taille de ta tête.

Chavatanga trépigna pour marquer sa joie.

— Me voilà fin prêt, avec mon écharpe en plus, reprit Andrew. Ça ne fera pas bizarre que je ne parle pas ? Ce n'est pas un peu long comme maladie ?

— C'est long mais ça ne gênera pas l'Indien qui ne voit que son bobo.

— Il est toujours là, ce bobo ? questionna Andrew, très curieux.

— Apparemment, oui. Dans ce cas, c'est simple, ça veut dire qu'il n'a pas cherché à évoluer. Et il ne pourra même pas nous accuser puisqu'il n'aura pas fourni sa part !

— En tout cas, Kotori, reprit-il, merci pour tes comptes rendus réguliers qui montrent que Sora va mieux. A présent, elle sait qu'elle ne mènera pas toujours une vie aussi terne puisqu'on va l'aider.

— Enfin, j'ai surtout eu l'impression qu'elle compte sur toi, même si elle n'a pas été jusqu'à oser demander de tes nouvelles. Tu sais, elle avait une façon particulière d'être attentive quand je prononçais ton prénom.

— Alors, allons-y !

Et ils sortirent dans la pénombre du soir pour se diriger vers la maison de l'Indien.

Kotori remarqua bien vite qu'Andrew était intimidé :

— Maintenant, tu es l'amoureux transi ! Surtout ne te laisse pas reconnaître, de colère l'Indien en ferait une infection de la jambe et, qui sait, il faudrait peut-être la lui couper !

Ce fut Sora qui ouvrit la porte et son père la poussa sans ménagement sur le côté.

Kotori prit le parti de plaisanter :

— Tu n'es pas obligé de bousculer ta fille qui nous ouvre poliment la porte. Alors, rassure le Chef qui est revenu, comme promis et dis-lui si ta jambe va mieux.

L'indien le fixa d'un œil mauvais :

— Comme si tu ne savais pas, en venant tous les jours, que la douleur est en train de revenir.

— Le Chaman t'a quand même expliqué que ton attitude était déterminante, non ? Sans la poudre ce serait pire ou peut-être l'effet n'est pas immédiat dans ton cas. Poursuivons le traitement et, de ton côté, fais ce que Jason t'a conseillé.

Il était inutile de s'éterniser et de courir le risque qu'Andrew soit reconnu, alors Kotori donna le signal du départ. Pourtant Andrew se réjouissait à l'idée que Sora savait qu'il s'était déplacé pour elle.

— C'est un cas, quelle tête de mule ! soupira-t-il, lorsqu'ils se furent éloignés.

Kotori s'arrêta devant sa maison.

— Attends deux minutes avant de frapper à la porte, expliqua-t-il à Andrew et c'est moi qui viendrai t'accueillir. Cela risque d'être amusant.

— Oui, si Jason et sa famille sont déjà là ! répondit Andrew qui avait immédiatement compris.

Kotori fut accueilli par Yepa qui confirma ce qu'il espérait :

— Aponi, Jason et Nokomis viennent d'arriver, juste avant vous. Mais, au fait, Andrew n'est pas avec toi ? s'étonna-t-elle.

— Il ne va pas tarder à arriver, lui répondit Kotori, il …

Des coups furent frappés à la porte avant qu'il ne pût terminer.

— Chochokpi, c'est toi ? demanda Yepa à Andrew pour plaisanter.

— Il a du mal à parler, sans doute un mal de gorge, précisa Kotori à l'intention d'Aponi et de Jason.

Le nouveau venu se tenait emmitouflé dans son écharpe, sa parure vissée sur la tête et, tel quel, il ressemblait vaguement au Chef mais Chavatanga courut vers lui pour tirer sur la manche de son manteau :

— Andrew, plus tard je serai un chef comme toi.

Andrew approuva en grognant et en se renfonçant dans son écharpe tandis que Yepa fut obligée de rire et que Jason et Aponi ouvraient des yeux tout ronds puisqu'ils ignoraient ce qui s'était passé.

— Bon, il faut que je vous confesse ce qu'on a fait avec Andrew, expliqua Kotori. C'était pour la bonne cause, pour aider Sora et sa mère car on ne se faisait pas trop d'illusions avec l'Indien.

Et il retraça par le menu les événements de la semaine et Andrew ponctuait chaque fin de phrase par de vigoureux grognements pendant que Chatavanga et Nokomis riaient aux éclats.

Bientôt les enfants imitèrent Andrew, de sorte que ce fut très vite un véritable concert.

— Bon, je m'arrête, conclut Kotori, tout a été dit, sauf ce qu'on peut faire à présent.

— Eh bien, on en discute tranquillement en mangeant, précisa Yepa. Et Andrew pourra participer à la conversation s'il retrouve sa voix ! ajouta-t-elle.

Après un petit temps de silence pour apprécier les mets, la conversation reprit.

— Comment as-tu fait pour réussir à ne pas m'en parler à Phoenix ? demanda Jason à Andrew.

— Et aussi durant les trajets, tu oublies. J'ai eu du mal mais il le fallait pour la surprise d'aujourd'hui.

— Et Chochokpi, que dit-il ?

— Rien pour l'instant, répondit Kotori, puisqu'il n'est pas au courant. Après, comme il est assez ouvert, ça devrait passer.

Jason réfléchit tout haut :

— Au fond, qu'est-ce qui compte réellement dans cette histoire ?

— Que Sora, son frère et sa mère soient maîtres de leur vie, répondit Andrew immédiatement.

— Que l'Indien, un peu aussi, se libère et reprenne une place normale dans la tribu, c'est ce que dirait mon père, en tant que Chef, ajouta Kotori.

— Que l'Indien remarche correctement, compléta Yepa.

— Que Naqvu apporte son aide pour qu'il puisse se transformer intérieurement, compléta Aponi.

— Eh bien, comme on s'en doutait, tout tourne autour de l'Indien qui reste sur sa position et qu'on ne peut pas forcer à changer, conclut Jason.

Après un temps de silence, il reprit :

— Et si j'allais demander l'aide de Naqvu ?

76 - Il est temps de se réveiller !

Le lendemain, samedi, Jason mit Ursyn dans la confidence et lui révéla son intention de faire intervenir Naqvu.

Ursyn secoua la tête.

— Naqvu ne peut pas se permettre de forcer la guérison, lui répondit le vieux Chaman. Il a amorcé le processus et, après, il est tenu de respecter le libre-arbitre de l'intéressé. D'ailleurs, tu le sais très bien.

Jason se sentit désappointé.

Il avait vivement souhaité pouvoir annoncer une bonne nouvelle à Andrew pour débloquer la situation mais aussi pour lui montrer que Naqvu prêtait une oreille attentive aux suppliques de son serviteur.

L'orgueil n'était pas loin.

— Tu sais, reprit Ursyn, cela permettra d'apprécier la profondeur des sentiments d'Andrew et de voir s'il s'accroche. Un vent contraire éteint une simple flamme mais réveille le feu qui couve et embrase la prairie. N'importe comment le ciel sait mieux que nous ce qui est bon.

— Si tu le dis, concéda Jason.

— Andrew le comprendra, tu verras.

En effet, mis au courant par Jason, Andrew ne parut pas ennuyé :

— Qui sommes-nous, dit-il, pour dicter aux Esprits ce qu'ils doivent faire ? Naqvu sait certainement ce qu'il fait !

— Tu es déjà converti ? s'étonna Jason.

— Je ne sais pas si c'est le cas, en tout cas je peux dire que je me sens chez moi ici, immergé dans la tribu. Et Sora ne sera pas loin, j'ai confiance.

En fin d'après-midi de ce samedi, Kotori se rendit chez l'Indien pour lui confirmer sa résolution :

— Comme tu vois, on ne se décourage pas car une amélioration est encore possible. Donc, avec Sora, on va continuer à récolter la bonne terre et tu pourras t'enduire les jambes.

— Tu rêves si tu crois que je le fais moi-même. Non, c'est ma femme et éventuellement Sora qui s'en occupent. Il faut bien qu'elles se rendent utiles.

Kotori ne releva pas et, accompagné de Sora, il se glissa au pied du plateau. Très vite elle poussa un soupir de tristesse.

Kotori eut envie de la secouer :

— Avec Andrew, nous allons vous aider, toi et ta mère, surtout toi d'ailleurs car ta mère est soumise depuis longtemps et elle a moins de forces que toi, c'est donc toi qui vas l'entraîner. Qu'en penses-tu ?

— Je saurai faire ça ?

Les yeux de Sora exprimaient un profond désarroi, son père lui faisait peur et elle ne se voyait pas en train de lui tenir tête.

— Andrew et moi, on est à l'extérieur de ta famille, c'est sûr, alors que toi, tu es en première ligne. Il va donc falloir que tu prennes sur toi pour t'affirmer mais on t'encouragera et on t'aidera le plus possible. Ou alors tu ne veux peut-être pas de notre aide ? De la mienne et de celle d'Andrew ?

Sora faillit se mettre à pleurer.

— Sans votre aide, précisa-t-elle d'un ton de vaincue, je n'ai aucune chance de pouvoir changer les choses !

— Notre aide à tous les deux, on est d'accord ?

— Oui, je ne vois personne qui lèverait le petit doigt pour nous, parmi les voisins, puisqu'ils auraient pu le faire depuis longtemps.

— Alors, c'est dit et je vais informer Andrew qui sera très content, n'en doute pas. Tiens, le voilà justement, quelle coïncidence !

Puis, s'adressant à Andrew :

— J'étais justement en train d'expliquer à Sora que nous allions l'aider.

— Absolument ! Tu peux compter sur moi, Sora. Je te soutiendrai avec grand plaisir. Le veux-tu ?

Directement apostrophée, Sora acquiesça de la tête malgré sa gêne tandis qu'Andrew la fixait gentiment, attendant des paroles qui ne venaient pas :

— Tu sais, tu peux y croire, ta vie va changer car ton père ne pourra pas t'opprimer éternellement.

Et il lui saisit les mains, comme s'il voulait lui insuffler un peu de vaillance.

Surprise, elle faillit les retirer mais les mains d'Andrew étaient si douces !

Elle éprouva un réconfort immédiat et lui abandonna les siennes quelques instants, autant que la décence le lui permettait. Elle ne trouva rien à dire mais ses yeux parlaient pour elle.

— Bon, s'écria gaiement Kotori, on va pouvoir ramasser la terre à présent.

L'atmosphère, un peu solennelle, se détendit sur le champ et ils franchirent les quelques mètres qui les séparaient de leur but.

Puis, en raccompagnant Sora, à bonne distance de chez elle, Andrew la quitta en se retenant de l'embrasser sur les deux joues.

— A demain, lui dit-il.

— Oui, répondit Sora, mais Kotori doit venir me chercher tout seul devant la maison.

— Tu as raison, approuva ce dernier.

77 - Un changement de cap

La nuit d'Andrew fut tourmentée, il se tournait et se retournait dans son lit si bien qu'il afficha une mine fatiguée en se levant le dimanche matin.

— Oh, je vois que tu n'as pas bien dormi, s'écria Julian en le voyant tâtonner pour préparer la table du petit déjeuner.

— J'ai une décision à prendre, maintenant je crois, et je ne suis pas sûr de bien faire.

— On en parle, si tu veux.

— C'est une bonne idée, vous serez plus pondéré que moi et cela pourra m'aider. Et puis vous êtes un Blanc, comme moi, et vous me comprendrez mieux qu'Ursyn qui n'importe comment est sorti de bon matin. Mais, il faut que je commence par le début, au moment des vacances de Noël et de mon arrivée dans la tribu.

Il raconta alors le choc qu'il avait rapidement éprouvé face au mode de vie simple, naturel, qu'il avait découvert, loin de l'éducation artificielle qu'il avait subie sans se poser de questions.

— Curieusement, je me suis senti comme chez moi dans la tribu.

— Cela ne m'étonne pas, je me sens aussi extraordinairement bien ici, sans contrainte, utile aux autres et entouré de ceux que j'aime.

— Justement, et à cette sensation de bien-être, s'est ajoutée ensuite une attirance envers une jeune-fille de la tribu qui ne ressemble pas évidemment à celles que j'ai côtoyées à Phoenix.

Julian sourit :

— Et tu es tombé amoureux de la jeune fille !

— Oui, elle s'appelle Sora et elle vit sous la coupe d'un père tyrannique.

— Dont il faut la libérer.

— Je sais, c'est le coup du chevalier servant qui vole au secours de la jeune fille douce et gentille. En réalité, j'ai bien envie de la connaître davantage.

— C'est la décision que tu veux prendre ?

— Cette décision est déjà prise, Sora le sait et elle paraît d'accord. Non, je m'interroge sur la suite.

— Laisse-moi deviner, tu veux venir régulièrement dans la tribu ? Tu sais, je ne vois pas d'inconvénient à continuer à te loger lors de tes futurs séjours.

Andrew laissa passer quelques instants de silence avant de se lancer :

— Merci, c'est vraiment gentil mais la vraie question est : et si je me trompais ? Car ce serait un changement de vie radical.

Julian hocha la tête :

— Tu veux arrêter pour Phoenix, arrêter tes études, c'est ça ?

— Je crois que oui.

— Je suis peut-être influencé par le fait d'avoir fait moi-même de longues études mais il me semble que tu pourrais au moins terminer ton année scolaire. Ce n'est pas incompatible avec ton souhait et, au cas où tu te rendrais compte que tu t'es trompé, l'avenir ne serait pas obéré.

— En effet, c'est l'avenir que j'avais choisi : je voulais être anthropologue, je m'imaginais fouiller le sol, comprendre les cultures, étudier le langage et mes vacances ici ont tout chamboulé.

Julian écoutait sans l'interrompre.

— Il faut dire que je commençais déjà à me poser des questions. Nous avions la chance d'avoir un étudiant Hopi, Jason, parmi nous et il me paraissait évident de devoir lui poser des questions et de lui demander de décrire ce qu'il vivait à la tribu. Pourtant les enseignants ne l'ont jamais fait, comme s'ils suivaient une feuille de route définie, qu'il ne fallait pas élargir ou remettre en cause.

— Jason nous avait fait part de son étonnement, il était prêt à parler de sa vie, cela aurait pu être instructif et fascinant, une expérience de première main, mais en effet personne ne l'a interrogé. Je crois qu'il a été déçu !

— Oui, il m'en a parlé. Et c'était la première incohérence qui m'avait fait entrevoir l'espèce de carcan dans lequel il fallait se glisser dans notre société. Puis, dans la tribu, en vous observant tous, j'ai pris conscience de la réalité d'une autre vie, en accord avec soi-même et en harmonie avec la nature. Et, bizarrement, j'ai eu l'impression de me réveiller.

— Oh, tu es doué, toi ! s'exclama Julian. Pour moi, la prise de conscience s'est faite il n'y a pas si longtemps.

— Du coup, reprit Andrew, je ne vois pas l'intérêt de poursuivre des études auxquelles je ne crois plus.

— Et Sora s'est ajoutée au reste ?

— Oui. Mais vous allez m'objecter que c'est elle qui a fait basculer définitivement mes impressions.

— En fait tu es amoureux d'une personne, certainement charmante, qui fait précisément partie de la culture dont tu es amoureux.

Andrew esquissa un sourire mais il reprit rapidement son air sérieux.

— C'est certain, je souhaite rester non loin de Sora et je n'envisage pas de partir avec elle loin de la tribu, si, bien sûr, elle veut toujours de moi. En tout cas, le fait d'en parler avec vous m'a permis de clarifier mes idées et de balayer mes derniers doutes. Merci, Julian, de m'avoir écouté comme si vous étiez mon grand-père.

— J'ai encore de la place dans mon cœur, assura Julian en lui souriant amicalement.

Andrew lui rendit son sourire tout en affirmant qu'il comptait en parler au repas de midi :

— Je suis désolé pour Jason, il va se retrouver tout seul à Phoenix.

78 - La décision de Jason

— Comme tu as l'air grave, constata Aponi en accueillant Andrew au moment du repas de midi. Aurais-tu des soucis ? Si on peut t'aider !

— Rassure-toi, rien de mortel, j'ai simplement pris une grande décision et je vais vous en faire part à la fin du repas.

Jason jeta un coup d'œil à son ami et il lui sembla avoir lu dans l'esprit d'Andrew mais il s'abstint d'émettre un commentaire.

— Alors ? demanda Ursyn à Andrew quand ce fut le moment. On t'écoute.

Andrew expliqua qu'il mettait fin à des études inutiles à Phoenix.

— Vous comprenez, je revis dans la tribu !

— N'y a-t-il pas une autre raison ? demanda Jason.

— Tu veux parler de Sora ? Oui, je le reconnais, ça contribue à ma décision. Le seul ennui, c'est que je te laisse, Jason, continuer tout seul.

— Ne t'en fais pas pour moi, il se pourrait que j'aie également atteint la limite puisque, comme vous le savez, je connais la même déception.

Les yeux d'Aponi se mirent à briller de bonheur.

— On va en discuter avec Aponi et je vais en parler rapidement à Naqvu, reprit Jason. Puis, je prendrai ma décision et, en attendant, je suspends mes séjours à Phoenix.

Nokomis, qui avait un peu plus de quatre ans, grimpa sur les genoux de son père et se mit à chantonner : Phoenix, c'est fini ! Phoenix, c'est fini !

Ursyn demanda encore à Andrew comment il voyait son avenir.

— J'oublie Phoenix immédiatement et je reste définitivement dans la tribu, si tout le monde est d'accord, répondit celui-ci. Je suis libre de décider pour moi, mes parents étant décédés depuis quelques années, j'ai vécu chez une vieille tante que j'irai voir régulièrement. Je pourrais me rendre utile ici et me mettre au service d'une cause précise. Et, puis, je crois que mon bonheur se trouve ici également et que ma vie passée est morte. Donc, pour résumer, on pourrait dire que je n'irai plus à Phoenix mais que, comme le phénix, je renais de mes cendres.

Les convives apprécièrent bruyamment le jeu de mots.

— Alors, il va falloir avertir Chochokpi, tempéra Ursyn, mais je suppose qu'il n'y verra pas d'objection puisqu'il te connaît.

— Mais, au fait, Grand-Père Julian voudra t'héberger à temps plein, ajouta Aponi ?

— Oui, j'ai assez de place pour partager avec Andrew et Ursyn, confirma Julian, et je serais ravi de le faire.

En ce même dimanche, le soir enfin venu, Andrew se rendit chez Kotori.

— On y va ? lui demanda-t-il. Tu passes prendre Sora et je vous attends au pied du plateau ?

— Oui, c'est bien mieux. Au fait, demain tu repars à Phoenix pour la semaine, ce n'est pas trop dur ?

— Non, ce ne sera pas dur du tout, répondit Andrew en affichant un large sourire. J'arrête mes études.

— Pour Sora ? s'étrangla Kotori. Tu renonces à ton métier pour elle ? L'amour te tourne la tête ou quoi ?

Kotori tenta de le raisonner :

— Tu sais bien qu'une semaine passe aussi vite qu'une pluie d'orage et je fais le lien avec Sora pour te donner des nouvelles.

— Je sais, tu es un frère. Mais comme je l'ai annoncé à tous, aujourd'hui à midi, j'ai l'impression que ce métier ne répond plus à mes attentes. D'ailleurs, Jason est également déçu par ses études et, qui sait, il va peut-être aussi arrêter les frais.

— Mais vous n'avez aucune endurance, tous les deux ! Normalement, on peut quand même attendre la fin d'une année pour faire un bilan.

Kotori n'approuvait pas et il se montra sévère.

— Oui, j'aurais pu, concéda Andrew, mais j'ai découvert la tribu et ses valeurs qui sont à mille lieues de Phoenix. Alors, pourquoi faire le grand écart pendant les quelques mois qui restent pour en arriver au même point ?

Kotori se radoucit pour dire qu'il pouvait comprendre cet argument :

— Au moins, ce n'est pas pour Sora, d'après ce que tu me dis. Tu ne sacrifies pas ton avenir pour une amourette, excuse-moi de minimiser. Bon, je suppose que tu as réfléchi mais tu avoueras qu'une attirance aussi soudaine pour la tribu est étonnante de la part d'un Blanc.

— C'est bien ce qui est arrivé à Jason, protesta Andrew.

— Jason est un Indien par sa mère, la moitié du chemin était déjà parcouru. Tu sais, ton choix ne me concerne pas mais je tiens à te dire que la vie à la tribu n'est pas forcément idyllique, tu devras t'y faire car tu restes ici, je pense ?

— Oui, si le Chef m'accepte.

— Le Chef, ce n'est pas toi ? sourit Kotori.

Soulagé, Andrew lui rendit son sourire, il venait à nouveau d'expliquer sa position et celle-ci avait été comprise.

— A présent, je vous attends au bas du plateau reprit-il.

— Oui, c'est l'affaire de quelques minutes car Sora ne me fait jamais attendre à sa porte…

Andrew fit quelques pas pour chasser sa nervosité, il allait revoir Sora et rêvait de la tenir dans ses bras mais le moment n'était pas venu.

En même temps, il était absorbé par la pensée des obstacles à surmonter, surtout avec le père de Sora, et il sursauta quand les deux jeunes se présentèrent devant lui : en parfaits Indiens ils s'étaient déplacés en silence.

Surpris, Andrew tenta de plaisanter :

— Il faudra m'apprendre à circuler sans bruit, comme un vrai Hopi sait le faire, à l'affut, quand il chasse le bison !

Sora esquissa un sourire tandis que Kotori s'exclama joyeusement :

— C'est quoi un bison ? Cela fait belle lurette qu'il n'y en a plus dans le coin !

— Et si on les faisait revenir ?

— Tu ne parles pas de quelques bisons sauvages, non, tu penses à un élevage de bisons ?

— Cela pourrait constituer un revenu pour la tribu.

— Il va falloir t'inculquer une nouvelle façon de penser, indiqua Kotori d'un air légèrement moqueur. Chez les Hopis on respecte toutes les formes de vie et on ne tue que sous une extrême nécessité. Alors, on ne peut pas les élever pour ensuite les massacrer et les vendre. Sans compter que pour des bisons, il faut beaucoup d'herbe ! Mais ne t'inquiète pas, dans vingt ans, tu auras tout appris.

— Avec l'aide de Sora, alors, répliqua Andrew immédiatement.

Et il se tourna vers la jeune fille en se retenant de lui prendre la main. Ce fut elle qui osa, tout en restant muette mais ses yeux s'exprimaient à sa place.

— Je vois que tu es en de bonnes mains, plaisanta Kotori à l'intention d'Andrew, alors, allons récolter notre terre.

Ce fut évidemment vite réglé, trop vite d'ailleurs, et Andrew suggéra à Sora de trouver un motif plausible pour pouvoir sortir plus souvent de chez elle.

— Ton frère, Kwahu, je crois, est parti mais ne devrais-tu pas proposer à ton père de le remplacer ? Que faisait-il exactement ?

— Il s'occupait du champ et fabriquait des mocassins, expliqua Sora.

— Alors, t'occuper du champ va être l'occupation idéale pour t'échapper de la maison et ton père devrait être d'accord puisqu'il s'agirait d'améliorer l'ordinaire de la famille.

— A de nombreuses reprises, il s'est plaint du départ de mon frère mais il n'a jamais dit que je devais le remplacer.

— Bien sûr, il ne veut sans doute pas te perdre de vue.

Kotori, qui avait écouté, émit une nouvelle idée :

— C'est Julian, le grand-père de Jason, qui est l'agronome de la tribu. Il pourrait t'initier à la culture tout en te fournissant la caution morale d'un adulte responsable.

— Quelle bonne idée, reprit Andrew, et il pourrait peut-être même aller carrément voir ton père en l'informant qu'il connaît votre situation difficile avec son problème de mobilité et le départ de son fils.

— Là, je ne sais pas si c'est la bonne approche, surtout qu'il est orgueilleux et qu'il ne s'agirait pas de le braquer.

— En tous cas, l'idée est à creuser, rapidement.

Sora écoutait pleine d'espoir, une solution se profilait peut-être à l'horizon et elle était déterminée à la faire aboutir.

— A demain, conclut Andrew, demain lundi, car je ne vais pas à Phoenix, je n'y vais plus. En fait, j'ai arrêté mes études.

Et il précisa qu'il s'était leurré sur le métier qu'il voulait exercer.

— Par contre, ajouta-t-il, je ne pense pas me tromper sur mon choix de vie qui est de rester dans la tribu.

Un sourire magnifique éclaira le visage de Sora : sa vie allait changer, elle y croyait maintenant.

Devant la maison de Sora, Kotori conclut :

— Andrew veut rester car il est tombé amoureux de notre culture…

Voyant l'expression perplexe de Sora, il s'empressa d'ajouter :

— … et aussi d'une Indienne de la tribu. Je me demande bien de qui il s'agit !

Tard ce soir-là, seul avec Aponi, Jason reprit le fil de la discussion :

— Tu vois, pour Phoenix, je crois que j'ai fait le tour de la question. Ma mission est de guider la tribu vers la lumière et je pense y arriver plus facilement en utilisant la technologie à bon escient. Mais maintenant, grâce à Andrew, j'ai une vue d'ensemble suffisante de ce qu'il faut faire et par ailleurs, au niveau de l'anthropologie, mes études m'ont déçu. C'est donc sans regret que j'abandonne puisque ce serait bête de m'obstiner.

— Je suis heureuse de ta décision, il a sans doute fallu que tu voies par toi-même. C'est pour cette raison, je suppose que tu n'as pas demandé l'aide de ton grand-père Julian qui aurait certainement pu t'apporter son expérience.

— On en a bien discuté avant mais il ne m'a rien proposé. Je pense qu'il n'a pas voulu me contrarier et, puis, il en sait certainement moins qu'Andrew qui baigne dans ces nouvelles technologies.

Aponi approuva et tous deux restèrent silencieux.

— Demain, j'en parle avec Naqvu et plus tard avec Agarthina.

Un nouveau silence s'installa, Aponi glissait doucement vers le sommeil quand elle trouva la force de murmurer :

— Tu ne vois pas comment Andrew pourrait se rendre utile ?

— A mon avis, il doit décider lui-même.

— Mais, tu viens de dire qu'il baigne dans les nouvelles technologies et précisément l'informatique puisque c'est lui qui a complété ta formation initiale, c'est donc le service qu'il pourrait assurer. Ne lui propose pas d'être jardinier, la place est déjà prise par ton grand-père, qui s'en acquitte très bien.

Jason se retint de rire aux éclats, Aponi, avec son solide bon sens, avait réglé la question.

D'ailleurs, au fond, une question l'effleura, le but de cette aventure, apparemment manquée, n'était-il pas de lui faire rencontrer Andrew ?

79 - La bénédiction des autorités supérieures

Lundi, lors de l'entretien, Naqvu ne trouva rien à redire à la décision de Jason.

— J'ai pourtant l'impression d'être légèrement fautif de ne pas terminer l'année, protesta Jason.

— Paresse et peur sont des vampires qui vident le Chaman de sa force. Mais c'est seulement la lumière de la voie juste qui a éclairé ton esprit. Faute il n'y a pas.

Il se sentit réconforté mais il restait songeur. Devait-il se faire aider quand même ?

— Détends-toi avec force et concentre-toi avec douceur.

Quoique étonné par ces paroles apparemment contradictoires, Jason essaya... et se remémora soudain les derniers mots prononcés par Aponi avant de s'endormir : Naqvu venait de lire dans son esprit !

— Tu as rencontré la bonne personne avec Andrew. Bienvenue est l'aide quand elle ne disperse pas.

Jason hocha la tête.

— En fait, c'est le Ciel qui m'a soufflé que je devais aller à Phoenix pour rencontrer Andrew et le ramener ?

— Oui, mais libre tu demeurais de ne pas répondre à ton inspiration. Libre aussi Andrew restait.

— Pourtant le Ciel lui a tendu en la personne de Sora un piège dans lequel il était difficile de ne pas tomber. J'en suis même à me demander si vous n'avez pas manigancé la maladie de son père.

Et Jason repartit, accompagné d'un sourire espiègle de Naqvu et, ensuite, sur son trajet de retour, il eut la vision fugitive d'un clin d'œil de la part du petit écureuil roux.

Dans la soirée, il relata à son grand-père Ursyn sa conversation avec Aponi et Naqvu, en ajoutant qu'il lui restait ainsi à parler à Agarthina.

— Comme je ne repars plus à Phoenix, je te libère en te remerciant vivement, tu n'as plus besoin de t'échiner à me remplacer et, même, tu peux repartir vivre auprès d'Agarthina si tu le souhaites. Mais note que je préfère être avec toi. Aponi et Nokomis pensent comme moi.

Ursyn resta songeur, partagé entre ses deux envies, en s'attardant intérieurement sur la possibilité de rester. Ne devait-il pas se rendre utile auprès d'Andrew ?

— C'est très tentant de repartir. Mais, avant tout, il faut que je sois là où je peux aider et ce pourrait être avec Andrew.

— Tu penses à lui pour me seconder, pour ce qui concerne la préparation matérielle des cérémonies, par exemple ? Il est vrai que je suis souvent débordé. Mais j'aimerais que tu passes en premier, au lieu de te sacrifier encore. Et, puis, d'ailleurs, même si le temps est trop court, tout se fait quand même avec l'aide du Ciel.

— Oui, je sais, tu ne te déchargerais que des tâches vraiment matérielles, ce qui laisserait à Andrew tout le temps nécessaire pour s'occuper en même temps d'informatique.

— J'ai l'impression que tu as tout prévu, sourit Jason.

— Tu sais, pour Andrew, je crois qu'il faut que je l'aide à s'intégrer pour que son enthousiasme ne se transforme pas en déception et je le ferai avec joie. Je peux même t'avouer que j'ai, à présent, du mal à vous quitter tous, car jamais je n'aurais pu imaginer qu'on allait former une si belle famille qui s'étend aussi à Chochokpi et aux siens.

Jason se montra interloqué :

— Mais, et Agarthina ?

— Je ne quitte pas Agarthina, souvent, la nuit, nous communiquons et, je te l'assure, c'est merveilleux. Et, puis, cela fait quelque temps que je voulais t'en faire part : il est inutile que tu informes Agarthina de tous tes faits et gestes. D'ailleurs, c'est pareil pour Naqvu. Aie confiance en toi et dorénavant, limite-toi à l'essentiel.

Jason soupira de soulagement, son grand-père ne les quittait pas et c'est ce qu'il retint de plus important.

— Donc on parle à Andrew, conclut Jason.

L'entretien entre Jason, Ursyn et Andrew eut lieu dès le lendemain.

— On va discuter de ton avenir, si tu veux bien, le prévint Ursyn en prenant, accompagné de Jason, la direction de la kiva.

— Normalement, lui expliqua Jason, tu n'as pas le droit d'y pénétrer car tu n'as pas été initié. Mais, on ne fait que devancer l'autorisation puisque tu comptes rester dans la tribu et que tu seras initié.

Ursyn lui expliqua alors brièvement le déroulement de la cérémonie :

— Tous les jeunes la subissent car c'est le rituel de passage à l'âge adulte. Jason, bien sûr, y a eu droit aussi en arrivant.

— Eh bien, d'après ce que je vois, on survit, conclut gaiment Andrew.

Ils s'assirent en rond sur la terre battue et se regardèrent amicalement.

— Alors, comme tu l'as dit, tu veux te rendre utile et servir une cause précise, indiqua Jason. Est-ce que tu as choisi la cause qui pourrait rendre service ?

— J'ai réfléchi depuis l'autre jour et je crois avoir trouvé en me rappelant que tu voulais, à Phoenix, tout connaître sur la technologie, pour moderniser la tribu. Je pourrais donc t'aider à le faire.

— Ta proposition me ravit, s'écria Jason, c'est exactement ce que j'espérais car tu en sais beaucoup plus que moi sur le sujet.

— Et je pourrais mettre sur pied une espèce de salle informatique où les gens viendraient, des jeunes pour s'initier, des adultes pour régler leurs papiers, enfin tous ceux qui n'ont pas d'ordinateur chez eux. Au besoin, je pourrais les aider et même dispenser des cours.

— Tu vois, ce sont les Esprits qui m'ont fait te rencontrer, il n'y a pas d'autre explication, reprit Jason, très enthousiaste.

— Nous plaçons notre vie, nos décisions, nos aspirations, compléta Ursyn, sous le contrôle du Ciel et plus nous lui faisons confiance, plus Il nous répond. Je pense que tu as déjà compris que c'est notre mode de fonctionnement.

— Oui, et je suis admiratif mais assez loin encore de cette conviction, hélas.

— Bien sûr, il ne peut pas en être autrement, reprit Ursyn. Mais, je peux t'aider si tu le souhaites et te montrer, comme je l'ai fait pour Jason, les liens entre le Ciel et la Terre.

— Je suis d'accord, répondit Andrew. Le monde dans lequel j'ai évolué manquait singulièrement de repères et de valeurs. Son Ciel était particulièrement bas.

— Alors, c'est dit, confirma Ursyn, je t'aiderai. Et, puis, je te suggère aussi, même s'il n'y a pas de rapport avec ce que je t'enseignerai, que tu aides Jason, qui est souvent débordé, dans la préparation des fêtes.

— Avec joie, bien sûr. Voilà, je crois que j'ai trouvé ma vocation, je suis là pour aider et, en même temps, je me fais du bien. Comme c'est éloigné de l'ambiance frelatée que j'ai connue et comme tout s'est enchaîné incroyablement depuis quatre mois !

Puis Andrew se tut, perdu dans ses pensées.

— Je vois qu'il te reste une préoccupation, tu peux nous en faire part, l'encouragea Jason.

— Il s'agit de Sora, la fille de l'Indien qui ne remarche pas vraiment pour l'instant. Je crois que je veux faire ma vie avec elle.

Ursyn lui apporta son soutien :

— Sora, que j'ai perdue de vue depuis un certain temps, est une jeune-fille qui ne se fait pas remarquer mais, autant que je me souvienne, elle dégage une belle lumière. Telle une fraise des bois, elle est discrète mais son parfum est délicat.

Et son goût, j'espère, délicieux, pensa Andrew qui se prit à rêver.

Enfin, deux jours plus tard, Jason et Ursyn, à l'initiative de ce dernier, prirent la direction de la grotte pour s'entretenir avec Agarthina.

— Mes chers amis, déclara Agarthina, je sais que la tribu a accueilli un nouveau membre, Andrew, un ami de mon jeune Chaman.

— Ce n'était pas le but de mon immersion à Phoenix ? demanda Jason.

— Oui, tu as fait l'effort d'y aller et de te confronter à des techniques inconnues pour éventuellement les introduire dans la tribu. Et, ce faisant, tu as attiré un jeune homme qui a éprouvé une envie irrépressible de laisser ses vieilles certitudes pour s'éveiller à un autre monde.

— Et, puis, on dirait qu'il a trouvé l'amour, ajouta Ursyn.

— Oui, ses nouvelles dispositions lui ont ouvert le cœur, sa place est dans la tribu.

Agarthina marqua alors une pause avant de poursuivre en s'adressant au vieux Chaman :

— Evidemment, Ursyn, tu l'as pressenti, il y a lieu d'accompagner l'arrivée d'Andrew. Voyez comme sa lumière s'est réveillée au contact de la vôtre. Puissiez-vous, dans la nuit qui encercle actuellement l'humanité, en réveiller beaucoup d'autres !

80 - Il faut prendre le bison par les cornes

Chochokpi et les Anciens approuvèrent l'arrivée d'un nouveau Blanc dans la tribu.

Taima récrimina un tantinet mais cela ne prêta pas à conséquence.

— Andrew est un ami de Jason, lui rétorqua son mari. Et Kotori est déjà son ami aussi, d'après ce que je sais.

Pour l'instant, il ignorait toujours la farce des jeunes qui consistait à fabriquer un emplâtre pour l'Indien, farce qui se poursuivait, même s'il ne s'agissait plus, pour Andrew, de prendre son apparence de Chef.

Ainsi, les garçons se retrouvaient tous les deux, avec Sora, au pied du plateau pour récolter la terre qui devait servir.

— Comment va ton père ? demanda Andrew à Sora.

— C'est toujours pareil, il ne peut pas vraiment marcher, il s'appuie sur un bâton quand il doit absolument se déplacer.

— Il n'a donc pas changé.

Sora soupira.

— Hélas, non.

Après un silence, elle reprit :

— Il ne va bientôt rien rester des provisions qu'on avait mises de côté pour la fin de l'hiver.

— On peut vous aider, proposa Kotori.

— Merci. Mais, en attendant, demain matin, je préviens mon père que je m'occupe dorénavant de notre champ, inutile que j'attende l'intercession du grand-père de Jason ou de quelqu'un d'autre.

— Tu comptes l'affronter ? demanda Andrew, surpris.

— Oui, et, avec ou sans son accord, je cultiverai ce champ.

Sa détermination força l'admiration des garçons.

— Eh bien, si on m'avait dit que, sous ton air très réservé, se cachait un tempérament de guerrière ! s'exclama Andrew.

Puis ils se mirent au travail et avant de se quitter, au pied du plateau, ils s'assirent sur le sol pour parler de la confrontation du lendemain.

— Tu n'as pas peur ? s'inquiéta Andrew.

— Si, mais il faut que je le fasse.

— Ne crains pas que ton père te chasse, compléta Kotori, il ne le fera pas, il ne veut surtout pas que tu t'éloignes. Mais si par hasard il le faisait, tu te réfugierais chez les deux chamans. Ursyn te raccompagnerait chez toi, cela pourrait impressionner.

Andrew repartit seul ensuite, après avoir embrassé Sora sur les deux joues :

— Pour te transmettre du courage, plaida-t-il.

— Tu sais, si cela se trouve, déclara Kotori à Sora avant de la laisser près de sa maison, ta détermination pourrait le déstabiliser et le faire céder.

— Oui, peut-être, avec lui, tout est possible. En tout cas, merci Kotori de m'aider. Comme dit Andrew, cela me donne du courage.

— Tu en as mis du temps à revenir, grogna l'Indien, alors qu'il s'agit uniquement de ramener un peu de terre ! On dirait que tu la cultives.

— Eh bien, justement, je veux te parler de culture et de notre champ, répondit Sora en confectionnant l'emplâtre.

Elle se lança.

Autant me débarrasser de ce moment pénible, se dit-elle, au lieu de ressasser pendant toute la nuit.

— Il n'y a rien à en dire, répliqua l'Indien, ton frère est parti et le champ n'est pas cultivé.

— Quelqu'un d'autre doit le remplacer, osa-t-elle affirmer.

— Et comment je fais avec ma jambe ?

Ses yeux jetaient des éclairs mais Sora, pour la première fois, ne se laissa pas intimider.

— Pour guérir, le jeune Chaman t'a expliqué ce qu'il fallait faire. Alors, en attendant, c'est moi qui cultiverai le champ.

— Je te l'interdis, formellement, cria l'Indien. Tu ne sors pas de la maison.

— Tu ne pourras pas m'en empêcher. Je vais cultiver le champ pour qu'on ne soit pas obligé d'aller mendier de la nourriture et d'être la risée de la tribu.

L'Indien cria et tempêta mais, affalé sur son matelas, il ne réussit pas à impressionner sa fille qui le contemplait avec pitié.

Alors il prit sa femme à témoin, lui reprochant d'avoir donné naissance à une ingrate irrespectueuse. Mais elle déclara courageusement, à l'instar de sa fille, que celle-ci avait raison car sans nourriture il ne pourrait jamais guérir.

C'en était trop. Il saisit alors, par poignées, son cataplasme pour le projeter contre les murs de la pièce.

Sora ne broncha pas ; au contraire, pleine de dignité, elle ramassa la terre et procéda au nettoyage des lieux.

Alors, son père se sentit impuissant, il vit que ses imprécations ne rencontraient que le vide et qu'il ne possédait pas les moyens physiques de s'opposer à la volonté de Sora. Dès lors, sans un mot, il se tourna vers le mur et ne bougea plus.

Plus tard, dans la soirée, sa femme, qui n'avait pas bronché, déposa une assiette près de sa couche :

— Voilà ton repas, lui dit-elle, mange tant que c'est chaud.

Finalement, taraudé par la faim, il mangea au cours de la nuit et envoya valser son assiette.

Le bruit réveilla sa femme et sa fille qui dormaient seules dans la pièce voisine.

— Ne crains rien, Maman, lui souffla doucement Sora, il ne peut rien nous faire.

— Mais s'il se met à crier ? C'est très dur de supporter ses hurlements.

— Tu n'écoutes plus, tu fermes tes oreilles. Et s'il t'appelle d'une voix normale pour t'amadouer, si par hasard je ne suis pas là, tu lui remets en mémoire, sans t'agacer, qu'il doit changer pour remarcher. Ne te laisse pas enfermer dans une discussion, cela ne donnera rien.

— Oui, tu as raison mais je me sens très inquiète. D'ailleurs, son silence aussi, tellement inhabituel, me fait peur. On ne devrait pas se réconcilier avec lui ?

— Non, il n'a plus de pouvoir, tu le vois bien, il bouge très difficilement et ne peut rien t'interdire. Et si tu cèdes, il ne changera pas et ne pourra guérir.

Pendant quelques instants, la maison resta silencieuse.

— Rendors-toi tranquillement, je suis là, reprit Sora.

Que pouvait faire son père ? se demanda-t-elle.

Elle affichait un calme qu'elle n'éprouvait pas tout à fait. C'était elle qui devait affronter son père car sa mère, de démissions en démissions, était devenue incapable de protéger ses enfants. La situation était devenue invivable de sorte que Kwahu avait préféré s'enfuir. Evidemment, elle n'avait pu faire de même en le rejoignant chez Qaletaqa. Que serait devenue sa mère ?

Elle devait donc se montrer forte. C'est d'ailleurs à cette seule condition que sa mère la suivrait. Penser à Andrew lui donnerait le courage nécessaire.

Le lendemain matin, son père se tenait toujours allongé vers le mur. On lui servit son premier repas.

Je mangerai quand je le déciderai, se dit-il.

Puis, il entendit les bruits domestiques usuels mais resta absent. Sa femme et sa fille échangèrent quelques mots par-ci, par-là, ceux nécessaires à leurs besognes, comme il en avait toujours été le cas. La maison ronronnait tristement, mais il y prêta d'autant moins attention qu'il bouillonnait de colère.

Il attendit, en vain, des excuses, qu'on le supplie de bien vouloir pardonner, et, puis, non, personne ne se souciait de lui.

Au bout d'un certain temps, fatigué par sa nuit entrecoupée de pauses, il s'endormit.

Puis, en début d'après-midi, il entendit vaguement sa fille qui l'informait :

— Le jeune Chaman a un grand-père, Julian, qui s'occupe des cultures. C'est lui que je vais voir, il pourra certainement m'initier et m'aider pour que la terre produise au printemps de quoi nous nourrir.

Elle a tout planifié, se dit l'Indien, une eau dormante, quelle hypocrite !

Ecœuré par tant de duplicité, il se rendormit.

81 – Une bouffée d'air

Ainsi qu'ils en étaient convenus, Kotori l'attendit près de chez elle et ils cheminèrent vers la maison de Julian.

— Je t'emmène chez Julian et on y verra Andrew, lui annonça Kotori.

— Ah, tant mieux, cela nous évite de faire un détour, je suppose.

— Andrew habite chez Julian, on a oublié de te le dire ?

— Ah oui ? Je l'ignorais.

Sora eut un petit frémissement de joie.

— J'espère que ta conversation avec ton père n'a pas dégénéré, poursuivit Kotori.

— Non, il semble avoir compris qu'il ne peut plus imposer sa volonté. Je vous raconterai les détails, à toi et à Andrew, quand on aura un moment.

A peine avaient-ils frappé à la porte de la maison que celle-ci s'ouvrit sur Andrew.

Il salua Kotori et embrassa Sora sur les joues avant de la présenter à Julian :

— Voilà Sora, la fille de l'Indien malade des jambes, qui veut remplacer son frère dans le champ familial. Elle n'y connaît rien et aurait besoin de conseils pour bien démarrer.

— Entrez, Sora, soyez la bienvenue, l'invita gentiment Julian. Bien sûr, appelez-moi par mon prénom, ajouta-t-il en la devançant.

— Bonjour, Julian, merci pour votre accueil.

Sora s'était métamorphosée : elle avait remisé sa timidité au musée des antiquités.

— Oui, nous avons un petit champ qui déjà ne subvenait plus suffisamment à nos besoins depuis le départ de mon frère, il y a six mois. Et depuis que mon père est malade, le problème devient urgent. Alors, je vais me lancer, avec votre aide, si vous voulez.

Et elle adressa à Julian un charmant sourire.

Kotori et surtout Andrew, éprouvèrent un sentiment de fierté, leur protégée ne ressemblait plus à la fille fragile, recroquevillée sur elle-même, à la merci de l'humeur changeante et autoritaire de l'Indien.

D'ailleurs, ils remarquèrent qu'elle était en train de se modifier physiquement, elle s'était redressée et elle avait troqué son visage triste à l'air abattu contre une expression avenante qui l'éclairait et faisait ressortir de jolis yeux noisette.

Andrew resta sous le charme et Julian s'empressa :

— Bien sûr que j'apporte mon aide. Et je suis sûr que nous réussirons.

Sora montrait sa joie sans retenue : elle était entourée d'amis et se trouvait loin de son père. Aussitôt, elle sut qu'elle ne se laisserait plus jamais enfermer.

— A présent, allons voir ta parcelle, proposa Julian.

Sora fut incapable de la localiser avec certitude.

— Je crois qu'il faudrait que je revienne avec ma mère, indiqua-t-elle. Demain peut-être, si cela vous convient, Julian ?

— C'est quand vous voulez, je ne bouge pas.

— Dans ce cas, on pourrait venir comme aujourd'hui, après le repas de midi. Cela doit faire longtemps qu'elle n'est pas venue sur place et je pense qu'elle sera ravie de revoir son morceau de terre.

— On te laisse, Julian, et, avec Kotori, on raccompagne Sora jusque chez elle, conclut Andrew.

Sora raconta alors le déroulement de sa confrontation avec son père :

— Je crois qu'on peut arrêter la comédie des emplâtres, dit-elle. Mon père a jeté la terre contre les murs en criant.

— Tu n'as pas eu peur ? s'inquiéta Andrew.

— Si, mais j'ai réussi à garder mon calme. J'ai nettoyé et réaffirmé que je cultiverai le champ. Alors, il a compris qu'il ne pouvait rien faire et depuis il boude.

— Il boude ? s'exclama Kotori, tu veux dire qu'il ne parle plus ?

— Non, il ne parle plus et il est allongé, tourné vers le mur.

— Ah !

— Avec Maman, on fait comme si de rien n'était, on pose son assiette ou des vêtements propres, si besoin, à côté de son matelas, et on l'informe. Ensuite, il en fait ce qu'il veut. Par exemple, pour son repas du soir, il a mangé au milieu de la nuit et il a terminé en jetant son assiette.

— Il essaie une guerre d'usure ?

— C'est peut-être ce qu'il tente. Pour nous, il s'agit simplement de mener une vie normale, sans peur et sans colère, en souhaitant qu'il comprenne.

— Vous allez tenir sur la distance ?

— Oui, car nous avons de vrais amis qui nous soutiennent, répondit Sora tendrement.

82 - Une proie pour Huyana ?

Huyana ne mit pas longtemps à s'apercevoir de la présence d'un nouveau dans la tribu, encore un jeune Blanc qui présentait bien, apprécia-t-elle.

Elle mena sa petite enquête pour s'apercevoir qu'il vivait dans la maison de l'autre Blanc, le vieux qui était le deuxième grand-père du jeune Chaman.

Heureusement Machakw s'est volatilisé, se dit-elle, et il n'a plus donné signe de vie depuis. D'ailleurs, si on réfléchit bien, je ne lui dois rien, on ne s'est rien promis.

Elle tenta de se placer sur le chemin du jeune Blanc – il paraît qu'il s'appelle Andrew – et le vit toujours accompagné, soit de Kotori, soit de Jason – ah ! elle lui en voulait à celui-là ! – soit du vieux.

Et, puis, elle les voyait aussi régulièrement dans un champ avec une fille qu'elle connaissait à peine. Ce ne pouvait être une rivale, décréta-t-elle prétentieusement.

Au bout de quelques jours, elle comprit qu'elle devait forcer le destin, en se rendant peut-être carrément à son domicile, mais alors sous quel prétexte ?

Elle hésitait.

Son souhait allait être rapidement exaucé quand elle le surprit en train de construire une cabane un peu à l'extérieur du village, du côté des kivas. Elle profita d'un moment où il se trouvait seul pour l'aborder :

— Bonjour, je m'appelle Huyana et je connais bien tes amis. Alors, je me permets de venir te voir, les amis de mes amis étant mes amis, comme on dit.

Andrew se retourna, surpris, et il vit une fille en jean et baskets, emmitouflée dans une veste en peau. Ses cheveux présentaient des mèches décolorées et son maquillage agressif lui conférait un air effronté et dur. Il la jaugea, ses yeux ne reflétaient pas la gentillesse et elle semblait plus âgée que lui.

— Bonjour. Ah ! oui, tout le monde se connaît dans la tribu.

Par cette remarque, Andrew marqua son scepticisme : cette fille, qu'il n'avait jamais croisée, ne pouvait être liée à son cercle de camarades, cela ne cadrait pas.

— Oui, on forme une grande famille, c'est ce qui est génial. Alors, je te vois construire une cabane, elle est pour toi ? Evidemment, tu y serais indépendant, je te comprends, c'est mieux que d'habiter chez quelqu'un.

— Mon logement me convient parfaitement, donc là je construis avec mes amis un endroit dédié à l'informatique. On y installera un ou deux ordinateurs pour aider les gens à régler leurs affaires.

— Ce sera toi, le formateur ? demanda Huyana, l'air immédiatement intéressé.

— Sans doute.

— Alors, tu peux m'inscrire tout de suite, conclut-elle, les yeux brillants. J'ai justement des problèmes en informatique. Je serai assidue et avide de mettre tes conseils en pratique.

— Très bien mais il faudra en laisser aux autres !

— Ne t'inquiète pas, je viendrai à tes moments creux, quand tu seras disponible pour m'expliquer.

— Bon, on verra, termina Andrew et il se remit au travail.

Plus tard, il n'omit pas de raconter sa rencontre à Kotori et Jason :

— Figurez-vous que j'ai déjà un premier contact qui s'appelle Huyana, elle est venue m'aborder sur le chantier.

— Ah, la moins intéressante, commenta Kotori.

— Elle essaie d'attirer ton attention, tu es nouveau dans la tribu, ajouta Jason.

— Sans doute ; elle veut s'inscrire aux cours, expliqua Andrew. En tout cas, je lui ai déjà dit qu'elle ne pouvait pas s'incruster. Mais, on se fait peut-être des idées avec la fille.

— Je ne crois pas, répliqua Jason.

— Je suis d'accord, approuva Kotori.

Après un moment de silence, il prédit :

— Tu vas déjà avoir Sora pour les cours et peut-être même sa mère, au fond, elle peut avoir envie de sortir de chez elle.

— Ouf, souffla Andrew, c'est un bon début, je ne vais pas me ridiculiser.

— En dehors de tes protégées, demanda Kotori, j'espère que tu ne vas pas enseigner gratuitement ?

— Non, chacun doit participer un peu, ce qui me permettra de commencer à rembourser Julian qui m'avance tout l'argent.

— N'oublie pas l'avenir, quand tu auras une famille, l'avertit Jason, et ce peut éventuellement être bientôt, qui sait !

— Et dix enfants, ça coûte cher ! ajouta Kotori.

83 – Et Huyana s'imposa

Sora connaissait à peine Huyana, elles s'étaient croisées lors de leur scolarité, la première entamant son parcours de petite écolière alors que son aînée le terminait pratiquement.

Cependant, Sora ne tarda pas à se rendre compte du manège d'Huyana qui paraissait visiblement s'intéresser à Andrew.

Car la fille de l'Indien sortait à présent tous les jours de chez elle pour retrouver Julian qui lui prodiguait ses conseils.

Quelquefois, sa mère, qui lui avait montré l'emplacement de la parcelle, osait l'accompagner :

— On va s'occuper de notre morceau de terre, annonçait Sora à l'intention de son père.

Elles laissaient ainsi le champ libre à l'Indien qui boudait toujours. Il semblait en profiter pour faire sa toilette et manger tranquillement mais il s'abstenait, à présent, de jeter son écuelle contre le mur.

— On dirait presque que la situation lui convient, notait la femme de l'Indien, quel revirement pour quelqu'un de si autoritaire.

— Il est orgueilleux aussi et il ne sait peut-être pas comment sauver la face sans avoir l'air de capituler, répondit Sora.

Ainsi, sur le plateau, du côté des cultures, Sora découvrait souvent Huyana qui s'obstinait à observer la terre ou à proposer ses services à Julian en espérant voir passer Andrew. Pourtant, à cette période de l'année, le travail était minime.

Julian déclinait l'offre.

— Tu ne peux pas aider, ajoutait Sora, qui s'affirmait de plus en plus, tu vas abîmer tes ongles, ce serait dommage.

Quelquefois, avant de repartir, Huyana avait la joie de voir Andrew apparaître mais il abrégeait en l'apercevant :

— Je vais travailler à la cabane avec Kotori.

Et il repartait à grandes enjambées, laissant Sora un peu déçue et Huyana complètement dépitée.

Entretemps, la cabane se terminait.

— On va acheter le matériel, lui proposa un jour Julian. A Flagstaff, je connais un magasin où ils sont de bons conseils. Demain, si tu veux.

Et ils choisirent deux ordinateurs, une imprimante, et toutes les fournitures nécessaires. Ils repartirent également avec une table pliante, à installer pour un coin détente.

— On complètera, si besoin, indiqua Julian.

De retour, l'installation effectuée et la connexion vérifiée, ils contemplèrent leur œuvre avec satisfaction.

— Aponi nous fournira en tisanes, affirma Andrew. Avec la bouilloire qu'elle me prête, ce sera parfait.

— Il faut que tu fasses ta publicité, un petit texte à distribuer dans les maisons. En même temps, tu pourrais joindre un questionnaire pour connaître les besoins des gens.

— Au fait, ne faudrait-il pas faire une sorte d'inauguration, histoire de présenter l'activité ? Qu'en penses-tu ?

— Oui, bonne idée, tu pourrais effectuer une petite démonstration en expliquant le processus et même imprimer certains exemples.

— Oui, c'est facile à faire. De toute façon, je vois les choses très simplement, il faut que ce soit très concret : remplir un formulaire, le scanner pour le renvoyer, rédiger une lettre. Je peux aussi proposer à certains de les accompagner plus personnellement.

— Tu as raison, approuva Julian.

Puis, sur la base des réponses obtenues, qui correspondaient en gros à ce qu'il pressentait, Andrew occupa les jours suivants à bâtir ses exemples.

Julian faisait régulièrement une apparition :

— Tu comprends, ton projet me rappelle mes années de bureau. Alors, je me régale.

Et le jour de l'ouverture de la salle, fin février, arriva.

Aponi, aidée par Sora, avait supervisé les préparatifs pour recevoir les gens.

Yepa complétait le trio mais Jason et Kotori étaient présents également pour fournir une aide, si besoin.

L'accueil était chaleureux et l'atmosphère bon enfant, on n'était pas à l'école.

La cabane étant pratiquement pleine, Huyana dut se frayer un passage pour parvenir jusqu'à Andrew :

— Je suis un peu en retard, lui dit-elle, mais ouf !
je n'ai rien manqué.

Aponi et Yepa échangèrent un regard de
connivence, évidemment on ne pouvait pas s'attendre
à ce qu'elle ne soit pas là ! Sora, par contre, avait l'air
désolée.

— Attends, tu vas pouvoir rire tout à l'heure, lui
souffla Aponi avant de se diriger vers Huyana pour lui
offrir une boisson et l'entraîner loin d'Andrew.

— Je suis en retard, expliqua Huyana également à
Aponi, je me suis pomponnée, tu comprends il fallait
que je fasse honneur à notre nouvel arrivant dans la
tribu et ça m'a pris un peu de temps.

Aponi la complimenta :

— Tu as bien fait, le résultat en vaut la peine.

Elle se détourna une seconde pour ne pas pouffer
de rire car la tête d'Huyana scintillait.

Celle-ci prit la pose, comme pour se faire admirer,
tout en dégustant lentement sa tisane et en faisant des
yeux le tour de l'assemblée.

Evidemment, hormis Andrew, il n'y a personne
d'intéressant, se dit-elle. Et il faudrait arriver à écarter
tous ces gêneurs, ses amis, qui gravitent autour de lui.
Ah, si, le jeune Chaman est toujours aussi craquant
mais Aponi, à l'évidence, surveille étroitement son
bien.

Pendant ce temps, Kotori avait présenté Andrew et
les conversations s'étaient engagées.

— Ton ordinateur est prêt, annonça Julian à
Andrew, et le deuxième aussi, au cas où quelqu'un
voudrait s'y installer.

— J'arrive, lui répondit Andrew.

— On va commencer, s'écria Kotori, à l'intention des présents, approchez-vous, mais n'ayez crainte, tout le monde verra car la démonstration va être projetée sur le mur blanc, en face.

Le regroupement se fit calmement.

Seule Huyana trouva le moyen de marcher sur quelques pieds en bousculant ceux qui se trouvaient sur son passage ; elle souhaitait à tout prix se trouver au premier rang pour bien voir, expliqua-t-elle.

Andrew afficha un sourire mystérieux en posant son regard sur Sora. Elle allait être contente très bientôt…

Deux jours auparavant, il avait emprunté la voiture de Jason pour faire un aller-retour express à Phoenix, un camarade devait lui remettre un vidéoprojecteur, simple à manier.

— Et, lui annonça son camarade, voilà la clé qui contient le petit programme spécial que tu m'as demandé pour faire une annonce, ce sera amusant, tu verras.

La démonstration se déroula harmonieusement, Andrew écrivit une courte lettre, qui apparut sur le mur, avant de l'imprimer en plusieurs exemplaires et de la faire circuler.

— On a le choix, indiqua-t-il, soit on l'imprime et on l'envoie par courrier de façon classique, soit on l'expédie par l'ordinateur et, dans ce cas, la réception est quasi instantanée.

Et il poursuivit ses explications en élargissant sur des points de gestion ou de messagerie. Son public semblait attentif mais posait peu de questions.

— Je m'arrête là, conclut Andrew, car vous avez déjà un bon aperçu de ce qu'on peut faire. A présent, si l'un de vous veut s'installer devant le deuxième ordinateur, on va se lancer dans un petit exemple.

Comme prévu par Andrew et Aponi, ce fut Huyana qui s'avança pour s'asseoir prestement sur le siège vacant.

— Afin que tout le monde puisse suivre, reprit Andrew, je vais brancher le vidéoprojecteur sur ce deuxième ordinateur. Voilà, c'est fait.

Il avait installé auparavant le programme de la clé sur l'ordinateur et, quand Huyana ouvrit la session selon ses directives, un message, entouré d'étoiles clignotantes, apparut pour occuper toute la page d'accueil :

Alerte virus : Ultra débutante détectée !

Les spectateurs éclatèrent de rire mais Huyana ne parut pas gênée :

— Cette machine parle de moi, c'est ça ? demanda-t-elle à Andrew en souriant largement.

— On dirait qu'elle te connaît.

— Ah ! tant mieux, les présentations sont donc inutiles. Alors, que faut-il que je fasse ?

— Attends, je reviens en arrière. Maintenant, dis-moi ce que tu vois sur le bureau.

— Elle est trop facile cette question, je vois, comme toi d'ailleurs, ce qu'on trouve habituellement sur un bureau, des stylos, une gomme, des ciseaux.

— Oui, je suis d'accord avec toi, répondit gentiment Andrew, c'est une question facile si tu as bien écouté tout à l'heure. Rappelle-toi, le bureau, c'est l'écran d'entrée qui présente des icônes, les images, si tu veux, à sélectionner en fonction de ce qu'on veut réaliser. Et voilà ce qu'on choisit si on veut écrire une lettre, poursuivit-il en lui désignant la bonne icone. Tu te souviens ?

— Euh, non, c'est un peu mélangé dans ma tête, avoua-t-elle en affichant un sourire contraint.

— Clique sur la souris, comme je l'ai montré.

Une page blanche s'ouvrit.

— C'est génial, s'exclama-t-elle. Je vais pouvoir écrire ?

— Mais oui, commence à écrire. Tu peux mettre tes coordonnées dans le coin à gauche, ou bien, plus simple, tu écris : je m'appelle Huyana.

Ce fut laborieux, Huyana cherchait les lettres et se trompait.

— C'est un peu long ! put-on entendre, venant du fond.

Apparemment, elle ne comptait pas que des amis. Agacée, elle riposta en se retournant :

— Les lettres glissent sous mes doigts !

— La faute à tes ongles, fut la réponse du fond.

— Trop longs, ajouta une autre voix, comme pour enfoncer le clou.

— La bonne idée serait de les couper, insista un troisième.

La séance s'enlisait, Andrew comprit qu'il était temps de la terminer.

— Avant de nous arrêter, expliqua-t-il, j'aurais souhaité qu'on ouvre une fenêtre pour …

— Pour aérer, tu es fou, s'exclama Huyana, il fait froid.

— Non, ne t'inquiète pas, il ne s'agit pas de la fenêtre de notre cabane mais de l'une d'elle sur l'ordinateur.

Mortifiée par cette nouvelle erreur, – quelques rires s'étaient fait entendre – Huyana tenta de faire bonne figure :

— Je saurai la prochaine fois, c'est certain. Mais je ne veux pas monopoliser l'ordinateur : je laisse ma place au suivant.

Et elle se leva pour s'éclipser en regardant droit devant elle.

Tandis qu'Andrew invitait ceux qui souhaitaient une leçon à se manifester, Aponi s'approcha de Sora pour lui glisser à l'oreille :

— Tu as vu, comme elle s'est ridiculisée !

84 – Andrew répond aux attentes

L'initiation d'Andrew, pour lui permettre de descendre dans la kiva, avait eu lieu début mars, avant le début des cours d'informatique.

Le moment venu, Andrew s'était ainsi placé au milieu d'un cercle de sable. Puis, sous la présence invisible d'Angwushahay, *Grand-mère Corbeau*, il avait été fouetté par les Kachinas Hu, les Indiens qui assistaient Jason.

L'épreuve avait été brève et Jason avait félicité son ami :

— Maintenant, tu as franchi l'étape nécessaire pour être digne de participer activement à la préparation des festivités organisées pour honorer les Esprits.

— J'ai hâte d'aider, répondit Andrew.

— Tu vas voir, il y a beaucoup de travail à accomplir en amont.

— Et c'est pour quand ?

— En mai, ils reviennent en mai, dans deux mois environ. Avec toi, ce sera enfin vivable car, même si je ne me plains pas, j'avoue que je pouvais être sur les genoux.

— Alors, c'est dit, je commence demain.

— Attends, il faut d'abord que tu t'occupes de ta salle d'informatique car, après l'ouverture, tu ne pourras pas faire patienter les gens.

L'inauguration, comme on le sait, avait eu lieu et s'était bien déroulée. Andrew s'était montré patient et aimable et il avait fait l'unanimité auprès de son public.

De ce fait, il avait pu inscrire quelques leçons en prévision.

Et les rendez-vous s'organisèrent.

Andrew s'adaptait à la demande. Pour ceux qui ne manifestaient aucun intérêt et ne comptaient pas s'investir, il effectuait les opérations nécessaires. Par contre, il laissait travailler ceux qui le souhaitaient en fournissant l'appui correspondant.

Il se trouvait récompensé par la satisfaction qui s'affichait sur les visages.

Un certain nombre possédait évidemment déjà un ordinateur personnel mais son emploi se cantonnait souvent à l'utilisation de la messagerie et des moteurs de recherches.

C'était le cas de Chochokpi qui se servait d'un registre manuel pour y consigner les noms des Indiens de la tribu.

— Je double le tien par celui de l'ordinateur, lui proposa Andrew, et je te le tiendrai à jour. Bien sûr, tu peux continuer à l'alimenter et, d'ailleurs, je peux m'appuyer dessus pour faire mes mises à jour.

Sora, accompagnée quelquefois de sa mère, se révéla, évidemment, particulièrement assidue. Souvent elle formait un binôme avec Aponi qui répertoriait sur l'ordinateur ses recettes de baumes et de crèmes à base de plantes. Kotori et Yepa, également, venaient améliorer leurs connaissances même s'ils ne tenaient pas spécialement de fichiers.

Souvent Chavatanga les accompagnait, il aimait appuyer sur les touches et Yepa en profitait pour lui apprendre l'alphabet.

Ainsi, Andrew put rapidement considérer que son initiative rencontrait du succès et répondait réellement à un besoin.

Cependant, il se réservait du temps pour apporter son aide à Jason.

Et il passait aussi des moments avec Ursyn. Ils avaient pris l'habitude de se promener au bas du plateau et l'ancien Chaman le soutenait dans sa démarche d'intégration dans la tribu.

— Tu vois comme la nature est grandiose, lui révéla-t-il, son secret est que rien n'existe sans avoir une âme, le plus petit caillou, la plus petite plante, chaque animal possède une âme, la terre que nous foulons aussi.

— C'est magnifique mais surprenant.

— On en prend conscience petit à petit, d'abord par la nature qu'il suffit d'observer. Les arbres, par exemple, s'entraident pour se nourrir et se défendre contre les prédateurs. Mais c'est la même chose pour nos maisons, nos meubles, toute forme et toute matière, tout objet a une âme.

— Ah, ceux-là aussi ?

Andrew se sentait dépassé, perplexe.

— En comparaison, c'est bien loin de la vie à Phoenix.

— Tu regrettes ton choix ?

— Non, même si je ne comprends pas bien pour l'instant. Mais, j'ai quand même l'impression de mieux respirer ici, comme s'il y avait un air plus nourrissant. Un air plus nourrissant ! tu te rends compte de ce que je dis ?

— Et, intuitivement, tu as raison, il s'agit de l'énergie que le souffle contient et celui-ci puise sa force dans tout ce qui nous entoure.

— Cela m'agace un peu de ne pas tout comprendre.

— Ne t'inquiète pas. Comme Jason, dont tu as fait la connaissance par des voies mystérieuses, tu étais apparemment destiné à vivre ici. Accepte-le.

Evidemment, Sora, qu'il voyait maintenant quotidiennement, soit à la salle d'informatique, soit penchée sur sa parcelle, participait à son bonheur.

Souvent, il la raccompagnait chez elle, même jusqu'à sa porte car elle ne craignait plus son père.

— Il faudra bien qu'il le sache un jour, lui dit-elle. Mais, pour l'instant, il boude toujours.

— Donc, il ne peut pas nous voir. Mais, l'informer le ferait peut-être sortir de sa prison ?

— L'indignation pourrait le secouer mais cela ne l'aidera pas à marcher.

— Et on le voit mal quitter son mur pour s'adresser gentiment à ta mère et à toi.

— Oui, la situation semble bien bloquée !

Andrew caressa tendrement la joue de Sora, avant de l'embrasser tout en lui murmurant :

— Courage, on va s'en sortir !

85 – Une intervention du Ciel ?

En présence de Sora, son père ne bougeait pas de son mur, il lui signifiait ainsi son mécontentement.

Il avait, évidemment, compris qu'il avait perdu la bataille, son emprise sur sa fille s'était dissipée comme une brume matinale mais il refusait de capituler.

Heureusement qu'elle se trouve souvent en dehors de la maison, se disait-il.

Alors, il ruminait, il rêvassait, il s'imaginait en train de modifier l'histoire, il voulait restaurer l'ordre ancien, celui de l'exercice d'un régime rigide.

Quelquefois, pour apitoyer sa femme – elle avait bon cœur – il faisait semblant d'éprouver une douleur et il marmonnait quelques mots incompréhensibles quand elle s'approchait.

Mais il ne marchait toujours pas. Pourtant, il connaissait la solution à laquelle, obstinément, il refusait de se plier.

Ce jour-là, il s'étira en soupirant d'aise, sa femme et sa fille lui avaient laissé le champ libre en se rendant sur leur parcelle.

Il mangea tranquillement et se proposa de faire un brin de toilette, d'ailleurs des vêtements lavés et pliés l'attendaient à côté de son matelas.

Il reconnut que sa vie comportait tout de même quelques satisfactions.

Tandis qu'il revenait vers son matelas en s'appuyant sur son bâton, la porte de la maison s'ouvrit sur Sora qui rentrait précipitamment.

— J'ai oublié de prendre les graines que Julian m'avait confiées, annonça-t-elle à son père en lui faisant un charmant sourire.

Une bouffée de jalousie le submergea, il se trouvait là à souffrir pendant que sa fille prenait du bon temps.

Sans s'interrompre et sans protester – le personnage qu'il jouait exigeait une bouderie muette – il continua à claudiquer vers son matelas quand il entendit un bruit caractéristique de crécelle près de la porte.

Le danger semblait imminent, sa fille, tétanisée, restait figée sur place.

En effet, un serpent à sonnette se dressait, sur le pas de la porte, tout près de Sora, et il n'attendait sans doute qu'un mouvement de sa part pour attaquer.

Alors, sans réfléchir plus avant, au risque d'être lui-même piqué, l'Indien fit trois pas en courant vers le reptile pour le frapper violemment de son bâton. Et il s'acharna sur lui :

— Il faut être sûr qu'il est mort !

Sora, les jambes en coton, s'avança vers son père pour se blottir en sanglotant dans ses bras.

— Mais, Papa, tu peux courir, tu es guéri !

Puis elle l'entraîna vers la table et l'aida à s'installer sur une chaise : le matelas, sauf pour dormir, ne pouvait plus servir.

— Pour nous remettre de nos émotions, lui dit-elle en leur servant un grand verre d'eau.

L'Indien, un peu déboussolé, la contemplait sans parler.

Devant l'imminence du danger, son cœur s'était réveillé et il éprouvait un intense soulagement d'avoir agi, mêlé d'une grande fierté d'avoir sauvé sa fille. En effet par cette action d'éclat il venait d'annuler l'infériorité de sa position de chef de famille détrôné.

Son mouvement spontané l'avait aussi délivré de sa maladie en une fraction de seconde. Il fit quelques pas fièrement sans son bâton, pour vérifier. La peur rétrospective due au serpent lui rendait les jambes encore un peu flageolantes mais il était guéri, il n'en revenait pas.

— Viens, Papa, on va annoncer la bonne nouvelle à Maman.

— Elle va tomber des nues ! Bon, j'emporte mon bâton, au cas où.

En effet, la mère de Sora écarquilla ses yeux en voyant s'approcher la silhouette encore hésitante de son mari.

— Mon mari marche ! cria-t-elle à Julian, en se dirigeant rapidement vers l'Indien.

Julian, accroupi dans sa parcelle pour examiner des pousses naissantes, se releva pour contempler la scène.

— C'est une excellente nouvelle, apprécia Julian. Il se débrouille plutôt bien, on dirait.

Ainsi l'Indien fit la connaissance de Julian et en profita pour examiner la parcelle de sa femme.

— Les récoltes avaient baissé depuis six mois et la situation est même devenue critique avec ma maladie. Alors je vous remercie de conseiller ma famille.

— Papa, reprit Sora, il faudrait rentrer maintenant pour que tu ne te fatigues pas trop.

Ils attendirent d'être assis chez eux pour poursuivre la conversation et ainsi la mère de Sora apprit l'aventure extraordinaire qui s'était produite.

Elle réclama plusieurs fois des précisions et se fit même répéter certains détails avant de conclure :

— C'est une histoire incroyable, les Esprits ont dû nous aider.

— Dans la journée, je n'ai maintenant plus besoin de mon matelas, affirma l'Indien. D'ailleurs, on pourrait le remettre dans la chambre du fond.

Sora approuva, notant de surcroit que la pièce à vivre s'en trouverait agrandie.

86 – Nokomis, décidément, …

Du haut de ses quatre ans et demi, Nokomis, toujours aussi particulière et mesurée, jouissait d'un prestige immense auprès de Chavatanga. Comme cousins, ils étaient devenus inséparables et ils avaient, à présent, le droit de se promener seuls dans l'enceinte du village. Leurs chiens ne les quittaient pas une seconde, selon les recommandations de leurs mères, Aponi et Yepa.

— Cochise, mon amour de gentil chien, lui disait Aponi, merci de bien surveiller Nokomis, elle est raisonnable et, en principe, tu ne devrais pas avoir de gros soucis.

Le même rituel se déroulait chez Yepa et les deux enfants partaient ensuite se promener.

Mais depuis peu, Chavatanga souhaitait se rendre chez Andrew, dans sa salle d'informatique.

— Maman m'apprend les lettres sur l'ordinateur, précisa Chavatanga, c'est rigolo, c'est comme un jeu.

— Dans ce cas, on doit demander la permission, répondit Nokomis.

Aponi se dévoua pour les emmener.

— Ces enfants tombent admirablement bien, se réjouit Andrew, justement j'ai fini mes rendez-vous, je vais les installer chacun devant un ordinateur et je les raccompagnerai plus tard.

Il les occupa avec un jeu éducatif dont ils assimilèrent le mode d'emploi en un quart de tour.

Mais Nokomis s'en désintéressa assez vite.

— Tu fais comme nous, tu joues aussi ? demanda-t-elle à Andrew en s'installant à côté de lui, devant la table pliante. C'est un bébé ordinateur, ce que tu as dans ta main ?

— Comme tu es perspicace, ma chérie. Oui, si on veut, cela s'appelle une tablette et cela se rapproche en effet d'un ordinateur portable.

Et Andrew lui présenta quelques-unes des fonctionnalités de la tablette.

— Si tu as un gros travail à faire, c'est moins bien qu'un ordinateur adulte. Par contre, c'est léger, facilement transportable et tu peux l'utiliser dans n'importe quelle position, debout, en mouvement, etc...

Il la tendit à Nokomis qui s'appropria l'outil sur le champ, en procédant par intuition et en tâtonnant.

— Je vois que tu es à l'aise. Eh bien, si tu veux, je te la prête, tu me la rendras quand tu en auras assez.

Nokomis eut à peine le temps de remercier que deux personnes, sans rendez-vous, se présentèrent.

Andrew reconnut Huyana accompagné d'un inconnu que la fille d'Aponi et de Jason identifia immédiatement.

— Voilà Andrew, le brillant formateur qu'on a la chance d'avoir, et voici Machakw, un ami, déclara-t-elle.

Encore un Blanc, évidemment ! se dit l'Indien, qui était revenu la veille dans la tribu.

— Vous tombez bien, tous les deux, répondit Andrew, installez-vous devant l'ordinateur qui est libre.

— Merci, grâce à ta leçon, Andrew, je vais pouvoir servir de guide à Machawk.

Huyana pavoisait, elle allait pouvoir prendre une double revanche, sur Andrew en lui prouvant qu'elle avait retenu la leçon et sur Machakw qui la prenait toujours de haut.

— Installe-toi devant, conseilla-t-elle à Machakw, je prends la chaise qu'Andrew vient de placer à côté. Alors, dis-moi d'abord ce que tu aperçois sur le bureau ? demanda-t-elle au *Crapaud cornu*.

Celui-ci la regarda d'une drôle de façon :

— Elle est débile ta question, je vois des icônes, évidemment, et je choisis l'une d'elles en fonction de ce que je veux faire.

— Donc, admettons que tu veuilles écrire une lettre.

Machakw ne se fit pas prier, une page blanche apparut.

— C'est génial, toutes ces pages blanches qui existent, s'extasia Huyana au comble de la joie, on dirait un grand cahier vide.

— C'est génial, comme tu dis, reprit Machakw sur un ton goguenard. Et, maintenant, qu'est-ce que tu proposes ?

— Tu écris, voyons. Mais, on va faire très simple, tu écris : je m'appelle Machakw.

Depuis plusieurs minutes, Andrew se retenait de rire. Elle n'a pas encore compris qu'il en savait bien plus qu'elle, se dit-il.

Pendant ce temps, Chavatanga ne leur prêtait aucune attention mais Nokomis se concentrait.

Puis, en peu de temps, le *Crapaud cornu* tapa avec dextérité un petit texte, correctement présenté, dans lequel il ne put s'empêcher de fustiger les femmes prétentieuses. Huyana cacha son dépit sous un sourire de façade mais elle s'entêta :

— Bon ! A présent, ouvre une fenêtre. Mais attention, ne te trompe pas, il ne s'agit pas de la fenêtre de la cabane !

— C'est bien ce que j'ai dit, tu fais des remarques clairement débiles. J'en sais bien plus que toi et je vais encore te le montrer. Regarde un peu, tu connais ce raccourci ? On va faire une recherche dans mon texte.

Et il tapa Ctrl+F.

L'écran s'éteignit ainsi que le sourire suffisant de Machakw.

Huyana, à présent aux anges, déclara :

— Bravo pour ta recherche ! Des chercheurs qui cherchent, on en trouve mais des chercheurs qui trouvent, on en cherche !

Machakw s'obstina, s'énerva mais rien n'y fit, l'ordinateur était tombé en panne.

Huyana éprouva sa revanche :

— Et si tu parlais gentiment à la machine ? demanda-t-elle ironiquement.

Sans se donner la peine de répondre, Machakw secoua la tête et il allait repartir en maudissant l'ordinateur quand son regard tomba sur Nokomis. Il parut fouiller dans son esprit quand le souvenir lui revint :

— Mais voilà la fille d'Aponi qui a appelé les oiseaux, un jour où je causais avec sa mère.

— Alors, c'était vrai cette histoire, tu es rentré à la tribu, décoré par les oiseaux ? lui demanda Huyana en pouffant de rire.

— Rassure-toi, ce sont des mauvaises langues qui ont répandu ce faux bruit, rétorqua Machakw, furieux de ce rappel. Mais je confirme que cette petite a des pouvoirs et elle a peut-être su arrêter l'ordinateur.

— Non, répliqua Andrew, Nokomis est innocente, elle n'a touché ni à l'ordinateur, ni au câblage.

— C'est une petite sorcière, je maintiens ce que je viens de dire.

Très en colère, à présent, il quitta les lieux, suivi par Huyana qui tenta de le rattraper en trottant derrière lui.

Andrew fixa les yeux malicieux de Nokomis.

Pour la forme, il lui demanda :

— C'était bien toi ?

— Je n'aurais pas dû ? répondit-elle.

87 - Aponi rêve encore

La nouvelle de la guérison de l'Indien s'était répandue comme une traînée de poudre dans la tribu.

Les commentaires allaient bon train, beaucoup y voyaient une intervention du Ciel, mais certains pensaient à une mystification.

Pendant ce temps, les préparatifs, pour le retour des Esprits, se poursuivaient.

Aponi et sa belle-sœur Yepa montrèrent aux enfants les travaux de peinture qui étaient effectués sur les statuettes.

— On peut peindre nous aussi ? s'exclama Nokomis, pleine d'enthousiasme.

— Oh oui, je veux peindre, renchérit Chavatanga.

— Bientôt, quand vous serez un peu plus grands, promit Aponi.

Pour répondre, elle avait adopté un ton léger en vue de masquer son inquiétude.

Car, la nuit d'avant, dans un demi-sommeil, elle avait fait un rêve qui concernait Nokomis.

Sa fille se tenait debout, toute petite, face à une sorte de dragon menaçant qui s'approchait d'elle.

Aponi écarquillait les yeux, espérant identifier la menace.

Elle se sentait oppressée quand elle vit une lumière éblouissante s'approcher doucement. Elle sut immédiatement qu'il s'agissait d'Agarthina et son arrivée calma son angoisse.

— Ne t'inquiète pas pour Nokomis, nous veillons sur elle, lui confia Agarthina.

Et Agarthina repartit comme elle était venue, après avoir eu un dernier geste d'apaisement.

Cochise, le chien, suivi par Nokomis, réveilla ses maîtres au petit matin. Aponi contempla avec amour sa fille, si fragile et pourtant si déterminée.

Je vois bien qu'elle est soutenue depuis toujours, se dit-elle. Alors, j'essaie à tout prix de faire confiance, Agarthina tient toujours ses promesses.

Elle trouva le moment pour raconter son rêve à Jason.

— Est-ce que tu vois qui pourrait essayer de nuire à Nokomis ? lui demanda-t-elle.

— Notre fille n'a certainement rien fait, lui répondit Jason. C'est moi qui suis sans doute visé par un jaloux ou un mécontent, que je ne soupçonne pas.

Voyant l'air chagrin d'Aponi, il la réconforta :

— Tout ira bien, Agarthina est incapable de nous décevoir.

Pourtant, depuis toujours, Nokomis avait été spéciale et Aponi pensa fugitivement :

— Et si c'était elle qui était visée ?

88 - Les amis de toujours

Après l'incident de l'ordinateur, Machakw ne décolérait pas, il se trouvait même dans une rage folle, pour la deuxième fois il avait été humilié. Il savait que la petite sorcière avait arrêté l'ordinateur et qu'elle avait joué l'innocence à la perfection quand il l'avait accusée.

Andrew, le formateur, l'avait sans doute protégée mais il ne connaissait peut-être pas le don de la fille.

Admettons, se dit-il, mais lui, Machakw, savait en son for intérieur qu'elle bernait son monde, il le savait aussi sûrement que la flèche du grand guerrier atteint toujours sa cible.

Il faut que je me venge, se dit-il encore pour étouffer sa fureur.

Il parcourut à grandes enjambées la distance qui le séparait du local qui servait de bar.

— Oh, voilà un revenant, siffla Chu'a, flanqué de ses éternels acolytes, Aponivi et Ayawamat.

— Et, comme la dernière fois, lors de mon retour, tu vas rajouter : depuis le temps qu'on ne t'a pas vu !

— Je ne dis pas deux fois la même chose, répondit Chu'a, en prenant un air supérieur. Ah, et puis voilà Huyana, la famille est au complet, à ce que je vois.

— Au lieu de dire tes idioties habituelles, parle-moi plutôt de ce qui s'est passé, dans les derniers temps, ici.

— Pour les sujets qui t'intéressent, on a un nouveau Blanc parmi nous, un jeune, qui s'est incrusté dans la maison de l'autre Blanc, le vieux qui s'occupe des cultures.

— Et celui-ci donne des cours d'informatique, je suis au courant.

— Même qu'on était à son cours, claironna Huyana.

Pour couper court et l'empêcher de s'étendre sur le sujet, Machakw appela le serveur :

— Sers une bière à tous, bien fraîche.

Sa proposition fit plaisir et Chu'a devint loquace.

— Alors que dire encore ? Ah oui, les Kachinas débarquent dans deux mois, on ne peut rien y faire.

Ils burent tous rapidement, comme s'ils étaient assoiffés.

— C'est ma deuxième tournée pour tous, annonça Machakw.

— Tu es un camarade en or, acquiesça Chu'a tandis que Aponivi et Ayawamat approuvaient vigoureusement de la tête.

Chu'a attendit d'être servi pour reprendre :

— Le Chaman a arrêté d'aller à Phoenix début janvier et l'autre Blanc, à ce moment-là, s'est installé dans la tribu.

— Il était déjà venu avec Jason pour Noël, précisa Huyana, pour faire l'importante, celle qui savait.

— Evidemment, tu l'appelles Jason, grinça Machakw.

— C'est son prénom et tout le monde l'appelle Jason. Je ne vois aucune raison de faire autrement.

Le *Crapaud cornu* la regarda sévèrement malgré le ton conciliant qu'elle avait employé.

— Vous vous disputerez demain, intervint Chu'a. Sinon, je ne vois pas d'autre nouvelle, c'est le calme plat, on dirait. Au fait, tu veux toujours faire repartir les Blancs ?

— Oh, je crois que j'y songe moins, je m'occupe de mes affaires à Phoenix et j'ai l'impression que j'accorde moins d'importance à leur départ. Et, puis, on a vu qu'il était difficile de réussir alors je n'ai plus envie de m'encombrer avec cette histoire.

Les épisodes de ce feuilleton continuaient à occuper une grande part de son esprit mais il n'allait pas divulguer son récent courroux, dorénavant il comptait agir dans le secret.

Ainsi, ils continuèrent à boire et à tenir des propos d'ivrognes, sans queue, ni tête et ils se quittèrent quand ils se sentirent fatigués.

En sortant du bar, Machakw, malgré son agacement contre Huyana, lui glissa :

— On se voit dans cinq minutes au bas du plateau.

Elle fut tentée de refuser – mais pour qui se prend-il ? Il vient juste de réapparaître et il faudrait que je sois aux ordres ? – et elle accepta… après un petit temps de silence pour faire croire qu'elle hésitait.

Le lendemain – la nuit, même une nuit d'ivrogne, porte conseil – il avait trouvé le moyen de se venger de la petite sorcière.

Il faut que je lui donne une leçon, s'était-il dit.

Et il partit le matin même effectuer ses emplettes.
Ce serait peut-être difficile à trouver.

89 - Nouvelle tentative de vengeance

Machakw était satisfait, il avait trouvé ce qu'il recherchait.

A présent, il surveillait du coin de l'œil la caisse qu'il avait posée sur le siège avant de sa voiture car la vigilance restait de mise, compte tenu de son passager.

Il avait entendu parler de l'Indien paralysé qui s'était remis à marcher pour sauver sa fille de l'attaque imminente d'un serpent à sonnette.

Et il avait conclu que le même danger pouvait resservir, la contrée s'y prêtait bien et la mise en œuvre du scénario ne nécessitait aucune intervention humaine.

Il lui suffirait, le lendemain, au petit matin, de libérer l'animal près des pierres qui regardaient l'horizon, à la sortie du village.

Car, parmi cet amas, une grosse pierre constituait le point d'observation privilégié pour les jeunes enfants et, apparemment, la petite sorcière s'y rendait régulièrement, accompagnée d'un jeune garçon.

Ainsi, le *Crapaud cornu* se faisait fort de la corriger en lui infligeant, au minimum, la peur de sa vie.

Au moment prévu, avant que la nuit ne se dissipe, il ouvrit le dessus de la caisse près des pierres et il s'éloigna aussitôt.

Il comptait sur le reptile, certainement chamboulé par son séjour en prison, pour se mettre rapidement à l'abri.

Puis, Machakw reprit son colis vide et retourna dans son lit après avoir, comme à l'aller, longé les maisons par l'extérieur.

La matinée s'écoula trop lentement à son gré, bien qu'il se rendît sur son bout de terre pour ne pas déroger à ses habitudes.

Il eut l'occasion de saluer Julian, cependant sans s'attarder, car il avait bien saisi qu'il n'était plus apprécié, ce qui ne l'ennuyait guère.

Enfin, en début d'après-midi, il sortit de chez lui pour se promener sur le plateau. Puis, pour ne pas s'éloigner, il se camoufla derrière un pan de mur et attendit, muni d'une paire de jumelles.

— Ah ! voilà les mômes, se dit-il à voix basse après une petite attente, et les chiens batifolent derrière, ils ne verront rien, c'est parfait.

Il déchanta quand il aperçut la silhouette d'une femme qui suivait la troupe d'un peu plus loin.

— Mais c'est Aponi, je n'y crois pas.

Avec ses jumelles, Machakw vérifia : pour une fois Aponi accompagnait bien les enfants.

Le Crapaud cornu tenta de se rassurer.

Tout n'est peut-être pas perdu, se dit-il. Le serpent doit être sous l'une des pierres et il devrait attaquer Nokomis qui ouvre la marche.

En effet, sans se presser, Aponi s'approchait et les chiens jouaient à se poursuivre.

Nokomis annonça à Chavatanga, qu'elle devançait de peu, qu'elle voulait s'asseoir :

— Pour regarder le Ciel, ajouta-t-elle.

Soudain, un serpent à sonnette se dressa devant elle, prêt à attaquer.

Ouf, les choses se présentent bien, pique, gentil serpent, défends ta place, jubila Machakw.

En effet le crotale se balançait, sur le point de s'élancer.

Nokomis ne bougea plus.

Le temps parut se figer.

Et, bizarrement, le serpent se détourna pour happer d'un mouvement fulgurant un crapaud cornu qui, installé sur l'une des pierres, guettait lui-même l'arrivée d'une proie.

Le petit lézard – un crapaud cornu – n'avait pas eu le loisir de mettre son système de défense en place.

Nokomis s'éloigna vers sa mère, en entraînant Chavatanga :

— Pauvre bête ! qui s'est fait manger.

Aponi, qui s'était précipitée, saisit sa fille dans les bras et s'éloigna des rochers. Elle tremblait, elle avait accompagné Nokomis pour la protéger et elle était restée une spectatrice.

Mais, en ne voyant personne dans le paysage, elle avait bêtement conclu à une absence de danger, alors que le dragon effrayant de son cauchemar pouvait cacher n'importe quel péril.

Elle s'en voulut, comme elle avait été irréfléchie !

— Venez, on rentre les enfants, s'écria-t-elle, pour nous remettre de nos émotions.

— Ne t'inquiète pas, Maman, tu as vu, le Ciel veille sur nous.

Heureusement, car si elle devait compter sur moi ! se dit Aponi.

Et, à ce stade de sa réflexion, Aponi se sentit carrément honteuse, tout en se disant qu'elle allait signaler à Jason et Kotori le danger qui sommeillait sous la pierre.

Machakw, le *Crapaud cornu,* qui avait assisté de loin à la scène, s'était d'autant plus étranglé de rage qu'il comprit le symbole sur le champ.

Décidément, rien ne lui résiste, pensa-t-il, cette peste se trouve continuellement sur mon chemin pour me contrer. Je me demande ce que je fais ici.

Il se rendit au bar pour l'oublier et il y retrouva les piliers habituels ainsi qu'Huyana qui venait d'arriver.

L'air sombre, il commanda une tournée pour tous et il s'absorba dans ses pensées.

Chu'a fit semblant d'être inquiet :

— Mais qu'est-ce qui t'arrive ? Tu étais pourtant si gai hier !

— Je suis gai aujourd'hui aussi, même si cela ne se voit pas. J'ai mal dormi, je suis fatigué, tout simplement.

— Ah, tu ne bois pas assez, on dirait. Dans ce cas, c'est ma tournée, maintenant.

L'humeur de Machakw s'améliora alors au fil du temps.

Puis, à un moment donné, il révéla qu'il partait le lendemain matin pour Phoenix, pour régler des affaires.

— On se retrouve dans cinq minutes au bas du plateau, jeta-t-il à Huyana au moment où la joyeuse bande se quittait.

Comme toujours, son invitation ressemblait davantage à un ordre qu'à une requête polie mais Huyana accepta immédiatement en souriant : la réussite du plan qu'elle venait d'échafauder nécessitait un empressement bien visible.

Ainsi, après une courte nuit de sommeil, Machakw s'engagea sur la route qui menait à Phoenix.

— Déjà, tu repars déjà ? Mais tu viens d'arriver, avaient protesté ses parents. On t'a à peine vu.

Les vieux, toujours à se plaindre, avait-il pensé. A haute voix, il avait indiqué qu'il ne savait pas quand il reviendrait.

Il avalait les kilomètres, il se sentait de bonne humeur et sifflotait gaiment.

— Changer d'air me permettra de respirer et d'oublier cette tribu ! s'exclama-t-il. Il y avait bien quelques petites compensations – Huyana la prétentieuse – mais cela ne suffisait pas.

Huyana s'était glissée dans le coffre de la voiture de Machakw à l'aube, en emportant une couverture pour amortir les chocs de la route et un sac dans lequel elle avait entassé quelques affaires.

Heureusement que Machakw s'est rappelé que chez les Hopis, il est inutile de fermer sa voiture à clé, avait-elle pensé.

Et la route filait.

Le *Crapaud cornu* jubilait en conduisant sa belle voiture tandis qu'Huyana somnolait, bercée dans son cocon.

— Et si je m'arrêtais au Gold Digger ? se demanda tout à coup Machakw. Qaletaqa sera sûrement ravi de me voir !

90 – Un faux départ

Et Machakw rangea sa Dodge Challenger près de l'entrée du Gold Digger.

Qaletaqa qui regardait par la fenêtre de la cuisine se sentit doublement désappointé.

Selon son intuition – il l'avait largement développée autrefois, au contact d'Ursyn – il devait recevoir la visite d'une femme et c'est le *Crapaud cornu*, qu'il appréciait peu, qui se présentait.

— Ce n'est pas l'heure de l'ouverture, grogna-t-il lorsque Machakw franchit le seuil.

— Et pour un café ?

— C'est faisable, concéda le propriétaire.

Qaletaqa se mit à le préparer puisqu'il se retrouvait seul dans son restaurant.

En effet, Kwahu, le frère de Sora, était parti le matin même, impatient de retourner dans la tribu.

— A présent, tu devrais rentrer chez toi, lui avait recommandé Qaletaqa la veille, les choses ont changé dans ta famille.

— Il est arrivé un malheur ? avait balbutié Kwahu.

— Non, rassure-toi, la situation s'est plutôt améliorée.

— Alors, je pars demain matin si je ne te mets pas en difficulté ?

— Ne t'inquiète pas, je m'en sortirai.

Il prépara le café, tout en jetant des coups d'œil furtifs vers la voiture.

Et, tout en s'activant, il se demandait pourquoi son regard se fixait sur le coffre, quand, tout à coup, il comprit.

— Vite, c'est urgent, allons à ta voiture.

Machakw voulait savourer son café en toute tranquillité mais il fut obligé de suivre Qaletaka qui ouvrait déjà le coffre.

— Mais qu'est-ce qu'elle fait là, celle-là ? s'exclama-t-il, mécontent, en découvrant Huyana, allongée et comme endormie.

Il la secoua sans ménagement.

— Inutile de faire semblant de dormir, je vois bien que tu ne dors pas !

— On dirait qu'elle est inconsciente, déclara Qaletaqa. Portons la dans la maison, ajouta-t-il.

Ils la déposèrent sur le matelas de la chambre libre et Qaletaqa s'employa immédiatement à la faire revenir en lui faisant respirer une fiole dont l'odeur forte se répandit sans attendre.

Huyana toussa en gardant les yeux fermés et en se tenant la tête.

— Arrête de vouloir te faire plaindre, si tu crois m'apitoyer, cela ne prend pas, lui déclara sévèrement Machakw.

— J'ai l'impression qu'elle a été intoxiquée, dans le coffre, par les gaz d'échappement. Heureusement que tu t'es arrêté chez moi, elle n'aurait peut-être pas survécu jusqu'à Phoenix, tu vas bien à Phoenix, n'est-ce-pas ?

— Oui, je vais à Phoenix et je n'ai pas parlé de ma destination.

Machakw se sentit gagner par une irritation croissante.

— Je vais à Phoenix, reprit-il, et je ne l'emmène pas.

Huyana eut de la peine à se soulever pour protester.

— Et je m'en vais immédiatement, poursuivit le *Crapaud cornu* sans même répondre à Huyana. Tu peux garder ton café froid et la fille avec sa couverture miteuse.

Qaletaqa se contenta de le fixer, sans répondre. La fille était là, son intuition ne l'avait pas trompé.

Puis, il s'occupa immédiatement de la soigner.

Inutile que j'appelle les secours, jugea-t-il, elle n'a pas vomi, les muscles ont encore de l'énergie, l'évanouissement est terminé et donc ce n'est pas trop grave. Je vais lui donner le produit d'Ursyn qui oxygène le sang.

Au bout d'un moment, il constata que le teint d'Huyana s'améliorait.

— Tu es sur la bonne voie, maintenant. Je vais préparer les repas pour midi. Tu appelles si tu as besoin d'aide.

Alors, tout en s'activant dans la cuisine, il jetait régulièrement un coup d'œil dans la chambre et il lui servit aussi une tisane aux herbes reconstituantes en précisant qu'elle devait absolument continuer à boire la première mixture.

Puis, en fin d'après-midi, après avoir procédé aux derniers rangements, il lui prépara un repas léger.

— Merci, tu m'as sauvé la vie, s'écria Huyana, sans toi, je serais morte à l'heure qu'il est. Et Machakw n'aurait pas versé une seule larme pour moi.

— Je pense que tu as compris, il ne reviendra pas. Alors qu'est-ce que tu comptes faire ? Tu as le choix, soit tu retournes dans ta tribu, soit tu restes ici et, en passant, je te signale que mon assistant est parti ce matin.

— Je veux bien sûr rester ici pour éviter la honte d'un retour. Et que faisait ton assistant ?

— Oh, un peu de tout, le ménage, la cuisine, le service des clients, on travaillait ensemble, c'est de cette façon qu'il a appris.

— Je pourrais donc apprendre aussi ? Tu sais, cela va me changer car je n'ai jamais vraiment travaillé jusqu'à présent.

— Alors, c'est dit, tu peux rester.

En son for intérieur, elle se proposait de voir venir, elle ne comptait pas croupir dans ce lieu perdu et y faire de vieux os.

Je partirai avec un beau mec, plein aux as, songea-t-elle, et le plus tôt sera le mieux.

Qaletaqa, qui devinait beaucoup de choses, comprit qu'elle cherchait un refuge temporaire en attendant de trouver un meilleur endroit, plus conforme à ses aspirations. Cela lui convenait.

91 - Kwahu

Kwahu avait été heureux de pouvoir rentrer chez lui. Avec Qaletaqa, il ne s'était pas senti vraiment dépaysé mais sa mère et sa sœur lui manquaient et il nourrissait une sourde culpabilité de les avoir laissées.

Les retrouvailles, aux alentours de midi, le jour de l'arrivée d'Huyana au Gold Digger, furent chaleureuses, même son père lui montra sa satisfaction de le revoir.

— Mais tu marches ! s'exclama Kwahu en voyant son père.

— Oui, je cours même plus vite qu'un serpent ! répondit l'Indien.

Evidemment, Kwahu connaissait le problème de locomotion de son père, sa mère lui ayant écrit avec l'espoir secret de le voir revenir.

Alors, avec beaucoup d'intérêt, il écouta Sora narrer l'histoire :

— Papa m'a sauvé la vie, conclut-elle.

— Oh, on n'en meurt pas forcément, répliqua l'Indien.

Kwahu était ému. Il était parti, désespéré, depuis un peu plus de six mois et il retrouvait une vraie famille, qui semblait unie et heureuse de vivre.

Pendant le repas, qui se déroula de manière détendue – il faut que je me pince pour réaliser que je suis bien dans la même famille, se dit-il – il parla de sa vie au Gold Digger.

— Je bossais du matin au soir, Qaletaqa ne m'épargnait pas, mais j'étais à bonne école et je reviens en sachant faire la cuisine car le Gold Digger est une bonne adresse et on faisait beaucoup de couverts chaque jour.

— Mais, tu pourrais continuer avec les récoltes de notre parcelle, s'écria Sora. Julian, que tu avais certainement pu voir à l'occasion, avant ton départ, aide la terre à produire davantage.

— Pour proposer des plats à ceux de la tribu qui ne cuisinent pas forcément ? L'idée est séduisante, approuva l'Indien, mais est-ce qu'il y aura assez de rendement ? Et n'importe comment la terre ne produit pas tous les jours.

L'objection les laissa un temps silencieux mais ce fut Kwahu lui-même qui trouva la réponse :

— Je peux demander à Qaletaqa d'acheter un peu plus quand il fait ses courses et l'un de nous ira les récupérer une ou deux fois par semaine.

— Il voudra bien ? s'inquiéta la mère.

— On ne lui ferait pas concurrence, répondit Kwahu, et c'est quelqu'un d'honnête et de serviable, donc il le fera s'il le peut.

— C'est un bon projet, bravo, tu as mis à profit ton éloignement, approuva affectueusement l'Indien, décidément méconnaissable.

Puis, en fin d'après-midi, Sora, accompagnée de son frère, retrouva ses amis.

— On sort, on rentre sans problème ! s'extasia Kwahu.

— Oui, maintenant, on a une vie normale, lui confirma Sora. Et, bientôt, je présenterai mon amoureux à mon père, enfin pour l'instant il ne se doute de rien. Je crois que cela lui fera un petit choc quand même.

Kwahu comprit en faisant, quelques minutes plus tard, la connaissance d'Andrew.

— Ah, oui, tu as raison, notre père va certainement être surpris, approuva-t-il. Andrew est un Blanc ! Mais sait-on jamais, il a beaucoup changé ...

Il fut ravi aussi de revoir ses anciens amis, Jason et Kotori, ses compagnons de course à pied de jadis. Il leur fit part de son projet qui récolta leur approbation.

Et Jason assura :

— Je le connais très bien et je crois pouvoir dire qu'il sera certainement d'accord pour t'aider, de toutes les façons possibles.

— J'irai le voir au plus tôt, au cours d'un après-midi, après l'affluence du repas.

En effet, quand Kwahu retourna au Gold Digger, Qalétaqa déclara qu'il acceptait de l'aider et lui proposa même de lui céder la vaisselle et le matériel qu'il n'utilisait plus. Il promit de lui établir une liste de plats pour un roulement et de lui garantir un approvisionnement en fonction de ses besoins, assorti d'une facilité financière pour bien débuter.

Avant de repartir du Gold Digger, Kwahu eut l'occasion de voir Huyana s'activer dans la cuisine.

— C'est moi qui te remplace depuis une semaine, lui lança-t-elle sur un ton maussade. Je suis arrivée ici le jour où tu es parti et depuis je ne fais que trimer. Là, je termine de nettoyer la saleté de midi avant de me lancer dans la préparation du repas du soir. Quelle galère, cela ne s'arrête jamais, si j'avais su.

— J'ai pourtant bien aimé mes mois ici, j'ai beaucoup travaillé mais j'ai aussi beaucoup appris et maintenant je vais pouvoir m'en servir. Et, puis, le travail ne m'a pas empêché de trouver la tranquillité à laquelle j'aspirais.

— Huyana est de mauvaise humeur, pour l'instant, expliqua Qaletaqa qui revenait de l'arrière-cour. Je le reconnais, au début, c'est difficile mais assez rapidement on travaille plus vite. Tu t'en souviens bien, Kwahu, j'imagine ?

— Oui, et finalement on se retrouve comme un poisson dans l'eau. Tu verras, Huyana, tu t'y feras aussi.

— Mais tu rêves, je suis reconnaissante à Qaletaqa mais j'aspire à autre chose que de faire la servante. Ma vie ne peut pas se résumer à ces petites besognes.

Et elle prit une pose dédaigneuse en contemplant tristement ses ongles au vernis écaillé.

Qaletaqa et Kwahu échangèrent un regard amusé, la vie, justement, ne se charge-t-elle pas d'éduquer les récalcitrants et les autres ?

92 – Encore un combat

Quelques jours s'écoulèrent.

Mais en attendant un hypothétique changement d'humeur, Huyana affichait une mine renfrognée, elle boudait et soupirait même, quand elle estimait avoir assez travaillé.

Elle voulait surtout pouvoir librement disposer de sa soirée. Or, Qaletaqa se montrait intraitable, le travail ne s'arrêtait pas avant que les lieux ne soient entièrement nettoyés et prêts pour le lendemain.

L'après-dîner, quand enfin le labeur se terminait, était alors largement entamé.

Et tandis que l'Indien, par tous les temps, s'installait sur sa véranda pour fumer une pipe dans son vieux fauteuil à bascule, elle se morfondait, assise sur son matelas. Souvent, elle réparait tant bien que mal les méfaits du travail sur l'état de ses ongles vernis, elle rafistolait et le résultat laissait à désirer.

Ça ira bien pour ici, pensait-elle.

Dans la journée, en servant les clients, elle essayait de cacher ses doigts, mais alors les assiettes avaient tendance à vouloir lui glisser des mains.

Ainsi, un jour où elle avait remarqué un client qui sortait du lot, beau et apparemment aisé, elle fit si bien, elle jongla si mal qu'elle laissa échapper l'une d'elles et renversa les deux autres qu'elle portait en voulant sauver la première.

Pour finir, elle réussit à glisser sur la nourriture qui jonchait le sol.

— Aïe, j'ai mal, cria-t-elle, j'ai très mal.

Cela n'émut point le fameux client – bien au contraire – par contre Qaletaqa, toujours placide, vint la relever. Il inspecta la cheville, parut rassuré, la conduisit dans sa chambre et la déposa sur son matelas.

— Je vais prendre la relève pour le service, lui annonça-t-il en la recouvrant de sa couverture.

A son retour, il examina à nouveau la cheville, qui avait bien enflé, et il la tâta avec précaution.

— Tu n'as rien de cassé mais ne crions pas victoire, il y a des entorses qui sont aussi difficiles à soigner que des fractures.

Il lui donna à boire une décoction destinée à calmer la douleur et, avec légèreté, enduisit d'une pommade l'endroit endolori.

— Ça va accélérer la guérison, c'est Aponi qui la fabrique. Elle est douée. Je viendrai en remettre tout à l'heure.

Huyana posa alors la question qui lui trottait dans la tête :

— Tu ne me renvoies pas, maintenant que je ne peux plus travailler ?

— Dans la tribu ? C'est justement ce que tu veux éviter pour ne pas avoir la honte ! Je ne vais donc pas te faire repartir. Evidemment, j'espère te remettre sur pied le plus vite possible.

— Merci, souffla Huyana, tranquillisée.

Il allait lui falloir trois semaines de repos avant de pouvoir reprendre complètement son service.

Le temps s'écoula lentement et elle passa par toutes les phases, la révolte, l'impatience, le découragement, elle se morfondait sur son matelas, pensant manquer des occasions de rencontres et de conquêtes.

Et dire que j'attends le mec plein aux as qui viendra me tirer d'ici, se lamentait-elle intérieurement.

Puis, elle prit conscience du dévouement de Qaletaqa à son égard, il la soignait régulièrement et elle était étonnée de la rapidité des progrès.

Il doit avoir un don, se disait-elle tout étonnée, car elle ignorait que l'Indien avait beaucoup côtoyé Ursyn.

Elle constata également qu'il la remplaçait dans son travail sans rechigner. Il méritait sans doute autre chose que sa mine renfrognée.

Et puis, elle vit régulièrement Kwahu dont l'humeur souriante finit par la toucher.

Elle le regarda alors réellement et s'aperçut qu'il était sérieux et volontaire.

En plus, il est bien mignon ! jugea-t-elle.

Tout à coup, elle comprit qu'elle avait poursuivi une illusion alors que l'exemple du détestable Machakw dans sa belle voiture aurait dû la réveiller. La vie ne lui avait-elle pas montré une seconde fois son erreur avec le client qui avait bien ri lors de sa chute ?

Que ferai-je enfermée dans une belle vitrine avec un type sans cœur ? se demanda-t-elle et elle se coupa les ongles.

— Au fond, je n'en ai pas besoin ici, reconnut-elle.

93 – Ce n'est qu'un au revoir

Comme toujours, Jason se donnait corps et âme à sa mission et il était très occupé.

Car, même s'il recevait de l'aide pour la préparation de la fête des Kachinas – celle de leur retour, en mai, approchait à grands pas – il restait beaucoup d'attributions qui lui incombaient sans partage.

C'était le cas, par exemple, des soins qu'il prodiguait aux malades.

Selon sa promesse, Naqvu le soutenait et la guérison, ou au moins des pistes d'amélioration qui transformaient la vie, intervenaient en réponse à sa ferveur.

Ainsi, les Hopis faisaient continuellement appel à lui, si bien qu'il acquit une certaine notoriété et celle-ci déborda sur les tribus voisines.

Des Blancs aussi se hasardèrent même à demander à voir le jeune Chaman, celui qui savait guérir.

Evidemment, Jason ne refusait jamais de dispenser l'aide de l'Esprit et sa compassion devint légendaire.

Dès lors et petit à petit, il eut à nouveau le sentiment de son importance. Naqvu guérissait mais c'est lui-même, Jason, qui avait été choisi !

Il se comportait comme s'il avait oublié le sacrifice de son loup !

C'est alors qu'il fit un rêve.

Il se trouvait dans une pièce éclairée par une ampoule qui brillait fortement quand une main invisible appuya sur l'interrupteur. La sensation d'être perdu dans l'obscurité le réveilla, en proie à une profonde angoisse.

Au petit matin, il raconta son rêve à Aponi :

— J'ai bien ma petite idée, lui répondit Aponi, mais je préfère que tu interroges Ursyn.

Et, en effet, l'ancien Chaman trouva la solution immédiatement.

— L'ampoule est brillante, annonça-t-il. Mais son éclat est soudainement coupé car elle est trop fière. Or elle ne brille que par l'énergie qui la traverse. Tu vois l'analogie ?

— Tu veux dire que je suis cette ampoule ?

— Oui, c'est toi !

— Et donc je suis trop fier, c'est bien cela ?

— Oui, vaincre ton orgueil est le combat que tu as encore à mener ! Ce rêve est un avertissement pour t'éviter que l'Esprit ne réponde plus.

Jason pâlit, il prit la menace au sérieux.

— Naqvu me laisserait tomber car je suis fier du rôle que je joue ?

— L'orgueil est le pire ennemi du Chaman. Tu sais bien. Ne regarde pas le passé, reprit Ursyn, concentre-toi sur le présent et sois vigilant, tout simplement. Tu sais, Naqvu ne veut pas te laisser, il te rend attentif pour que tu fasses attention.

— Ah, soupira Jason, mais il faudrait qu'il m'aide en me montrant quand je suis en train de déraper.

— Comme je te l'ai déjà dit, ne lui demande pas tout le temps de l'aide, observe-toi sans complaisance et traque les pensées d'orgueil.

Quoique déstabilisé, Jason fut repris dans l'engrenage du quotidien qui ne pouvait attendre.
Pourtant, il repensait sans cesse à la mise en garde.
Quelques jours plus tard, il prévint Aponi :
— J'ai du mal à tirer la leçon de mon rêve. Alors, je vais aller me promener sur le plateau pour pouvoir tranquillement réfléchir. Ne t'inquiète pas, je reviens très vite.
Il s'éloigna un peu du village et marcha lentement, perdu dans ses pensées.
Ainsi, il n'accorda aucune attention à un petit écureuil roux, qui essayait d'attirer son attention en faisant des bonds comme s'il voulait lui couper la route.
Et, tout à coup, Jason se sentit très mal.
Au bord de la nausée, il se plia en deux, en essayant de se protéger. Car il avait le sentiment qu'on cherchait à arracher la petite flamme qui brillait au fond de lui.
Le combat dura.
De toutes ses forces qui déclinaient, il résistait mentalement quand, tournant son regard vers le village, il vit Nokomis et Chavatanga qui arrivaient à la hauteur de la grosse pierre, en limite de village.
En effet, poussée par une impulsion subite, Nokomis avait entraîné son cousin vers leur point d'observation favori.

Et Jason vit Nokomis agiter son petit bras dans sa direction ; ce fut suffisant. Il était sauvé, ses forces revinrent et il sentit que l'ennemi avait renoncé.

Il était encore tremblant en rejoignant Nokomis et Chavatanga pour les serrer dans ses bras.

— Venez, rentrons ensemble.

Ils croisèrent Aponi qui était partie à la recherche de Nokomis.

Sous le choc et les yeux embués de larmes, Jason lui raconta ce qu'il venait de vivre.

— J'ai vraiment senti que mon destin se jouait à ce moment-là. Je ne sais pas si j'aurais triomphé mais apercevoir Nokomis, qui me faisait signe, m'a donné un surcroît de force.

— Ah ! Je comprends pourquoi elle s'était échappée. Ah ! cette Nokomis ! Elle a senti quelque-chose.

La peur rétrospective éprouvée par Aponi fut atténuée par la certitude que l'on pouvait compter sur leur fille.

Sitôt rentrés, les enfants se précipitèrent dans les bras d'Ursyn. Il était venu en visite ce jour-là, ayant senti que sa présence serait utile. Jason en profita pour se remettre de ses émotions puis il demanda à Aponi de garder les enfants car il devait impérativement s'entretenir avec Ursyn.

Les deux Chamans s'isolèrent.

— Tu as subi les assauts d'une entité qui tentait de t'arracher ton âme. En échange, elle t'aurait donné le pouvoir, la gloire, la richesse… Tu as résisté et tu ne feras plus l'objet d'une nouvelle attaque.

— J'ai vu un écureuil roux qui me barrait la route. Sur le coup, je n'ai pas fait attention mais je suppose que ce n'était pas un hasard.

— Il a vu le lieu de l'embuscade et il a dû penser que tu n'étais peut-être pas prêt.

Et, devant l'énormité de l'événement, ils restèrent tous deux silencieux pendant un petit moment.

— Comme je viens de te le dire, tu ne seras plus attaqué : tu es devenu un maître et il ne peut pas y avoir deux maîtres pour la tribu.

— Encore, s'écria Jason, tu veux repartir ?

— Oui, c'est obligé, et puis, tu n'as vraiment plus besoin de moi !

— Tu vas rejoindre Agarthina ? Je sais que tu seras heureux mais comme tu vas nous manquer !

— Nous ne serons pas séparés et, avec Agarthina, nous garderons constamment un œil sur toi et la tribu. N'aie pas peur, tu ne seras jamais seul.

— Je sais bien que vous veillerez, protesta Jason, mais, par la force des choses, je serai seul, sans toi.

— Au contraire, tu sentiras notre présence et notre aide, même avant que tu ne penses à les demander. Nos cœurs sont liés pour toujours.

Accablé, Jason quitta le bureau sans répondre mais, saisi d'un pressentiment, il revint presque sur le champ.

Impuissant, il vit une grande lumière blanche et, quand elle se fut estompée, son grand-père n'était plus là !

Alors, surmontant avec peine son émotion, Jason raconta à Aponi l'incroyable disparition d'Ursyn. Il l'entraîna dans le bureau pour confirmer ses dires mais elle ne se montra pas vraiment surprise :

— Dans mon sommeil, Agarthina m'avait annoncé un événement de ce genre. Je ne t'ai rien dit pour ne pas ajouter à ton chagrin. Mais tu vois, on n'est pas séparés, il faut s'accrocher à cette certitude !

— Oh ! regarde, la dent d'ours de Grand-père juste à la place où il a disparu !

Et Jason se baissa pour la ramasser respectueusement et la suspendre à son cou.

94 - Une conférence au sommet

Laqan, signe d'un contentement extrême, frotta ses petites pattes avant, l'une contre l'autre, en se tenant droit sur celles de derrière.

Il était bien roux, même s'il avait pris momentanément possession d'un écureuil au magnifique pelage gris argenté lorsqu'il avait fallu sauver Jason le jour de l'accident de ses parents.

— Je crois qu'on a bien travaillé, déclara-t-il, satisfait. On a surmonté beaucoup de difficultés, je suis même allé jusqu'à demander à Khweeuu d'accepter de mourir pour le bien de Jason.

Il se dressait sur un rocher, face à Naqvu et Ursyn qu'il avait appelé pour la circonstance avant son séjour chez Agarthina.

— Oui, approuva Naqvu, les obstacles ont été nombreux. Il fallait déjà corriger les effets de l'éducation froide et rigide de son grand-père. Grand-père dont l'heureuse évolution nous a tous surpris, je pense, mais le mal était fait.

— C'est pour cette raison, poursuivit Ursyn, qu'il a fallu que je me montre particulièrement affectueux avec lui. Au lieu d'un apprentissage normal, plus dur, de la part d'un chaman envers son élève, j'ai tenu compte du fait que Jason est un tendre. Sous ma direction, il n'a alors pas emprunté la voie du guerrier mais la voie du cœur, qui d'ailleurs correspond mieux à notre époque. Innocent comme il l'était, c'est son cœur qui l'a sauvé des griffes d'Huyana. Heureusement qu'il connaissait déjà Aponi !

— Mais le problème de l'orgueil est-il bien réglé ? reprit Naqvu.

Ursyn poursuivit :

— La condition d'orphelin et l'autoritarisme de son grand-père Julian avaient favorisé chez Jason l'apparition d'un complexe d'infériorité et donc, automatiquement, il était attiré par le pouvoir. Voilà pourquoi, j'ai constamment évité de manifester mes capacités de Chaman, hormis, parce qu'il y avait nécessité, avec l'épisode du serpent, lors de sa première excursion dans le bas du plateau. Mais vous le savez, il a triomphé de l'attaque de l'Ombre. Donc le problème est très certainement réglé.

Laqan approuva bruyamment en émettant son cri de crécelle qu'il pensait devoir clôturer dignement cette conférence secrète quand, à leur grande stupéfaction, ils entendirent une petite voix :

— Je peux me joindre à vous ?

— Nokomis !!!